KB026731

Histoires inédites du Petit Nicolas : vol. 2

Le Petit Nicolas, c'est Noël!
Première édition en France : 2006

Le Petit Nicolas s'amuse
Première édition en France : 2006

Les bagarres du Petit Nicolas
Première édition en France : 2006

© 2006 IMAV éditions / Goscinny - Sempé
www.petitnicolas.com

Le Petit Nicolas, les personnages, les aventures et les éléments caractéristiques de l'univers du Petit Nicolas sont une création de René Goscinny et Jean-Jacques Sempé. Droits de dépôt et d'exploitation de marques liées à l'univers du Petit Nicolas réservés à IMAV éditions.

No part of this book may be used or reproduced in any manner whatsoever without written permission except in the case of brief quotations embodied in critical articles or reviews.

꼬마 니콜라, 등장인물들, 책에 관련된 모든 이야기 및 특징은 르네 고시니와 장 자크 상페의 창조물입니다. 꼬마 니콜라에 관련된 브랜드의 보존 및 개발 권리는 IMAV éditions이 소유합니다. 꼬마 니콜라 마크와 로고에 대한 복제와 모방을 금합니다.

Korean translation copyright ©2014 by Munhakdongne Publishing Group.
All rights reserved.
This Korean edition was published by arrangement with IMAV éditions through Imprima Korea Agency, Seoul.

이 책의 한국어판 저작권은 Imprima Korea Agency를 통해 IMAV éditions와 독점 계약한 (주)문학동네에 있습니다. 저작권법에 의해 한국 내에서 보호를 받는 저작물이므로 무단 전재 및 무단 복제를 금합니다.

René Goscinny & Jean-Jacques Sempé

Histoires inédites du Petit Nicolas : vol. 2

앙코르 꼬마 니콜라

르네 고시니 글
장 자크 상페 그림
이세진 옮김

문학동네

차례

oɪ 앙코르 꼬마 니콜라

02　초콜릿 공장 소동

03　나 홀로 기차 여행

앙코르 꼬마 니콜라

산타 할아버지께

산타 할아버지, 올해도 할아버지에게 크리스마스 선물을 달라는 편지를 쓰겠다고 엄마 아빠에게 말했어요. 아주 오래전, 글씨 쓰는 법을 알게 된 때부터 해마다 그랬으니까요.

그런데 좀 당황했어요. 아빠가 나를 무릎에 앉히시고는 올해는 산타 할아버지가 돈이 별로 없다고, 더구나 최근에 생각지도 않았던 일이 터져서 돈이 정말 부족할 거라고 그러는 거예요. 산타 할아버지의 썰매를 어떤 멍청이가 자기 썰매로 받아서 할아버지가 썰매 수리하는 데 돈이 많이 든대요. 사고를 지켜본 목격자들도 있는데 보험회사에서 믿어주지 않는다면서요. 우리 아빠 자동차에도 지난 주에 똑같은 일이 있었어요. 그래서 아빠는 기분이 아주 별로예요.

그러고 나서 아빠는 내가 너그럽고 멋있는 아이가 되어야 한다고, 그러니까 나를 위한 선물을 달랠 게 아니라 내가 좋아하는 사람들과 친구들을 위해 선물을 달라고 하랬어요. 그래서 나는 참 아쉽지만 알겠다고 했죠. 엄마는 나에게 뽀뽀를 해주면서 내가 있어서 정말 듬직하다고, 비록 산타 할아버지가 썰매 사고 때문에 쪼들리기는 해도 나를 완전히 잊어버릴 만큼 돈이 없지는 않을 거라고 했어요. 우리 엄마는 정말 최고예요.

　　그러니까 할아버지한테 나를 위한 선물은 바라지 않겠어요.

　　엄마 아빠 선물로는 이런 게 좋을 것 같아요. 산타 할아버지가 꼬마자동차를 엄마 아빠에게 주면, 내가 그 차를 탈 수 있겠죠. 사

고가 나기 전의 아빠 차처럼 페달을 밟지 않아도 저절로 움직이고 번쩍번쩍 불도 들어오는 꼬마자동차 말이에요. 학교에서 조금 떨어진 가게 진열창에서 그런 자동차를 봤어요. 산타 할아버지가 우리 엄마 아빠에게 그 자동차를 선물로 주면 참 좋겠어요. 나는 그 차를 우리 집 정원에서만 타겠어요. 약속할게요. 그러면 엄마는 내가 항상 집 안에서 뛰어다니고 부엌에서 말썽을 피운다고 화를 낼 일도 없을 거예요. 그리고 아빠도 편안하게 신문을 볼 수 있겠죠. 내가 거실에서 공놀이를 하면 아빠는 자기가 이런 대접이나 받으려고 아등바등 사는 게 아니라는 둥, 하루 종일 회사에서 진을 빼고 왔으니 집에서는 좀 조용히 있고 싶다는 둥 마구 화를 내거든요.

부탁인데요, 산타 할아버지가 엄마 아빠에게 꼬마자동차를 줄 거라면 빨간색으로 사세요. 파란색도 있기는 한데요, 제 생각에 엄마 아빠는 빨간색을 더 좋아할 거 같아요.

우리 선생님은 우리가 심하게 말썽을 부릴 때만 빼면 참 예쁘고 다정해요. 선생님을 위해서 올해 풀어야 할 수학 문제 답을 모조리 알았으면 좋겠어요. 선생님은 우리에게 나쁜 점수를 주면서 무척이나 속상해하니까요. 선생님은 이런 말을 자주 해요. "니콜라, 너도 알지, 나도 좋아서 너에게 빵점을 주는 게 아니란다. 선생님은 네가 더 잘할 수 있다는 걸 알아." 그러니까 내가 수학 문제 정답을 다 알고 있으면 굉장히 신날 거예요. 선생님은 시험을 볼 때마다 나에게 좋은 성적을 줄 거고, 그러면 선생님도 기뻐할 테니까요. 내가 정말 좋아하는 일이 하나 있는데요, 그게 바로 우리 선생님을 기쁘게 해드리는 거거든요. 또 그렇게만 되면 선생님의 귀염둥이 아냥이 항상 우리 반에서 일등을 할 수도 없겠죠. 아냥은 정말 우리를 열받게 하기 때문에, 그렇게 되면 아냥도 좀 정신을 차릴 거예요.

조프루아라는 친구가 있는데요, 그 애 아빠는 엄청 부자라서 뭐든지 그 애가 사달라고만 하면 다 사줘요. 얼마 전에는 끝내주게 멋있는 기사 변장세트를 사줬어요. 샥샥 소리가 나는 기다란 칼도 있고요, 깃털 달린 모자도 있고요, 별별 게 다 들어 있어요. 하지만 기사 변장세트를 가진 아이는 조프루아 혼자예요. 그래서 조프루아는 우리랑 같이 놀아도 하나도 재미없어해요. 칼싸움할 땐 더 그렇고요. 우리는 칼 대신 자를 가지고 싸움을 하지만, 쟤는 칼이 아니잖아요. 그러니까 만약 나한테 기사 변장세트가 생긴다면 조프루아는 엄청 신날 거예요. 나하고 기사놀이를 하면서 진짜로 샥샥 칼싸움을 할 수 있을 테니까요. 다른 애들은 칼 대신 자로 싸움을 하니까 우리 둘이서 나머지 애들을 다 이길 수 있겠죠.

알세스트라는 친구도 있어요. 그 애 선물은 고르기 쉬워요. 알세스트는 먹는 걸 엄청 좋아하거든요. 그러니까 내가 돈이 많이 있다면 매일매일 학교 끝나고 알세스트랑 제과점에 갈 거예요. 그리고 우리가 좋아하는 초콜릿빵을 잔뜩 먹을 거예요. 알세스트는 돼지고기 햄이나 소시지도 참 좋아해요. 하지만 돈 내는 사람은 나니까 나는 초콜릿빵을 사주겠어요. 만약 알세스트가 싫다면 자기 돈으로 햄이나 소시지를 사먹으러 가는 수밖에 없죠, 뭐. 괜히 하는 말 아니에요!

조아생은 구슬치기를 엄청 좋아해요. 솔직히 구슬도 되게 잘 쳐요. 쳤다 하면 딱! 구슬이 빗나가는 법이 별로 없죠. 우리는 조아생과 놀기가 싫어요. 구슬만 쳤다 하면 우리 구슬을 다 따먹는단 말이에요. 그래서 쉬는 시간에 조아생은 심심해서 죽으려 해요. 늘 우리에게 "애들아, 놀자, 애들아, 놀자!" 하고 조르죠. 참 안됐어요. 내가 구슬을 엄청 많이 가지게 되면 조아생하고 놀아도 좋아요. 조아생 그 나쁜 자식이 만날 내 구슬을 따먹어도 나한테는 얼마든지 구슬이 남아 있을 테니까요.

외드는 힘이 엄청 세고 친구들 얼굴에 주먹을 날리기 좋아해요. 외드는 산타 할아버지께 권투장갑을 사달라고 할 거라고, 그러면

쉬는 시간에 엄청 재미날 거라고 나한테 그랬어요. 그러니까 외드에게 가장 좋은 크리스마스 선물은 권투장갑을 주지 않는 거예요. 정말이에요. 외드가 권투장갑을 갖게 되면 어떤 일이 일어날지 안 봐도 빤하니까요. 외드는 학교에 그 권투장갑을 가지고 와서 우리 얼굴에 주먹을 날리겠죠. 그럼 우리는 코피를 줄줄 흘리면서 마구 비명을 질러댈 거고, 학생주임 선생님이 달려와서 외드에게 벌을 줄 거예요. 외드가 수업이 끝나고도 학교에 남는 벌을 받는다면 우리도 마음이 좋지 않을 거예요. 그러니까 산타 할아버지가 권투장갑을 누군가에게 꼭 주어야 한다면 외드 말고 차라리 나에게 주세요. 그러면 외드가 벌 받을 일도 없을 거예요.

클로테르는 우리 반 꼴찌예요. 선생님이 질문을 하면 쉬는 시간에 나가 놀지 못하고 교실에 남는 신세가 돼요. 성적표를 받는 날엔 집에서 엄청 혼이 나요. 그래서 극장도 못 가고, 맛있는 간식도 못 먹고, 텔레비전도 못 보게 되죠. 모두들 클로테르에게는 아무것도 못 하게 해요.

교장 선생님이 우리 반 애들 모두가 보는 앞에서 클로테르를 혼내기도 했어요. 클로테르는 결국 감옥에 가고 말 거라고, 그러면 클로테르의 엄마 아빠는 너무나 슬퍼할 거라고, 아들이 감옥에 가면 엄마 아빠가 아무리 교육을 잘 시키고 싶어도 그럴 수 없다고 했어요. 하지만 나는 왜 클로테르가 만날 꼴찌를 하는지, 왜 수업 시간에 잠만 자는지 알아요. 클로테르가 바보라서 그런 게 아니에요. 솔직히, 클로테르보다는 뤼퓌스가 더 바보 같다고요. 클로테르는 그냥 너무 피곤해서 그런 거예요.

클로테르는 멋있는 노란색 자전거를 타고 맹훈련을 하거든요. 이 다음에 어른이 되면 프로 자전거 선수가 되어서 프랑스 전국일주 대회에 나가려고요. 클로테르는 자전거 훈련 때문에 수업도 열심히 못 듣고 숙제도 못 해 오는 게 틀림없어요. 그러니까 담임 선생님은 자꾸 클로테르에게 반성문을 써 오라고 하고 동사변화 숙제를 내주고, 클로테르는 점점 더 할 일이 많아져서 자전거 훈련을 제대로 하지 못해요. 클로테르는 일요일에도 해야 할 일이 엄청 많거든요. 그러니까 클로테르가 우리 반에서 꼴찌를 하지 않고, 극장에 못 가거나 간식을 못 먹거나 텔레비전을 못 보는 일도 없으려면 클로테르에게서 자전거를 빼앗는 게 제일 좋은 방법이에요. 어쨌든 계속 이렇게 지내다 보면 교장 선생님 말마따나 클로테르는 감옥에 가게 될 거 아네요. 감옥에 가면 분명히 프랑스 전국일주 대회에도 나갈 수 없을 거라고요. 산타 할아버지가 원하신다면 클로테르가 어른이 되어 학교에 가지 않아도 될 때까지 내가 그 자전거를 맡아줄게요.

부이옹 선생님에게는 특별히 잘해드려야 할 것 같아요. 부이옹 선생님은 우리 학생주임인데요. 부이옹이 그 선생님 진짜 이름은 아니에요. 왜 특별히 잘해드려야 하냐면요. 부이옹 선생님은 쉬는 시간에 항상 운동장을 뛰어다니면서 싸우는 아이들을 떼어놓아야 하거든요. 그리고 전에 우리가 교장 선생님 방 창문을 박살낸 다음부터는 우리가 사냥꾼 공놀이도 못 하게 막아야 하죠. 우리가 말썽을 부리면 붙잡아서 말뚝에다가 세워놓기도 하고요, 수업 끝나고 남으라고도 하고, 반성문을 쓰라고도 해요. 그리고 쉬는 시간 끝나는 종도 쳐야 하죠. 그래서 부이옹 선생님은 아주 피곤해요. 그러니까 당장 부이옹 선생님께 휴가를 줘야 해요. 선생님이 코레즈에 있는 고향 집에서 오래오래 푹 쉴 수 있게요. 그리고 무샤비에르 선생님께도 똑같이 휴가를 줘야만 공평할 거예요. 부이옹 선생님이 없을 때는 무샤비에르 선생님이 쉬는 시간 감독을 대신하거든요.

우리 옆집에는 마리 에드비주라는 여자애가 살아요. 그 애는 여자이긴 하지만 아주 멋져요. 얼굴이 장밋빛이고 눈은 파랗고 머리는 금발이에요. 마리 에드비주를 위해서 내가 재주넘기를 아주 잘하게 됐으면 좋겠어요. 마리 에드비주는 재주넘기 구경을 아주 좋아하거든요. 그러니까 산타 할아버지께서 내가 재주넘기를 최고로

잘하게 해줄 수 있다면 마리 에드비주는 이렇게 말할 거예요.

"니콜라, 너는 최고 중에서도 최고야!"

자, 지금까지 산타 할아버지께 내가 정말 좋아하는 사람들을 위
한 선물을 부탁드렸어요. 아마 내가 잊어버린 사람들도 있을 거예
요. 내가 좋아하는 사람들은 참 많거든요. 그러니까 내가 잊어버린

사람들에게도 선물을 많이많이 주세요.

이미 말씀드렸지만, 나를 위해서는 아무것도 바라지 않아요.

하지만 산타 할아버지가 그래도 돈이 좀 남는다면, 나는 상관없지만 그래도 나에게 뭔가 깜짝 선물을 해주고 싶다면 엄마 아빠의 꼬마자동차를 파는 가게 진열창에 있는 비행기를 사주세요. 하지만 굴뚝을 타고 내려올 때 조심하세요. 비행기도 자동차처럼 빨간색이라서 더러워지기가 쉽거든요.

어쨌거나 앞으로 내가 할 수 있는 한 가장 말 잘 듣는 착한 아이가 될게요. 약속해요. 산타 할아버지,

메리 크리스마스!

크리스마스 파티

오늘 저녁에 우리 집에서 크리스마스이브 파티를 한다. 아빠와 엄마는 친한 사람들을 잔뜩 초대했다. 이웃집 블레뒤르 아저씨와 아줌마도 온다. 블레뒤르 아줌마는 참 친절하다. 알세스트네 엄마 아빠도 온다. 알세스트는 같은 반 친군데 언제나 먹을 것을 달고 사는 뚱보다. 그리고 내가 잘 모르는 사람들이랑 메메가 온다. 정말 끝내주는 파티가 될 거다.

아침부터 아빠는 파티 준비를 했다. 엄마는 아빠에게 일찍부터 채비를 해야 한다고 말했다. 아빠는 자기가 알아서 잘할 거고, 무슨 일을 해야 하는지는 자기도 잘 안다고 대꾸했다. 아빠는 차를 타고 크리스마스트리를 사러 갔다. 크리스마스트리에는 어른들이 받을 선물을 단다. 내 선물은 산타클로스 할아버지가 양말 속에다가

넣어주실 거니까. 우리 집에는 굴뚝이 없기 때문에 양말은 내 침실 라디에이터 앞에 걸어놓는다.

우리는 아빠를 한참이나 기다렸다. 드디어 아빠가 문을 열고 들어왔다. 아빠는 기분이 안 좋아 보였다. 머리에 쓴 모자는 삐딱하게 돌아가 있었고, 흐트러진 잎사귀가 드문드문 달린 기다란 나무막대 같은 것이 어깨 위에 놓여 있었다.

"그게 크리스마스 전나무란 말이야?"

엄마가 물었다.

아빠는 그렇다고, 크리스마스트리 가게 앞에서 자동차가 고장이 나서 버스를 타고 와야 했다고, 힘들어 죽을 뻔했다고 했다. 버스에는 아빠 말고도 크리스마스트리를 메고 탄 사람들이 엄청 많았는

데, 그것 때문에 운전사 아저씨가 화가 나서 자기 일이 숲을 태우고 다니는 것인 줄 아느냐는 둥, 나뭇가지에 눈이 찔렸다는 둥 불평을 했단다. 아빠도 화가 나서 결국은 중간에 내려서 나무를 메고 걸어왔다고. 그러는 바람에 나무가 이리저리 치이고 많이 상했다고, 하지만 다 꾸미고 나면 그 정도 흠은 눈에 띄지도 않을 거라고, 크리스마스트리는 아주 멋있기만 할 거라고 했다.

"자, 니콜라, 크리스마스트리 장식하는 것 좀 도와다오."

아빠가 말했다.

나는 엄청 기분이 좋았다. 크리스마스트리를 장식하는 건 아주 재미있기 때문이다. 작년에 내가 아직 꼬마였을 때에도 트리 장식을 했었는데 아주 재미있었다. 우리는 다락방에 올라가서 유리공이랑 꽃술이랑 꼬마전구가 든 상자를 찾아온 다음 크리스마스트리를 꾸미기 시작했다. 아빠는 나무를 식당에 세워놓고 깨지지 않은 유리공들을 골라서 달았다. 아까 계단에서 상자를 떨어뜨리는 바람에 유리공이 많이 깨졌다. 유리공을 다 단 다음에는 오색 빛깔 꼬마전구가 달린 전선을 나뭇가지에 걸었다. 그 일은 엄청 오래 걸렸는데, 전선이 좀 많이 엉켜 있었기 때문이다. 아빠는 바닥에 주저앉아 전선을 풀면서 툴툴거렸다. 아빠는 내가 못 듣게 하려고 작은 소리로 말했지만 나는 그게 욕이라는 걸 안다. 우리도 쉬는 시간에 큰 소리로 그런 욕을 하니까. 겨우 전선을 다 걸고 나자 아빠가 말했다.

"자, 이제 얼마나 멋있는지 봐라!"

아빠가 스위치를 켜자 정말로 멋있는 불꽃이 확 일어났다. 하지

만 그건 분명히 아빠가 바라던 일은 아니었다. 꼬마전구에는 불이 하나도 들어오지 않은 데다가 아빠는 손가락에 약간 화상을 입었으니까. 아빠는 큰 소리로 내가 모르는 욕을 내뱉었다. 하지만 우리 아빠는 아주 대단한 사람이다. 결국에는 안 되던 것을 다 되게했다. 집 안의 불이 다 나갔기 때문에 아빠는 두 번이나 지하실에 가서 퓨즈를 갈아야 했다. 그러고 나자 꼬마전구에 불이 들어왔고 그 모습은 정말로 예뻤다. 꽃술을 크리스마스트리에 감았더니 더 멋있어졌다.

엄마가 와서 보고는 크리스마스트리 장식이 참 잘 되었다고, 이제는 손님들이 모두 둘러앉을 수 있도록 식탁을 넓혀달라고 했다. 아빠는 난처해했다. 식탁을 넓히려면 아빠 혼자서는 안 되고 누가 도와줘야 했다. 내가 도와주겠다고 했지만 아빠는 내가 너무 몸집도 작고 서툴러서 방해만 될 거라고 했다.

"할 수 없군. 상대하기는 싫지만 블레뒤르 녀석을 불러와야겠어."

아빠가 말했다.

아빠는 현관문을 막 열다가, 문 앞에서 우리 집 초인종을 누르려던 블레뒤르 아저씨와 부딪쳤다.

"자네 여기서 뭐 하는 거야?"

아빠가 물었다.

"손 좀 빌려주려고 왔지. 분명히 자네 혼자 감당 못 할 거 같아서."

블레뒤르 아저씨가 말했다.

"뭐? 뭘 감당 못 해? 자네 도움 따윈 필요없어. 웃기는 친구 같으니, 저녁때까지 자네 집에나 처박혀 있게."

그래서 내가 말했다.

"하지만 아빠, 식탁 넓히는 거 도와달라고 블레뒤르 아저씨를 부르러 가려고 했잖아요."

아빠는 정말 너무했다. 난 아빠를 참 좋아한다. 하지만 이번엔 진짜 심했다. 나에게 자기 일에 참견하지 말라고, 자기는 아무도 필요하지 않다고 하는 게 아닌가. 블레뒤르 아저씨는 웃음을 터뜨렸다. 아저씨가 너무 큰 소리로 웃어서 아빠는 기분이 좋지 않았나보다. 그때 부엌에서 엄마가 외쳤다.

"여보, 블레뒤르 씨를 부르지 그래? 식탁 넓히는 것 좀 도와달라고 말야."

나는 블레뒤르 아저씨처럼 웃는 사람은 처음 보았다. 아저씨를 보고 있으니 나도 괜히 웃음이 났다. 웃지 않는 사람은 아빠 혼자였다. 아빠가 말했다.

"좋아, 좋아. 코미디 그만하고 이쪽으로 와서 식탁 넓히는 것 좀 도와주게."

우리 집 식탁은 둥그런 모양이다. 그런데 중간이 갈라져 있어서 양쪽에서 잡아당기면 쫙 벌어진다. 그 빈 공간에 널빤지 같은 것을 끼우면 식탁이 넓어진다. 식탁은 아주 빡빡하고, 여간한 힘으로 잡아당겨서는 움직이지 않는다. 아빠가 한쪽을 붙잡았다. 블레뒤르 아저씨는 여전히 웃음을 거두지 못한 채 다른 쪽을 붙잡았다.

"그만 좀 웃어. 내가 '당겨!' 하면 잡아당기라고."

아빠가 말했다.

그러고 나서 아빠는 "자, 당겨!"라고 했다. 식탁은 단박에 쫙! 하고 갈라졌다. 아빠는 크리스마스트리에 처박혔고 블레뒤르 아저씨는 양탄자에 넘어졌다. 아저씨는 넘어져서도 계속 킬킬대고 웃었다. 엄마가 막 뛰어나오더니, 식탁 다리와 상판을 잇는 부분에 기름칠을 해두었는데 미리 말해줄걸 그랬다고 했다.

우리는 트리를 깔고 앉은 아빠를 일으켜 세우려고 했다. 아빠 몸에는 꽃술이 마구 엉켜 있었고, 머리에는 유리공이 올라가 있었다. 유감스럽게도 꼬마전구는 또 불이 나가버렸다.

"자네 그러고 있으니 커다란 선물꾸러미 같구먼."

블레뒤르 아저씨가 말했다.

아저씨는 너무 웃다가 목이 메어 기침까지 했다. 아빠는 화가 잔뜩 나서 크리스마스트리를 박차고 일어났다.

"아, 그러셔?"

"정말 그렇다니까."

블레뒤르 아저씨가 대꾸했다.

아빠와 아저씨는 서로 밀치고 티격태격하기 시작했고 엄마가 "그만둬요!"라고 소리를 질렀다. 정말 재미있었다.

크리스마스트리는 금세 다시 꾸밀 수 있었다. 유리공이 거의 다 깨져서 남은 게 별로 없었기 때문이다. 꼬마전구에 다시 불이 들어오게 하려고 퓨즈를 구해 오는 데 시간이 제일 많이 걸렸다. 집에는 이제 퓨즈가 하나도 없었던 것이다.

그런 다음 아빠는 식당을 꽃술과 호랑가시나무 가지로 꾸미기

시작했다. 호랑가시나무는 찔리면 아프지만 참 예쁘다.

"자네 도움은 필요없네."

아빠가 블레뒤르 아저씨에게 말했다.

하지만 친절한 블레뒤르 아저씨는 계속 남아서 도와주겠다고 했다.

아빠는 천장 바로 밑 벽에다가 작은 못을 박으려고 발판에 올라갔다. 그래야 꽃술을 걸 수 있기 때문이다.

"조심해! 이건 석고 벽이라고. 까딱하면 벽에 구멍이 생겨."

블레뒤르 아저씨가 말했다.

아빠는 자기 집은 자기가 잘 아니까 그런 충고 따위는 필요없다고 대꾸했다. 하지만 나는 아빠가 조심하는 걸 알 수 있었다. 아빠는 조심조심 못을 하나 박았다. 못은 아주 잘 박혔다. 아빠가 말했다.

"어때! 봤지?"

아빠는 못을 하나 더 올려놓고 망치로 세게 내리쳤다. 그러자 벽이 뚫리면서 석고가 잔뜩 부서져 내렸다. 부서진 석고 가루가 블레뒤르 아저씨에게도 떨어졌지만, 아저씨는 그런 것에는 아랑곳하지 않고 박장대소했다. 블레뒤르 아저씨가 그렇게 좋아하는 모습은 처음 보았다. 아빠는 이제 더는 못 참겠다며 마구 소리를 질렀고, 엄마는 무슨 일인가 싶어 달려나왔다. 아빠는 구멍 난 벽을 손바닥으로 가린 채 아무 문제도 없다고, 다만 혼자 마음 편히 일할 수 있게 내버려뒀으면 좋겠다고 말한 것뿐이라고 했다. 나는 엄마에게 어떻게 된 일인지 설명하려고 했지만, 아빠가 나를 보고 눈을 부릅떴기 때문에 입을 다무는 편이 낫겠다는 생각이 들었다.

"그래, 난 부엌에 다시 가볼게. 당신은 이제 벽에서 손을 떼도 돼. 그러고 있으면 반대편 벽의 석고까지 부서져서 떨어진단 말이야."

엄마가 말했다.

엄마가 나가자 아빠는 블레뒤르 아저씨에게 돌아가달라고 했다.

아저씨는 알았다고, 자기도 이렇게 심하게 웃다가는 혈압이 오를 것 같다고 했다.

"벽에 스티커로 꽃술을 붙이면 어때요?"

나의 말에 아빠는 아주 좋아하면서 그것 참 괜찮은 생각이라고, 과연 나는 아빠의 아들이라고 했다.

골치 아픈 문제는 꽃술을 스티커로 붙이니까 자꾸 떨어진다는 거였다. 아빠가 드디어 꽃술을 다 붙였다 싶었는데 전부 도로 떨어져버렸다. 아빠는 발판에서 내려와 털썩 주저앉더니 두 손으로 머리를 감싸 쥐고 한마디도 하지 않았다.

나는 아빠가 잠시 쉬는 걸 보고 그 틈을 타서 오늘 저녁 파티에 끼어도 되는지 물어봤다. 아빠는 딱 잘라 말했다.

"안 돼!"

나는 정말 너무하다고, 정말 난 너무 불행하다고, 내가 꼭 잠자리에 들어야 할 이유가 어디 있느냐고 했다. 아빠는 자꾸 그러면 볼기짝을 때려줄 거라고 했고, 나는 울음을 터뜨렸다.

엄마가 부엌에서 뛰어나와 이렇게 시끄럽게 굴면 저녁식사를 준비할 수가 없다고, 칠면조구이가 시커멓게 타버릴 거라고, 도대체 뭐 하느라 아직 꽃술도 못 달았느냐고 했다. 그 말에 아빠는 기분이 팍 상해서 모두가 자기를 돌아버리게 한다고 소리를 버럭 질렀다. 나는 오늘 저녁에 손님들 노는 데 끼워주지 않으면 집을 나가겠다고 했다.

엄마는 나를 꼭 껴안더니 만약 내가 오늘 잠을 자지 않으면 산타클로스 할아버지가 양말 안에 멋있는 선물을 넣어줄 수가 없을 거라고 했다. 엄마 말을 들으니 정말 그렇겠다는 생각이 들었다. 그래서 나는 잘 알았다고, 오늘 밤에는 일찍 잠을 잘 거라고 했다. 엄마

는 나에게 뽀뽀를 해주고는 부엌으로 가기 전에 아빠더러 이제 두 시간만 있으면 손님들이 온다고, 그러니까 서두르는 게 좋을 거라고 했다. 아빠는 준비 다 해놓을 거라고 대꾸했다.

아빠는 엄청난 일을 해냈다. 꽃술을 다시 붙인 것이다. 그건 정말 쉬운 일이 아니었다. 그런데 준비가 다 됐는지 보려고 엄마가 문을 열고 들어오는 바람에 애써 붙인 꽃술이 또 다 떨어졌다. 결국 꽃술은 압정으로 박아서 달았다. 아빠는 포도주를 가지러 지하실에 내려가야 했고, 선물을 나뭇가지에 달면서 크리스마스트리를 넘어뜨려 또 한 번 퓨즈를 갈러 지하실에 내려가야 했다. 일이 다 끝나자 바닥에 널린 쓰레기를 빗자루로 쓸었다. 바닥은 온통 엉망진창이었다. 하지만 아빠는 정말 대단하다! 손님들이 오기 전에 모든 준비를 마쳤으니까!

안타깝게도, 아빠는 너무 지쳐버렸다. 그래서 아빠도 나처럼 손님들이 오기도 전에 잠자리에 들었다. 하지만 아빠는 아무 걱정 안 해도 된다. 왜냐하면 내가 아빠 양말도 아빠 침실 라디에이터 앞에다가 걸어놓았기 때문이다. 그러니까 아빠도 나처럼, 그리고 여러분 모두처럼 멋있는 선물을 받을 수 있을 거다. 그렇게 됐으면 좋겠다!

메리 크리스마스!

롤러스케이트

학교에 별의별 것을 다 가져오는 친구들이 있다. 예전에 시릴은 흰쥐를 가져왔었다. 하지만 담임 선생님은 그걸 끔찍하게 싫어했고 마구 비명을 질러서 흰쥐를 겁나게 했다. 시릴은 흰쥐를 데리고 집으로 돌아가야 했는데, 우리는 흰쥐를 참 좋아했기 때문에 그건 참 김빠지는 일이었다. 흰쥐는 진짜 근사했다. 힘이 센 친구 외드는 전에 권투장갑을 가져온 적이 있다. 하지만 쉬는 시간마다 우리 얼굴에 펀치를 날리곤 해서 별로 재미있지 않았다. 알세스트라고 또 다른 친구가 있는데, 항상 먹을 것을 잔뜩 싸 온다. 하지만 자기 먹을 것도 모자라다면서 우리에게 절대 음식을 나눠주진 않는다. 교실에서 알세스트 자리는 음식물 부스러기가 잔뜩 떨어져 있어서 금방 알아볼 수 있다.

지난번에 클로테르는 걔네 아빠가 써주었다는 사유서를 가져와서 우리를 한바탕 웃겼다. 클로테르가 왜 숙제를 못 했는지 설명하는 사유서였는데, 담임 선생님은 맞춤법이 틀린 걸 보고 클로테르에게 벌을 주었다. 그때부터 클로테르는 다음에 사유서를 쓸 때는 실수하지 말아야겠다면서 문법 공부를 열나게 한다. 우리 반 일등인 아냥이 가져온 것은 홍역이었다. 그건 정말 멋졌다. 우리 모두 홍역에 걸려서 삼 주 동안이나 학교에 가지 않아도 되었으니까. 홍역은 평생 한 번밖에 걸릴 수 없다고 하니 정말 안타깝다. 하지만 나는 아직 볼거리도 안 걸렸고 수두도 안 걸렸다.

하지만 제일 멋진 것을 가져오는 친구는 조프루아다. 조프루아는 학교에 장난감을 자주 가져온다. 조프루아네 아빠는 엄청난 부자라서 별의별 걸 다 사주기 때문이다. 오늘 아침에도 조프루아는 커다란 꾸러미를 안고 왔다. 우리가 물었다.

"조프루아, 그게 뭐야? 그게 뭐야?"

"쉬는 시간에 보면 알아."

괜히 신비하게 보이기 좋아하는 조프루아는 이렇게 대답했다.

그래서 우리는 다른 날도 그렇지만 오늘도 아주 조바심을 내며 쉬는 시간이 되기만을 기다렸다. 종이 울리자 우리는 냅다 뛰어나갔다. 하지만 조프루아는 제일 나중에 운동장에 나타났다. 녀석이 느릿느릿 걸어오는 모습은 정말 바보 같았다! 조프루아는 우리가 자기 주위로 몰려드는 것을 보고는 꾸러미를 열었다. 그 안에 들어 있는 것은…… 바로 롤러스케이트였다! 엄청 빨리 달릴 수 있는 커다란 바퀴가 붙어 있고, 반짝반짝 완전 새것인 롤러스케이트! 우리

는 모두 큰 소리로 물었다.

"우리 좀 빌려줄래?"

하지만 조프루아는 우리 말을 못 들은 척하면서 롤러스케이트를
신고 달리기 시작했다. 조프루아는 엄청 빠르게 운동장을 따라 달

렸고 우리는 그 뒤를 우르르 쫓아가면서 소리를 질렀다.

"한 번만 타보자, 응? 나 한 번만 타보자!"

조프루아의 롤러스케이트는 너무너무 재미있어 보였다.

그러고 있는데 학생주임 선생님이 뛰어왔다. 우리는 학생주임 선생님을 부이옹이라고 부른다. 그 선생님은 항상 "내 눈을 잘 봐라!"
라고 말하는데, 그럴 때 선생님 눈동자는 꼭 부이옹 수프에 동동
떠 있는 뿌연 기름 덩어리처럼 보이기 때문이다.

"누가 쉬는 시간에 이런 걸 가져와도 된다고 했지, 응?"

부이옹 선생님이 조프루아에게 물었다.

"선생님, 전 잘못하지 않았어요. 이건 금지된 물건이 아니잖아요."

조프루아가 대답했다.

"글쎄다. 하지만 이건 위험해. 넘어질 수도 있고, 무릎이 깨질 수
도 있고, 그보다 더 안 좋은 일이 생길 수도 있어."

"아니에요, 이건 안 위험해요, 선생님도 한번 타보실래요?"

"요 녀석이 나를 가지고 놀려고 하는구나. 좋아, 가봐라. 하지
만 나중에 다치고 나서 나에게 불평하면 안 된다. 내가 너를 지켜
볼 테다."

부이옹 선생님은 이렇게 말하고 나서 돌멩이로 사냥꾼 공놀이를
하는 형들을 혼내주러 가버렸다.

"야, 이 아부쟁이야, 우리가 롤러스케이트 좀 빌려달라고 할 때는
모른 체하더니 부이옹에게는 한번 타보라고 하기냐!"

외드가 조프루아에게 따졌다.

"아부쟁이? 어디 한번 더 말해보시지."

조프루아가 덤볐다.

"아부쟁이라고 했다, 왜!"

외드는 이렇게 말하고 조프루아의 얼굴에 주먹을 한 방 먹였다.
조프루아는 뒤로 한참 미끄러지다가 저만치 땅바닥에 넘어졌다.

"너 내가 롤러스케이트 벗을 때까지 기다려, 그리고 나서 보자고!"
조프루아가 말했다.

조프루아는 롤러스케이트를 벗고 일어났지만 외드에게 얼굴을 또 한 방 맞았다.

"이건 반칙이야! 난 보지도 않고 있었단 말야!"
조프루아가 소리를 질렀다.

하지만 그건 사실이 아니다. 조프루아는 보고 있었다. 그 증거로, 외드의 주먹이 날아오는 것을 보고 녀석은 사팔뜨기 같은 표정을 지었다.

"웃기는 자식, 너 나한테 이 롤러스케이트 빌려줄 거야, 말 거야?"
외드가 물었다.

"빌려줄게."

조프루아가 대답했다.

조프루아는 좋은 친구다. 그리고 정신 나간 바보도 아니다.

외드는 롤러스케이트를 신었지만 곧장 넘어졌다. 다시 일어나려고 낑낑댔지만 또 넘어지고 말았다.

"너 뭐야! 롤러스케이트 탈 줄 모르는 거야?"

조프루아가 물었다.

"그래서? 그럼 어쩔 건데?"

외드가 기분 나쁘다는 듯이 말했다.

외드는 우리에게 자기를 일으켜달라고 했다. 겨우 똑바로 서는가 싶더니 양팔을 무섭게 허우적거리면서 "손 놓지 마! 손 놓지 마!"라고 외쳤다. 결국 외드는 또 넘어졌다.

"자, 이제 내 롤러스케이트 돌려줘."

조프루아가 말했다.

하지만 외드는 롤러스케이트를 잘 타게 될 때까지는 돌려주지 않겠다고 버텼다. 할 수 없이 조프루아는 외드에게 롤러스케이트 타는 법을 가르쳐주어야 했다.

아주 재미있었다. 조프루아가 외드의 한쪽 팔을 잡고, 나는 다른쪽 팔을 잡았다. 나머지 애들은 뒤에서 외드를 밀었다. 외드는 다리를 벌린 채 "너무 빨라! 너무 빨라!" 하고 소리를 질러댔다.

조금 있다가 뤼퓌스가 말했다.

"애들아! 우리 구슬치기할래?"

그건 참 좋은 생각이었다. 그래서 우리는 외드를 내버려두고 구슬치기를 하러 갔다. 외드는 소리를 지르면서 팔을 허우적대다가 부이옹 선생님 배에 부딪쳤다.

"쭉 네 녀석을 지켜보고 있었다. 이런 식으로 노는 건 안 돼. 롤러스케이트는 압수다. 이리 내놔."

부이옹 선생님이 말했다.

외드는 롤러스케이트를 벗었다. 드디어 롤러스케이트를 벗게 되어서 잘됐다는 얼굴이었다. 하지만 기분이 좋지 않은 사람이 한 명 있었으니, 바로 조프루아였다. 부이옹 선생님이 롤러스케이트를 가지고 가버리자 조프루아가 외드에게 따졌다.

"너 때문에 부이옹이 롤러스케이트를 압수했잖아!"

"그래서? 어쩌라고?"

"부이옹에게 가서 돌려달라고 해. 안 그러면 우리 아빠한테 이를 거야. 우리 아빠가 이 일을 너희 아빠에게 말하면 넌 벌을 받게 될걸!"

"그럼 너희 아빠한테도 한 방 먹일 거야."

"어디 한번 해보시지."

조프루아가 이렇게 말하자 외드는 조프루아에게 또 한 방 먹였다.

조프루아의 코는 외드에게 하도 여러 번 맞아서 심하게 시뻘게졌다. 부이옹 선생님이 달려왔다.

"싸움박질 그만두지 못해?"

그러자 조프루아가 말했다.

"선생님, 선생님, 롤러스케이트 돌려주실 거죠? 제 롤러스케이트 말이에요, 돌려주실 거죠?"

"요 녀석아, 내 눈을 잘 봐라. 선생님이 무슨 말을 하면 그건 괜히 하는 말이 아니야. 롤러스케이트는 위험하다. 선생님은 네가 그걸 가지고 놀지 않았으면 좋겠다. 네가 무릎이 깨져서 피를 철철 흘리며 집에 돌아가는 꼴은 보고 싶지 않아. 롤러스케이트는 오늘 수업이 다 끝난 다음에 돌려주겠다. 그 전에는 절대 안 돼.”

부이용 선생님은 이렇게 말하고 쉬는 시간 끝나는 종을 울리러 갔다.

조프루아는 그날 수업이 끝나고도 롤러스케이트를 돌려받지 못했다. 부이용 선생님이 양호실에 있었기 때문이다. 선생님은 쉬는 시간이 끝나고 운동장에서 넘어져 무릎을 심하게 다쳤다고 한다.

우리들의 집짓기

전에도 말한 적이 있는 것 같은데, 우리 동네에는 아주 멋진 빈터가 있다. 나는 친구들과 그 빈터에 자주 놀러 간다. 거기에는 잡다한 물건들이 아주 많다. 바퀴 없는 고물자동차도 한 대 있고, 빈 상자와 돌멩이와 고양이도 많다. 빈터는 끝내주게 멋있고 거기서 노는 건 아주 신난다.

나는 친구들과 함께 빈터에 집을 한 채 짓기로 결심했다. 다름 아닌 우리들을 위한 집 말이다. 다른 사람들은 들어오지 못하게 하고, 우리가 직접 음식을 만들어 먹기도 하고—이건 알세스트의 생각이었다—비 오는 날에도 빈터에 와서 놀 수 있게 될 거다. 엄청 근사할 거다!

"좋아, 그럼 오늘 오후에 빈터에서 만나자. 각자 집을 짓는 데 필요한 것들을 가지고 오는 거야."

조프루아가 말했다.

빈터에 나와 보니 친구들이 거의 다 와 있었다. 나는 여름에 바닷가에서 모래놀이를 할 때 쓰는 삽과 양동이를 가져왔다. 외드는 망치를 가져왔고 맥상은 주머니에 못을 하나 가득 넣어 왔다. 하나같이 녹이 슬고 구부러진 것들이었지만, 맥상은 멀쩡하고 좋은 못은 전부 자기네 집 벽에 박혀 있다고 하면서 새 집을 짓자고 자기 집 못을 뽑아 올 수는 없지 않느냐고 했다. 조아생은 아무것도 가져오지 않았다. 클로테르도 빈손이었다. 알세스트는 크루아상을 두 개 가져왔지만 그건 집을 지으려고 가져온 게 아니라 자기가 먹으려고 가져온 거였다. 조금 있으니까 뤼퓌스가 아주 의기양양해서 나타났다.

"내가 뭘 가져왔게?"

뤼퓌스는 이렇게 말하면서 문 손잡이를 보여주었다.

"이걸로 뭘 하려고?"

외드가 뤼퓌스에게 물었다.

"뭘 하다니? 집 짓는 데 써야지. 문에 손잡이 없는 집 봤어?"

뤼퓌스 말이 옳았다. 그다음에는 조프루아가 널빤지를 안고 나타났다.

"아빠가 다른 것들은 못 가져가게 했어. 하지만 널빤지는 우리 집 차고에 엄청 많아. 뭐, 그건 아무래도 상관없지. 이 널빤지도 아주 근사하니까."

"별로 크지도 않잖아."

클로테르가 말했다.

46

"아, 그래? 그럼 넌? 넌 뭘 가져왔는데? 응?"

조프루아가 따졌다.

"맞아. 우리는 아주 쓸모 있는 물건들을 가져왔어. 그런데 너희는 아무것도 없잖아. 그러면서 투덜대기만 하고!"

뤼퓌스가 맞장구쳤다.

"자, 이러쿵저러쿵할 시간이 없어. 우리의 집을 지어야 한다고!"

나는 이렇게 말하고 삽으로 땅을 파기 시작했다.

"왜 땅을 파는 거야?"

조아생이 물었다.

"넌 집 짓는 것도 못 봤냐? 집을 지을 때는 땅부터 파는 거잖아."

내가 대꾸했다.

"그걸 누가 몰라? 하지만 왜 여기서 땅을 파냐고? 아직 어디에 집을 지을지 결정하지도 않았잖아!"

맥상이 말했다.

"여기에 지으면 되지."

나는 그렇게 말하고 계속 땅을 팠다. 돌멩이가 있어서 파기가 쉽지 않았다.

"그럼 너는 여기에다 땅을 파서 집을 지어. 우리는 다른 곳에 지을 거야."

맥상이 말했다.

"너 삽으로 한 대 맞아볼래?"

내가 발끈했다.

하지만 조아생이 싸움질하는 건 바보 같은 짓이라고, 그랬다가

는 절대 집을 완성하지 못할 거라고 했다.

"네 말이 맞아. 그러니까 집은 저쪽에다가 짓자."

맥상이 말했다.

"저기다가 집을 짓고 싶으면 그렇게 해. 난 여기에 내 집을 지을 테야."

나는 그렇게 말하고 다시 땅을 파기 시작했다.

그 말에 화가 난 맥상은 나를 향해 다가왔다. 나는 녀석에게 고래고래 고함을 질렀다.

"야, 내 집에서 나가! 너희 집에나 가버리라고!"

맥상은 나에게 와서 얼굴을 갈겼다. 나도 질세라 삽으로 녀석의 머리를 내리쳤다. 맥상은 엄청 놀랐고, 우리는 치고받고 싸우기 시작했다. 하지만 외드가 그만두라고, 이제 진지하게 일을 시작해야 한다고 외쳤다.

"그런데 집은 어떻게 짓지? 단층집? 아님 이층집?"

외드가 물었다. 그러자 클로테르가 킬킬대고 웃었다.

"너 진짜 웃긴다. 이층집을 지으려면 층계가 있어야 하는데 그건 뭘로 만들려고?"

클로테르가 말 한번 잘했다. 층계는 만들기가 힘들다. 특히 계단을 하나하나 놓는 일이 어렵다. 하지만 외드에게 절대로 웃긴다고 해서는 안 된다. 외드는 힘이 아주 세고 친구들 코피 터뜨리는 걸 좋아하니까 말이다. 외드에게 너 웃긴다고 했다가는 틀림없이 얻어맞고 만다. 클로테르는 운이 좋았다. 그나마 외드가 망치를 들고 있지는 않았으니까.

그 일은 비교적 조용하게 넘어갔다. 클로테르가 부루퉁해서 코피를 흘리는 정도였을 뿐이다.

"집은 두 칸으로 나눠서 지어야 해. 현관하고 거실이 있어야 한다고. 내 방에 있는 안락의자를 가져와서 거실에 놓도록 해볼게. 쿠션이 꺼지기 전에는 거실에 있던 건데, 아직 꽤 쓸 만해. 그리고 벽에는 그림을 거는 거야. 바닥에는 양탄자를 깔고 갓을 씌운 램프들을 놓고……."

조아생이 떠들어댔다.

"그럼 부엌은? 부엌 없는 집도 있어?"

알세스트가 물었다.

"그놈의 부엌 타령으로 성가시게 하지 좀 마."

조아생이 말했다.

"쿠션도 꺼진 의자 타령으로 성가시게 하는 건 바로 너잖아!"

알세스트가 대꾸했다.

두 사람은 말다툼을 하려고 저만치 갔다. 알세스트는 치고받고 싸우는 것보다 말다툼을 더 좋아하기 때문이다. 게다가 아직 크루아상을 다 먹지 않아서 싸우려야 싸울 수도 없었다.

"야, 너희들! 집 지을 거야, 말 거야? 시간만 잡아먹고 있잖아!"

조프루아가 외쳤다.

"네 말이 맞아. 자, 그럼 시작하자. 이쪽에다가 문을 만들자고."

뤼퓌스가 말했다.

"네 문에는 아무도 신경 안 쓰거든. 집은 벽부터 만드는 거야."

조프루아는 이렇게 말하고는 자기가 가져온 널빤지를 내가 판 구

51

멍 옆에다가 박으려 했다.

"이보셔, 문이 없으면 어떻게 집에 들어가실 건데?"

뤼퓌스가 물었다.

"누가 문을 안 만든대? 다만 집을 지을 때 문부터 만들지는 않는단 말이야, 이 바보야!"

조프루아가 말했다.

"누구더러 바보라는 거야?"

뤼퓌스가 발끈했다.

조프루아는 뤼퓌스의 얼굴을 찰싹 소리가 나게 한 대 때렸다. 뤼퓌스는 화가 머리끝까지 나서 소리를 지르며 조프루아에게 덤볐다.

"어쭈? 어디 또 말해보시지! 말해보라고! 누가 바보야?"

조프루아도 질세라 마구 소리를 질렀다.

"너! 너! 바로 너! 넌 항상 그 모양이잖아!"

우리는 두 사람을 둘러싸고 싸움 구경을 했다. 뤼퓌스와 조프루아는 힘이 막상막하라서 둘이 싸우면 누가 이길지 흥미진진하다!

조금 있다 둘은 싸움을 그만두었다. 뤼퓌스가 말했다.

"이런 식이라면 나는 가겠어! 문 손잡이도 가져갈 거니까 알아서 해."

"아, 그래? 마음대로 하셔! 나도 이 널빤지 가져갈 거야!"

조프루아가 말했다.

뤼퓌스와 조프루아는 화가 나서 자기네 집 쪽으로 가버렸다.

그래서 우리는 서로 얼굴만 바라보다가 뿔뿔이 집으로 돌아갔다.

그럴 수밖에. 어떻게 재료도 없이 집을 지을 수 있느냔 말이다!

이발소에서

엄마가 내 머리칼을 손으로 쓸어보더니 한마디 했다.

"세상에! 이게 웬 까치집이야!"

그러더니 조금 있다가 이렇게 말했다.

"니콜라, 너도 이제 다 컸지, 응?"

나는 엄마가 나보고 이제 다 컸다고 말하는 게 썩 좋지는 않다. 왜냐하면 그런 말을 들은 다음에는 꼭 뭔가 골치 아픈 일이 생기기 때문이다. 하지만 엄마에게 그렇지 않다고 대답할 수는 없었다. 내가 아주 커졌다는 건 분명한 사실이니까. 나는 이제 식탁 의자에 쿠션을 깔고 앉지 않아도 밥을 먹을 수 있을 만큼 자랐다. 하지만 마카로니를 먹을 때만은 예외다. 마카로니를 먹을 때는 뭘 어떻게 먹고 있는지 똑똑히 봐야만 하니까.

"그래, 너도 이제 다 컸으니까 머리 깎으러 혼자 가야 되는 거야."

엄마가 말했다.

나는 머리 깎으러 가는 걸 싫어한다. 이발사 아저씨는 의사 선생님처럼 하얀 옷을 입고 있다. 게다가 가위랑 이발기는 살에 닿으면 차갑기도 하고 잘못하면 베일 수도 있다. 잘린 머리카락이 콧등에 떨어지거나 눈에 들어가도 내 마음대로 치울 수가 없다. 이발사 아저씨가 수건을 내 목에다 두르고 움직이면 안 된다고 하기 때문이다. 움직이면 면도날에 끽! 하고 베일지도 모른다. 머리를 다 자르고 가게를 나올 때는 꼬락서니가 우스꽝스럽다. 귀가 훤히 다 나오고 짧은 머리칼이 머리통에 들러붙어 있다.

"엄마, 나 이발사 가기 싫어요!"

"이발사가 아니라 이발소라고 해야지. 지금 당장 이발소에 가. 안 그러면 엄마 화낼 거야!"

괜히 하는 말 같지는 않았다. 나는 엄마가 시킨 대로 이발소에 가려고 집을 나왔다. 엄마는 나에게 돈을 주면서, 앞머리를 짧게 치고 귀가 훤히 나오게 해달라고 하랬다. 가는 길에 우리 반 친구 알세스트, 뤼퓌스, 클로테르를 만났다. 그 애들은 구슬치기를 하고 있었다. 알세스트가 물었다.

"너 어디 가?"

"이발소."

그러자 알세스트, 뤼퓌스, 클로테르는 나를 따라가겠다고 했다. 구슬치기에도 싫증이 났고, 어차피 알세스트가 구슬을 다 따먹었던 것이다.

이발소에 도착해보니 두 개뿐인 이발용 의자는 이미 다른 손님들이 차지하고 있었다. 이발사 아저씨들은 우리를 보고 눈이 휘둥그레졌다. 그중 한 아저씨는 "맙소사, 안 돼! 안 돼!"라고 외쳤다. 그러자 다른 아저씨가 그 아저씨에게 말했다.

"잘해보라구, 마르셀!"

우리는 차례를 기다리면서 탁자에 놓인 잡지들을 한번 들추어보았다. 잡지에는 오만 가지 머리 모양들이 나와 있었다. 별로 재미가 없어서 클로테르는 잡지를 한 장 찢어 종이비행기를 만들기 시작했다. 아까 마르셀이라고 불린 아저씨가 우리에게 다가오더니 떨리는 목소리로 물었다.

"자, 지금 나만 손님이 없는데 너희 중 누가 제일 먼저 머리를 자를 거냐?"

나는 내가 맨 먼저라고, 그리고 머리를 자를 사람은 나 하나뿐이라고 했다. 마르셀 아저씨는 내 친구들을 흘끗 보더니 말했다.

"그럼 얘들은?"

"우리는 재미삼아 구경왔어요."

알세스트가 말했다.

"맞아요, 니콜라가 머리를 다 자르면 엄청 웃길 거예요. 그래서 머리를 어떻게 자르나 보러 왔어요."

클로테르도 말했다.

마르셀 아저씨는 얼굴이 시뻘게졌다.

"너희 당장 나가! 여기가 쉬는 시간에 뛰어노는 운동장인 줄 알아!"

그래서 나는 이발소에서 나갔다. 마르셀 아저씨가 길까지 뛰어나와서 나를 붙잡았다.

"너 말고! 다른 녀석들 말이야!"

하지만 뤼퓌스, 클로테르, 알세스트는 나갈 생각이 눈곱만큼도 없었다.

"나를 쫓아내면 우리 아빠에게 일러줄 거예요! 우리 아빠는 경찰관이란 말이에요!"

뤼퓌스가 말했다.

"나도요, 나도 우리 아빠에게 일러줄 거예요. 우리 아빠는 뤼퓌스네 아빠랑 친하단 말이에요!"

알세스트도 거들었다.

그때 다른 이발사 아저씨가 와서는 이렇게 말했다.

"조용, 조용. 여기 있어도 좋아. 하지만 얌전하게 굴어야 한다. 알았지?"

"그러죠, 뭐."

클로테르가 대답했다.

"봤지, 마르셀? 요령이 있어야지. 눈치껏 다루면 아무 문제 없을 거라고."

그 아저씨가 말했다.

마르셀 아저씨는 크게 한숨을 내쉬더니 불쌍해 보이는 미소를 지으면서 나를 바라보았다. 아저씨는 이발 의자 팔걸이에 작은 널빤지 같은 것을 올려놓았다. 그러고는 나를 번쩍 안더니 "으샤!" 하고 힘을 써서 그 위에 앉혔다. 아저씨가 나에게 물었다.

"꼬마야, 넌 이발사한테 오는 게 좋니?"

"이발소에 오는 거라고 해야죠."

마르셀 아저씨는 우리 아빠가 엄마에게 혼날 때처럼 갑자기 웃음을 터뜨렸다. 아저씨는 나에게 참 똑똑한 아이라고, 그러면 2 곱하기 2가 뭔지는 아냐고 했다. 나는 아저씨에게 2 곱하기 2는 4라고 했다. 아저씨는 엄청 기분이 좋은 것 같았다. 아저씨가 너무 재미있어하기에, 나는 4 곱하기 3은 12이고 7 곱하기 5는 35라는 것도 가르쳐주었다. 마르셀 아저씨처럼 곱셈을 재미있어하는 사람은 난생처음 봤다. 뤼퓌스와 알세스트도 실력을 발휘하고 싶어서 열심히 구구단을 외우기 시작했다. 하지만 클로테르만은 한마디도 안 했다. 녀석은 우리 반 꼴찌이고 특히 수학은 완전 젬병이기 때문이다.

"자, 됐다, 됐어! 이제 조용히!"

마르셀 아저씨가 말했다.

"요령 있게 다루라니까, 마르셀."

다른 이발사 아저씨가 말했다.

그 아저씨는 손님 얼굴에 비누거품을 잔뜩 바르고 면도를 해주고 있었다.

"아저씨 손님은 꼭 크림케이크 같네요!"

먹을 것이라면 사족을 못 쓰는 알세스트가 그 아저씨에게 말했다.

누워 있던 손님의 얼굴에서 거품으로 덮여 있지 않은 부분이 시뻘게졌다. 손님은 "루이, 서둘러줘요."라고 했다. 내 생각에 그 손님은 비누거품을 좀 먹었을 것 같다. 손님이 말하는 순간에 이발사 아저씨의 면도솔이 코밑으로 지나가고 있었기 때문이다.

"머리를 어떻게 잘라줄까?"

마르셀 아저씨가 나에게 물었다.

"아주 길게요, 카우보이들처럼 머리칼이 뺨까지 늘어지게."

뤼퓌스가 나 대신 대답했다.

"아녜요, 박박 깎아주세요. 텔레비전에 나오는 프로레슬링 선수들처럼요."

클로테르도 한마디 했다.

"조용히 해! 누가 너희한테 물어봤어?"

마르셀 아저씨가 외쳤다.

"나는 아무 말도 안 했단 말이에요!"

알세스트가 말했다.

"마르셀, 요령이 있어야 한다니까!"

루이라는 이발사 아저씨가 말했다.

"자네는 끼어들지 마!"

마르셀 아저씨가 대꾸했다.

"귀가 다 나오게 해주시고요, 앞머리도 짧게 해주세요."

내가 말했다.

"응? 그래?"

마르셀 아저씨는 그렇게 대답했지만 뭐가 어떻게 되어가고 있는지 잘 모르는 것 같았다.

마르셀 아저씨는 가위를 들고 내 머리통 위에서 싹둑싹둑 소리를 내며 머리칼을 잘랐다. 그러고 있는데 뒤에서도 싹둑싹둑하는 소리가 났다. 아저씨는 가위질을 멈췄다. 알세스트가 가위를 들고

뤼퓌스, 클로테르와 함께 잡지를 마구 자르고 있었다. 아저씨가 고함을 쳤다.

"너희 뭐 하는 거야?"

"비행기 만들어요."

알세스트가 대답했다.

마르셀 아저씨는 종이비행기를 별로 좋아하지 않는 모양이었다. 알세스트에게 가위를 돌려달라고, 이제 가만히 좀 있으라고 했다.

"신나게 놀거리가 없어서 그래요."

뤼퓌스가 말했다.

"맞아요, 그리고 가위는 돌려주세요. 이발기로는 종이 자르기가 어렵단 말이에요!"

클로테르가 말했다.

"당장 내놔!"

마르셀 아저씨는 소리를 버럭 지르면서, 클로테르가 들고 있던 이발기도 빼앗았다.

"소란 좀 피우지 말게. 자네 때문에 정신이 없어서 손님 귀를 베기라도 하면 어쩌라고."

루이 아저씨가 말했다.

"안 돼, 안 돼, 안 돼!"

손님이 덩달아 소리를 질렀다. 귀는 아직 잘만 붙어 있었지만, 그래도 손님은 잔뜩 긴장한 것 같았다.

"내 머리 자를 거예요? 말 거예요?"

내가 마르셀 아저씨에게 물었다. 아저씨는 내가 기다리든 말든 상관없이 내 친구들하고 장난만 치고 있었으니까.

마르셀 아저씨는 다시 내 머리칼을 자르기 시작했다. 알세스트, 뤼퓌스, 클로테르는 내 뒤에 와서 머리 자르는 것을 구경했다.

"머리를 너무 짧게 치는 것 같지 않아?"

알세스트가 물었다.

"아니, 그건 둘째 치고 길이가 너무 들쭉날쭉해."

클로테르가 대답했다.

"조용히 해!"

마르셀 아저씨가 소리를 질렀다.

그때 "아야!" 소리가 들렸다. 면도를 받던 손님이 비명을 질렀던 것이다.

"죄송합니다, 손님. 저 친구 때문에 깜짝 놀라서 실수를 했습니다."

루이 아저씨가 사과를 했다.

손님은 전혀 용서해줄 분위기가 아니었다. 당장 나가고 싶으니까 비누거품이나 닦아달라고 했다.

"하지만 손님, 아직 한쪽밖에 면도를 못 했는데요!"

루이 아저씨가 말했다.

"피 나는 쪽 말이겠지요. 피 나는 건 한쪽으로 족해요!"

손님은 그렇게 대꾸하고는 얼굴을 닦고 나가버렸다.

"웃기는 손님들도 많네요."

뤼퓌스가 말했다.

루이 아저씨가 뤼퓌스에게 성큼성큼 다가가자 마르셀 아저씨가

"애들은 요령 있게 다뤄야지, 루이!" 하고 말했다. 그 말에 루이 아저씨가 걸음을 딱 멈춰서, 나는 그 아저씨가 마르셀 아저씨 쪽으로 가려나보다 생각했다.

마르셀 아저씨는 내 머리를 다 잘랐다. 그동안 뤼퓌스는 클로테르에게 분무기로 물을 뿜어대면서 놀았고, 루이 아저씨는 알세스트가 가져간 가루분을 도로 빼앗으려고 쩔쩔맸다. 모두들 아주 신나게 놀고 있었다.

루이 아저씨와 마르셀 아저씨는 신나게 놀 기회가 별로 없었던 게 분명하다. 우리가 떠나자 의자에 털썩 주저앉아 슬픈 표정을 지었으니까. 가엾게도 두 아저씨는 거울만 바라보면서 아무 말도 하지 않았다.

　빨리 이발소에 한 번 더 가줘야겠다. 아저씨들을 위로해주러 말이다!

마술 시범

일요일 오후에는 비가 왔다. 블레뒤르 아저씨와 아줌마가 우리 아빠 엄마와 카드놀이를 하러 왔다. 블레뒤르 아저씨는 우리 이웃 인데 아주 재미있고 뚱뚱하다. 아저씨를 보면 가끔 알세스트가 생각난다. 알세스트가 어른이 되면 꼭 블레뒤르 아저씨 같을 거다. 블레뒤르 아줌마는 아저씨 부인이다.

나는 비가 오고 손님이 오는 날엔 집에 있는 걸 좋아한다. 왜냐하면 그런 날은 엄마가 맛있는 간식거리를 잔뜩 만들어주기 때문이다. 그리고 아빠와 블레뒤르 아저씨가 항상 티격태격하는 것도 재미있다. 아빠와 아저씨는 서로 "자네는 카드에 대해 아무것도 몰라."라고 하고, 블레뒤르 아줌마는 카드놀이를 하는 건지 말싸움을 하는 건지 모르겠다고 하고, 우리 엄마는 정말이지 못 봐주겠

64

다고 한다.

간식을 먹고 나서—오늘 간식은 브리오슈, 사과파이, 초콜릿맛과 커피맛 에클레르 과자, 나는 초콜릿맛을 좋아한다. 그리고 크루아상이었다—아빠, 엄마, 블레뒤르 아저씨, 아줌마는 계속해서 카드놀이를 했다. 카드놀이가 모두 끝나자 블레뒤르 아저씨는 아주 기분이 좋았다. 아저씨가 오늘 이겼기 때문이다.

"그렇지! 니콜라, 내가 카드 마술 좀 보여주마."

아저씨가 나에게 말했다.

"이봐, 관둬, 블레뒤르! 그런 케케묵은 눈속임을 누가 모를까봐!"

아빠가 말했다.

"자네는 빠져. 나는 자네가 아니라 자네 아들에게 말한 거라고. 요 귀여운 녀석, 너 아저씨가 마술 보여주는 거 좋지?"

아저씨가 물었다.

"네, 좋아요!"

내가 대답했다.

"하긴 카드놀이를 자네처럼 하는 사람은 얼른 화제를 바꾸고 싶
겠지."

아빠가 비꼬았다.

블레뒤르 아저씨는 아빠를 바라보고는 어깨를 으쓱했다. 아저씨
는 허공을 바라보며 도리도리 고갯짓을 하더니 카드를 집어서 골고
루 섞었다. 그러고는 나에게 카드 뭉치를 내밀면서 말했다.

"자, 우리 꼬맹이가 카드를 한 장 골라볼까. 아무거나 괜찮아. 뭘
뽑았는지 보고 뭉치 속에 도로 집어넣으렴. 그 카드가 뭔지 나에게
말하면 안 돼."

"난 뭔지 알아, 자네의 그 마술이라는 거."

아빠가 놀리듯이 말했다.

나는 카드를 한 장 뽑았다. 다이아몬드 10이 나왔다. 블레뒤르
아저씨는 카드 뭉치를 둘로 갈랐고, 나는 그 사이에 내가 뽑은 카드
를 도로 집어넣었다.

"옳지, 자, 보자, 어디……."

블레뒤르 아저씨는 이렇게 말하고 카드 뭉치에다가 후, 하고 입
김을 불었다. 그러고서 카드를 펼쳐보더니 한 장을 골라서 나에게
내밀었다.

"이거 맞지?"

그 카드가 뭐였냐고? 다이아몬드 10이었다!

"네!"

내가 외쳤다.

"그럴 줄 알았다니까!"

아빠도 외쳤다.

"이보서, 자네 때문에 슬슬 짜증이 나려고 하거든."

블레뒤르 아저씨가 말했다.

"이제 집에 가야 해요."

블레뒤르 아줌마가 끼어들었다. 그리고서 아저씨와 아줌마는 자기네 집으로 돌아갔다.

나는 블레뒤르 아저씨의 마술 쇼에 정신이 홀딱 나가 있었다. 학교에서 그 마술을 한다면 친구들이 놀라서 나자빠질 것이다. 나는 아저씨가 했던 것처럼 카드를 모아 쥐고 아빠에게 내밀었다.

"카드를 한 장 뽑아보세요."

"아빠 좀 가만히 내버려둬라, 니콜라."

"자요, 카드 한 장만 고르세요. 내가 알아맞힐게요."

"니콜라, 아빠 말 잘 들어. 아빠는 오늘 카드라면 신물이 날 정도로 봤거든. 그러니까 착하게 굴어야지. 가서 너 혼자 놀아라."

세상에, 정말 해도해도 너무했다! 이게 뭐냔 말이다. 일요일인데도 나가 놀지 못하게 했으면서, 나만 빼놓고 모두들 카드놀이를 했으면서! 내가 마술을 할 수 있게 도와주는 사람이 없으면 친구들에게 다이아몬드 10을 짠, 하고 보여줄 수 없다. 나는 엉엉 울기 시작했다. 정말이지 너무했다, 장난이 아니란 말이다!

"조용히 해라, 니콜라."

아빠가 말했다.

"도대체 무슨 일이야?"

방에 있던 엄마가 나와서 물었다.

"아니야, 아무것도. 별일 아니야."

아빠는 이렇게 대꾸하고는 다시 나에게 말했다.

"좋아, 좋아, 알았으니까 그만 울어. 아빠에게 카드 한 장 줘봐."

그래서 나는 아빠가 카드를 한 장 고를 수 있게 해줬다. 아빠는 카드를 흘끗 보고는 다시 카드 뭉치에 집어넣었다. 나는 카드 뭉치에 후, 하고 입김을 불고 다이아몬드 10을 찾았다. 나는 그 카드를 아빠에게 보여주면서 물었다.

"이 카드 맞죠?"

"아닌데."

"왜 아니에요?"

"아니니까 아니라고 하지. 내 카드는 클로버 2였어."

"말도 안 돼요! 블레뒤르 아저씨가 할 때는 맞았단 말이에요!"

"아, 니콜라! 아빠 좀 귀찮게 하지 마! 알았어?"

아빠가 소리를 질러서 나는 또 울음을 터뜨렸다. 엄마가 얼른 뛰어나왔다.

"언제까지 이럴 거야? 이번에는 또 무슨 일이니?"

그러자 아빠가 설명했다.

"당신 아들이 다이아몬드 10이 아니라 클로버 2를 뽑았다고 나를 원망하고 있어. 어쨌든 그게 내 잘못은 아니거든?"

"아빠가 일부러 그랬잖아!"

내가 소리를 질렀다.

"말하는 버르장머리하고는! 아빠가 네 친구야?"

"다들 조용히 해. 내가 저녁식사를 제대로 준비하기 바란다면 조용히 해달란 말이야. 자, 무슨 일인지 설명을 좀 해봐. 소리 지르지 말고 차분하게."

엄마가 말했다.

그래서 나는 엄마에게 블레뒤르 아저씨의 마술 이야기를 했다. 그리고 아빠랑 했을 때는 마술이 되지 않았다고 했다. 그러자 엄마가 말했다.

"알았다. 아마 아빠가 좀 피곤하셔서 그런가 봐. 엄마랑 다시 해보자."

나는 엄마와 마술을 해보았다. 엄마는 카드를 한 장 뽑았다가 카드 뭉치에 도로 넣었다. 나는 후, 하고 입김을 불고 클로버 2 카드를 뽑아서 엄마에게 보여주었다.

"이거 맞죠?"

"그래, 맞아, 우리 아들."

"엄마는 내 기분 맞춰주려고 아닌데도 맞다고 하는 거잖아요!"

"니콜라! 이제 좀 그만두지 못하겠니? 지겹다, 지겨워!"

아빠가 고함을 쳤다.

"소리 지를 것 없어. 내가 클로버 2라고 했으면 그건 클로버 2인 거야. 니콜라, 너의 마술이 이번에는 성공했구나. 참 잘했다. 이제 엄마는 저녁상 차리러 갈게."

엄마가 말했다.

"클로버 2 아니었죠? 클로버 2 아니었잖아요!"

나는 계속 소리를 질렀다. 그러고는 다시 울음을 터뜨렸다. 나는 정말 너무하다고, 일요일인데 나만 빼고 모두 재미있게 논다고, 친구들에게 마술 시범을 보여줄 수 없을 거라고, 집을 나가버릴 거라고, 그러면 모두 엄청 후회하게 될 거라고 했다. 그러자 아빠가 엄마에게 말했다.

"여보, 저 녀석에게 그놈의 마술을 어떻게 하는지 가르쳐주자고. 그러지 않고는 저 녀석을 달랠 수가 없을 거야. 마술을 가르쳐주면 더 이상 이런 소동을 벌이지도 않겠지. 오늘 저녁만큼은 나도 언성을 높이고 싶지 않다고."

"와! 좋아요, 아빠!"

나는 좋아서 펄쩍펄쩍 뛰었다.

"왜 나한테 그러니? 난 그 마술 몰라!"

아빠가 말했다.

71

"하지만 아까 블레뒈르 아저씨에게는 아는 마술이라고 했잖아요?"

"내가? 난 기억 안 나는데?"

"자, 그럼 당신이 당신 친구 블레뒈르 씨에게 전화를 걸어. 나는 이제 저녁 준비해야 돼."

엄마는 그렇게 말하고 가버렸다. 아빠는 나를 바라보고는 크게 한숨을 쉬었다. 아빠는 자그마한 목소리로 바보천치 블레뒈르 녀석 어쩌고저쩌고하면서 구시렁거리더니 전화를 걸러 갔다.

"여보세요? ……블레뒈르? 자넨가…… 그래, 난데…… 응, 응, 그래, 좋아…… 이보게, 아니 난 진지하게 하는 말인데…… 내 말 좀 들어보게, 알았지? ……응, 우리 집 꼬마 녀석이 자네 카드 마술에 홀딱 빠져가지고 말이야, 내일 학교에 가서 친구들 앞에서 해보고 싶다는군. 그러니까 그거 어떻게 하는 건지 좀 가르쳐주게, 뭐 나도…… 왜, 안 돼? ……뭐? ……아, 어려운 마술이지! 그럼 까다롭다마다! ……자, 좀 가르쳐주지? 그래…… 알았어, 알았어…… 그래…… 알았네…… 좋아. 응, 잘 있게, 블레뒈르. 뭐라고? ……아! 알았네, 알았어, 그렇지, 그래…… 고맙네! 뭐? 진심으로 감사드립니다, 라고 하라고? 그러면 기분 좋나? 자, 이제 그만 끊지, 잘 자게."

아빠는 전화를 끊었다. 그러고는 카드 뭉치를 찾아와서 나에게 설명을 해주었다.

"봐라, 카드를 도로 넣으라고 할 때 그 카드 바로 앞에 놓인 카드가 뭔지 볼 수 있지? 예를 들어 지금은…… 스페이드 5잖아. 자, 상

대가 고른 카드는 여기 스페이드 5 다음에 놓게 되잖아. 그러니까 그 카드는 하트의 9지. 쉽지? 이제 알겠니?"

"네."

"자, 이걸로 만족했으면 좋겠다. 이제 친구들 앞에서 마술을 보여줄 수 있을 거야."

"이게 뭐예요! 이건 속임수잖아요. 사기 치는 거라고요!"

공동 꼴찌

오늘 아침에는 학교 가기가 싫었다. 수학 시험을 보는 날이기 때문이다. 나는 시험이 싫다. 우선, 시험을 보는 데 두 시간이나 걸린다. 그래서 쉬는 시간을 한 번 빼먹어야 한다. 그리고 시험을 보기 전에는 공부를 엄청 열심히 해야 한다. 하지만 정작 시험에는 공부하지도 않은 문제들이 막 나온다. 그래서 결국 안 좋은 점수를 받게 된다. 나쁜 점수를 받아서 집에 돌아가면 엄마가 야단을 치고 아빠는 이래 가지고는 아무짝에도 쓸모없는 사람이 될 거라고, 아빠는 내 나이에 항상 일등만 했다고, 그래서 아빠의 아빠는 항상 아빠를 엄청 자랑스러워했다고 잔소리를 한다. 그나마 역사 시험이나 지리 시험이면 가끔 운 좋은 일이라도 생긴다. 내가 잘 아는 잔 다르크의 신나는 모험 이야기나 센 강의 모험 이야기에 대한 문제가 나올지도 모르니까 말이다. 하지만 수학 시험은 계산을 해야 답이 나오니까 다른 시험보다 더 끔찍하다.

그래서 수학 시험이 있는 날에는 모두 병이 나서 학교에 가지 않으려고 애쓴다. 하지만 엄마들은 우리 사정을 봐주지 않고 무조건 학교에 보낸다. 심지어 전에 조아생의 엄마는 조아생이 아프다고 했는데도 믿어주지 않았다. 하지만 조아생은 진짜 볼거리에 걸렸던 거였고, 우리 반 애들은 모두 조아생에게 옮아서 부활절 방학 내내 볼거리를 앓았다.

학교에 갔더니 다른 친구들은 벌써 다 와 있었다. 모두 괴로운 표정이었다. 담임 선생님의 치사한 귀염둥이 아냥만 빼고 말이다.

"우리 형이 그러는데, 옛날에 학교 다닐 때는 조그만 종이쪽지에 답을 미리 써 가서 주머니에 감춰놓고 시험 시간에 몰래 봤대."

외드가 말했다.

"수학 시험은 어떻게 했대?"

클로테르가 물었다.

"형은 수학에선 꼴찌였어."

외드가 대답했다.

"나는 아빠가 수학 시험에서 괜찮은 성적을 받아 오지 않으면 자전거를 압수한다고 했어."

조아생이 말했다.

"우리 엄마는 수학 시험에서 20등 안에 못 들면 후식을 못 먹게 한다고 했어."

알세스트가 초콜릿빵을 삼키면서 말했다. 알세스트는 땅이 꺼져

라 한숨을 쉬고는 이제 크루아상을 먹기 시작했다.

그때 내게 좋은 생각이 떠올랐다. 나는 아냥이 우리 반 모두에게 답을 적어서 돌리면 되지 않느냐고 했다. 12단을 외우고 있던 아냥이 내 말을 듣고는, 절대 그런 일은 없을 거라고 했다. 녀석은 "12 곱하기 3은 36, 12 곱하기 4는 48……." 하고 열심히 외우면서 가 버렸다.

대단한 녀석이다! 우리는 아냥을 붙잡고 말했다.

"자, 아냥, 멋있는 일을 해보는 거야! 어때?"

하지만 아냥은 통 우리 이야기를 들으려 하지 않았다.

"내 주먹을 맞고 코피가 터져야 알아듣겠냐?"

외드가 말했다.

하지만 그런 말을 듣고도 아냥은 눈 하나 꿈쩍하지 않았다. 아냥은 우선 자기는 안경을 꼈기 때문에 얼굴을 때려서는 안 된다고,

만약 그런 일이 생기면 부모님에게 일러줄 거라고, 그러면 부모님은 교장 선생님에게 항의를 할 것이고 우리는 감옥에 가게 될 거라고, 시험을 볼 때 부정행위를 하는 건 아주 못된 일이라고 했다.

"답을 보여주면 구슬 열 개를 줄게."

클로테르가 말했다.

아냥은 클로테르를 바라보며 조금 생각해보는 듯하더니 도리질을 했다.

"그럼 서른 개."

알세스트가 나섰다.

아냥은 그 말을 듣고 안경을 벗어서 닦았다.

"서른두 개."

조프루아가 말했다. 조프루아의 아빠는 엄청난 부자다.

"좋아. 하지만 지금 당장 줘야 해."

아냥이 말했다.

우리는 모두 좋다고 했다. 조프루아가 구슬 스물여덟 개를 내놓았다. 다른 친구들도 조금씩 구슬을 내놓아서 서른두 개를 채웠다. 아냥은 호주머니에 구슬을 잔뜩 넣고, 답이 적힌 쪽지를 전달하겠다고 약속했다. 우리는 모두 기분이 엄청 좋았다.

"우리 모두 '공동 일등'이 되겠다."

조아생이 말했다.

클로테르가 그게 무슨 뜻이냐고 물어보자 조아생은 자기 자전거를 압수당하지 않을 거라는 뜻이라고 했다.

우리는 교실에 들어가 자리에 앉았다. 담임 선생님은 책을 모두 책상 밑에 내려놓고 종이를 한 장 꺼내 맨 위 왼쪽에 자기 이름을 쓰라고 했다. 선생님은 칠판에 문제를 썼다. 기차 두 대가 양쪽에

서 동시에 출발하면 언제 만나게 되느냐를 묻는 문제였다. 그다음에 수도꼭지와 마개를 채우지 않은 욕조에 대한 문제도 나왔다. 세번째 문제에는 달걀이랑 토마토랑 감자를 시장에서 엄청 많이 파는 어떤 농장 주인이 나왔다.

문제는 엄청 어려웠다. 우리는 모두 아냥을 바라보았다. 만약 아냥도 답을 모르면 시험은 시험대로 망치고 구슬은 구슬대로 다 잃고 완전 망하는 거니까. 하지만 아냥은 답을 알고 있었다. 녀석은 혀를 내민 채 왼손 손가락을 꼽아가면서 엄청 빨리 답을 쓰고 있었다. 알세스트가 팔꿈치로 나를 툭 치면서 "이제 됐어!" 했다. 하지만 나는 좀 불안해지기 시작했다. 아냥은 우리를 전혀 신경 쓰지 않는 것처럼 보였기 때문이다. 조프루아가 작은 목소리로 아냥에게 "야!" 하고 신호를 보냈다.

"조프루아! 괴상한 짓 하지 말고 문제나 열심히 풀어!"

담임 선생님이 조프루아에게 말했다.

바로 그때 아냥이 작은 종이쪼가리에 뭐라고 글씨를 끼적거리고는 둥글게 말았다. 아냥은 우리 숙제를 고쳐주고 있는 담임 선생님을 슬쩍 보더니, 옆자리에 앉아 있는 조프루아를 슬쩍 보았다. 그러고는 얍! 하고 종이를 조프루아에게 던져주었다.

"아냥, 그거 뭐야! 선생님 다 봤어! 가져와봐!"

담임 선생님이 냅다 소리를 질렀다.

아냥은 입이 떡 벌어지더니 울음을 터뜨렸다. 담임 선생님은 자리에서 일어나 조프루아 책상에 떨어진 종이를 주웠다. 이윽고 담임 선생님이 입을 열었다.

"아냥, 참 장하구나, 장해! 네가 그럴 줄은 꿈에도 몰랐다. 이제 보니 선생님이 한참 잘못 알고 있었구나. 너도 다른 친구들과 똑같이 제멋대로인 아이였어. 자, 여기서 나가렴. 나중에 다시 보자. 그리고 이번 수학 시험 점수는 아예 없어!"

아냥은 교실 바닥에서 데굴데굴 굴렀다. 녀석은 아무도 자기를 좋아하지 않는다고, 이건 다 우리들 때문이라고, 경찰에 신고할 거라고, 자기는 죽어버릴 거라고 했다. 그러고는 교실에서 나갔다.

우리는 모두 눈만 동그랗게 뜨고 교실 문을 바라보았다. 내 옆에 앉아 있던 조아생이 작은 소리로 말했다.

"아이고, 내 자전거가 날아가는구나."

담임 선생님은 우리에게 아냥한테 신경 쓰지 말고 시험 문제나 마저 풀라고 하고는 우리 숙제를 다시 고치기 시작했다. 그리고 또

누구든지 부정행위를 하다 잡히면 수업이 끝나고 남아야 할 거라
고 했다.

교장 선생님이 와서 시험 점수를 알려주면서, 오랫동안 학생들을
가르쳐왔지만 이런 경우는 난생 처음 본다고 했다.

우리는 모두 '공동 꼴찌'를 했던 것이다!

조프루아의 장난감 배

작은 공원에 친구들이 모였다. 조프루아가 아빠가 새로 사준 배를 가져왔기 때문이다. 조프루아네 아빠는 엄청나게 부자라서 항상 새 장난감을 사준다. 조프루아는 뤼퓌스, 외드, 알세스트, 클로테르 그리고 나에게 만나자고 약속을 했다. 하지만 클로테르 녀석은 약속을 지킬 수가 없었다. 목요일마다 그렇듯이 오늘도 학교에 나가야 했기 때문이다. 하지만 다른 친구들은 전부 다 나왔다. 모두들 엄마 아빠에게 이제부터 얌전한 아이가 되고 바보 같은 말썽 따윈 부리지 않겠다고 약속하고 나온 참이었다.

공원은 집에서 별로 멀지 않고 참 근사하다. 아주 옛날에, 그러니까 내가 우리 집 탁자에 놓인 사진 속 모습처럼 아주 조그마했을 때에, 나는 엄마랑 종종 그 공원에 가곤 했다. 사진을 보면 엄마는 유모차에 나를 태우고 있는데, 지금 그 유모차는 어쩌다 시장에서 감자를 잔뜩 사 올 때나 써먹을 뿐 당최 쓸 데가 없다. 아빠는 나한테 동생이 생겨서 감자 대신 동생이 유모차를 타게 될지도 모른다고 했다. 하지만 아빠가 괜히 하는 농담이라는 걸 나도 안다.

공원에는 어떤 아저씨 조각상이 있는데, 돌로 된 책상에 앉아서 돌로 된 기다란 깃털 펜으로 뭔가를 쓰고 있다. 표정을 보아하니 별로 기분 좋은 이야기를 쓰는 것 같지는 않다. 한번은 조아생이 장난으로 그 아저씨 무릎에 올라가 앉아보았다. 하지만 관리인 아저씨는 그 장난을 전혀 재미있어하지 않았고, 마구 달려와서는 조아생에게 망나니 같은 녀석이라고 했다. 관리인 아저씨는 만날 야단을 치고 법석을 떤다. 수염을 잔뜩 기르고 기다란 막대기와 호루라기를 갖고 다닌다. 그리고 막대기를 마구 휘두르면서 우리를 쫓아오곤 한다. 하지만 사실 관리인 아저씨는 친절하다. 그렇게 막대기를 휘둘러도 진짜로 때린 적은 한 번도 없다. 전에 한번은 사탕도 줬다.

공원에는 풀밭이 많다. 풀밭에 들어가도 되는 건 관리인 아저씨하고 새들뿐이다. 모래밭도 있는데, 우리는 이제 아기가 아니기 때문에 거기 들어가서 놀지는 않는다. 무엇보다도 공원 한가운데에는 분수가 있다. 우린 거기에 배를 띄우고 논다. 오늘 공원에서 만나기로 한 것도 그래서였다. 조프루아의 부자 아빠가 새 배를 사주었기 때문이다. 이 이야기는 앞에서 벌써 한 것 같다.

조프루아는 맨 꼴찌로 나타났다. 녀석은 자랑할 만한 새 장난감이 있을 때는 꼭 늑장을 부린다. 친구들이 자기를 기다리는 걸 좋아해서다. 아주 짜증나는 일이다. 조프루아는 팔에 커다란 상자를

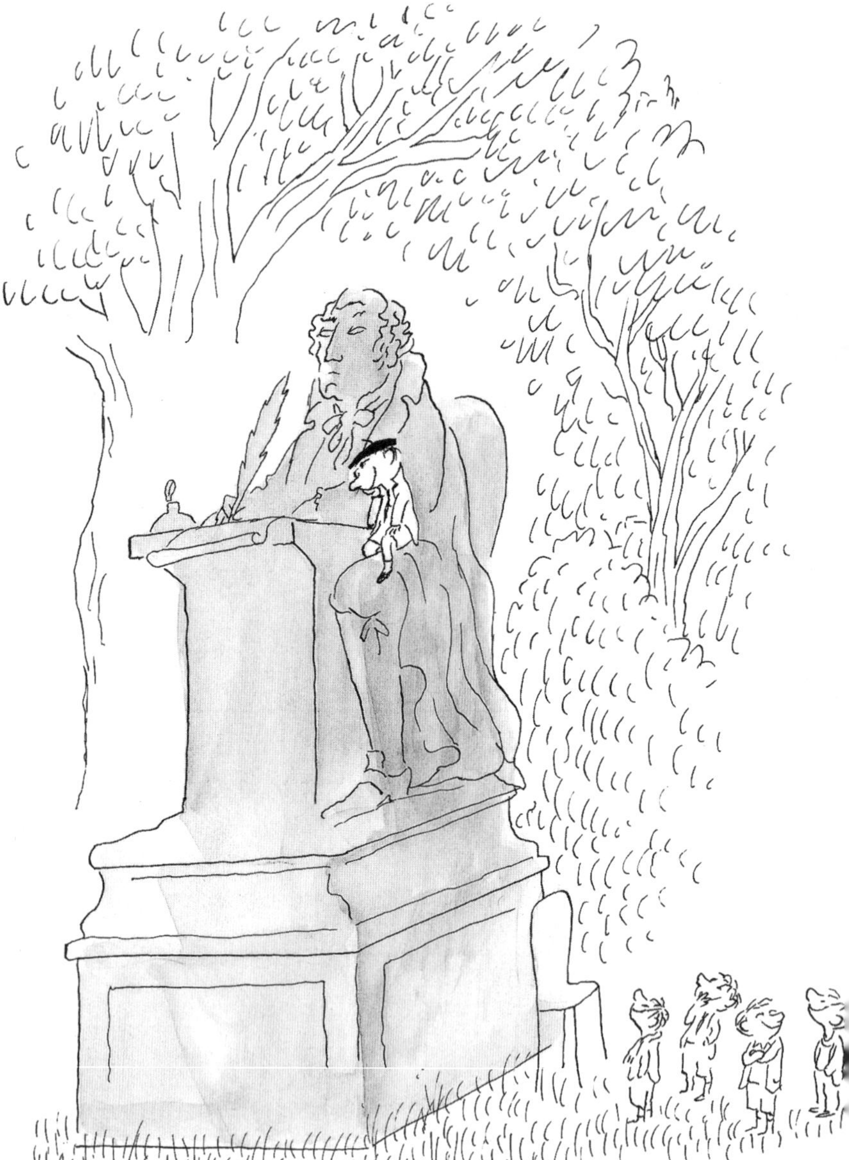

안고 있었다. 녀석이 상자를 열자 배가 보였다. 끝내줬다! 빨간색과 하얀색으로 칠한 모터보트에 작은 깃발과 스크루, 키까지 달려 있었다. 관리인 아저씨가 배를 구경하러 왔다. 아저씨는 참 멋있는 배라고 하고는, 우리가 얌전하게 놀면 좋겠다고 했다. 우리는 아저씨에게 말썽을 부리지 않겠다고 했다. 아저씨는 "그래, 그래." 하면서 풀밭에 앉아 있던 개를 쫓아내러 저만치 가버렸다.

조금 있으니까 다른 패거리가 나타났다. 그 애들은 딴 학교에 다니는데 모두 멍청하기 짝이 없다. 그래서 우리는 만나기만 하면 싸운다. 그 녀석들이 우리에게 다가왔다. 한 녀석이 조프루아에게 팔에 들고 있는 게 뭐냐고 물었다. 조프루아는 상자 뚜껑을 닫고는 몰라도 된다고 했다.

"쳇! 내버려둬. 보나마나 인형이겠지."

한 녀석이 말했다.

그 말을 듣고 다른 녀석들이 모두 킬킬대고 웃기 시작했다. 우리
는 기분이 나빠졌다.

"이건 배야. 조프루아 거란 말이야."

뤼퓌스가 말했다.

"그래, 엄청 근사한 배야."

나도 한마디 거들었다.

"너희는 아마 이렇게 멋있는 건 절대 못 가질걸."

외드가 말했다.

알세스트는 아무 말도 안 했다. 마들렌 과자를 볼이 미어지도록
물고 있어서 말을 할 수 없었던 거다. 공원에서 마들렌 과자를 파는
아줌마는 알세스트를 보면 엄청 반가워한다. 알세스트가 워낙 자
주 사 먹기 때문이다.

"그게 진짜 멋있는 배라면 우리에게 당연히 보여줘야지."

저쪽 패거리 중 한 녀석이 이렇게 말하면서 조프루아의 상자를
빼앗으려고 했다. 하지만 조프루아는 절대로 상자를 놓지 않았고
오히려 그 녀석을 밀쳐버렸다. 그때 관리인 아저씨가 호루라기를 삑
삑 불면서 뛰어왔다.

"요 불량배 녀석들, 어디서 싸움판을 벌이려 들어? 그렇게는 안
돼! 그랬다가는 너희들 모두 경찰서로 끌고 가서 매 맞게 해줄 거다."

아저씨가 소리를 질렀다.

"쳇! 그런 말은 나한테 안 통한다고요. 우리 아빠가 경찰관이라
서 경찰서라면 손바닥 들여다보듯 훤한데……."

뤼퓌스가 말했다.

관리인 아저씨는 경찰관 아빠가 있으면 복인 줄 알고 다른 친구
들에게 모범을 보여야 하지 않느냐고, 아까부터 다 지켜보고 있었
다고 했다. 하지만 아까 그 개가 또 다른 개를 끌고 와서 풀밭에 들
어가는 바람에 아저씨는 얼른 자리를 떠야만 했다.

저쪽 패거리 중 한 녀석이 어쨌든 자기는 조프루아의 배에 관심
이 없다고, 자기네는 더 좋은 배가 있다고 했다. 더 좋은 배라니 말
도 안 된다. 녀석들은 분수로 몰려갔고, 우리는 킬킬대면서 과연 그
녀석들의 배가 얼마나 대단한지 보자며 따라갔다. 하지만 그 배를
보니 웃음이 쏙 들어갔다. 녀석들의 배는 아주 멋있는 요트였다. 돛
대랑, 줄이랑, 깃발이 엄청 많이 달려 있었다.

"흥, 별로네……."

조프루아가 말했다.

"뭐, 별로라고? 별로라고?"

한 녀석이 발끈했다.

"좋아, 진짜 네 배가 이것보다 좋으면 어디 내놔봐. 한번 보자고."

다른 녀석도 말했다.

조프루아는 자기 배를 별로 보여주고 싶지 않은 것 같았다.

"내가 배를 안 보여주는 건, 너희가 창피해할까봐 그러는 거야."

이 말에 녀석들은 모두 배를 잡고 웃었다. 그러자 조프루아가 저쪽에서 제일 작은 한 녀석을 밀쳤다. 녀석은 조프루아가 자기를 물에 빠뜨리려고 했다면서 큰 소리로 울기 시작했다. 그러자 몸집이 큰 다른 녀석이 조프루아에게 다가가서 이렇게 말했다.

"방금 내 동생에게 한 짓을 나한테도 해보시지."

"내가 뭘, 내가 뭘 어쨌다고……."

조프루아는 슬금슬금 뒷걸음질을 쳤다.

"조프루아, 덤벼! 덤비란 말이야!"

뤼퓌스가 고함을 쳤지만 조프루아는 그럴 마음이 전혀 없는 것

89

같았다.

그러자 그 녀석이 뤼퓌스의 뺨을 찰싹 하고 때렸다. 뤼퓌스는 너무 놀라서 입을 딱 다물었다. 힘이 센 외드가 그 녀석을 떠밀었지만 녀석이 그만 알세스트에게 넘어지는 바람에 알세스트가 분수에 빠졌다.

알세스트는 분수 바닥에 주저앉은 채 엉엉 울었다.

"내 마들렌! 내 마들렌이 축축해졌어!"

저쪽 패거리 녀석들은 조금 주춤하더니 자기네 배를 가지고 가버렸다. 우리는 힘을 모아 알세스트를 분수에서 일으키려 했다. 하지만 알세스트가 너무 무거워서 쉽지 않았다. 결국 관리인 아저씨가 와서 알세스트를 꺼내주었다. 아저씨는 언짢아했다. 만약 우리 부모님이 이 꼴을 보면 엄청 혼을 낼 거라고, 우리를 위해서도 마땅히 그래야 할 거라고 했다. 우리는 참 난감했다. 알세스트가 물에 빠진 생쥐처럼 우스꽝스러운 모습만 아니었더라면 아마 나는 울어버렸을 거다. 알세스트가 물을 엄청 튀겼기 때문에 우리 모두 축축하게 젖어버렸다. 물에 젖지 않은 것은 아직 상자에서 꺼내지도 않은 조프루아의 장난감 배뿐이었다.

우리는 모두 엄마 아빠에게 혼이 났다. 간식도 못 먹게 됐고 볼기짝이나 손바닥을 맞았다. 그리고 다음주 목요일까지 공원에 가는 것이 금지되었다.

그건 정말 유감스러운 일이었다. 공원에 가야만 조프루아의 배를 가지고 신나게 놀 수 있는데!

난 정말 도움이 되는 아이야

우리는 피서를 갈 거다. 정말 신난다. 피서를 가기 전에 엄마는 항상 말한다. 집을 정리하고, 가구마다 덮개를 씌우고, 커튼을 떼내고, 나프탈렌을 잔뜩 넣어놓고, 양탄자와 매트리스를 말아놓고, 장롱과 다락방으로 물건들을 옮겨두어야 한다고 말이다. 그러면 아빠는 뭐하러 그런 짓을 하냐고, 어차피 집에 돌아오면 모조리 원래대로 해놓아야 하지 않느냐고 한다. 엄마는 엄마의 엄마 집에서는 피서를 갈 때 항상 그렇게 했다고 대구한다. 그러면 아빠는 메메에 대한 이야기를 늘어놓기 시작한다. 엄마는 애 앞에서 못하는 소리가 없다고, 아빠가 자꾸 그러면 엄마는 가엾은 메메의 집으로 돌아가 버릴 거라고 한다. 그러면 아빠는 알았다면서 내일 다 하겠다고 한다. 하지만 다음 날이 되어도 아빠는 손가락 하나 까딱하지 않는다.

그래서, 오늘 아침에 아빠가 회사에 가버리자 엄마는 커다란 앞치마를 입고 머릿수건을 둘렀다. 그러고는 나에게 말했다.

"우리, 아빠를 깜짝 놀라게 해드리자. 아빠가 점심 드시러 오기 전에 거실과 식당을 싹 다 치워놓는 거야."

나는 그거 참 멋지다고, 엄마를 많이 도와드리겠다고 했다. 엄마는 나에게 뽀뽀를 해주고 내가 이제 정말 다 컸다고, 그래서 가끔은 아빠가 오히려 나를 본받아야 한다는 생각이 든다고 했다. 그리고 나에게 말썽을 부리지 않도록 조심하라고 했다. 나는 엄마에게 꼭 그러겠다고 약속했다.

엄마는 다락방 열쇠를 집어들었다. 그러고는 나프탈렌 봉지를 찾아왔다.

"엄마, 나는요? 나는 뭐 해요? 나는 뭘 하면 돼요?"

내가 물었다.

"너는 다락방 열쇠를 잘 보관하고 있으렴."

엄마는 이렇게 말하고 나에게 다시 뽀뽀를 해주었다. 우리는 거실로 갔다. 엄마는 나프탈렌 덩어리들을 소파와 안락의자 쿠션 사이에 끼워 넣었다.

"이렇게 해야 못된 좀벌레들이 우리 거실을 갉아먹지 않는단다."

엄마가 설명을 해주었다. 좀벌레들은 나프탈렌을 엄청 무서워하는 모양이다. 왜 그런지는 잘 모르겠다. 전에 알세스트가 말하길 좀벌레들은 나프탈렌을 먹으면 배가 아픈 것 같다고 했다. 알세스트는 학교 친구인데 항상 먹을 것을 달고 사는 뚱보다. 한번은 나프탈렌을 먹어보려고 입에 넣었는데 삼키지 못하고 도로 뱉었다고 했

92

다. 알세스트가 입에 넣었다 도로 뱉을 정도라면 엄청나게 맛이 없는 게 분명하다.

그렇지만 나프탈렌 냄새는 좋다. 나프탈렌 냄새를 맡으면 당장 피서를 떠나는 것 같은 기분이 든다. 아빠는 나프탈렌 냄새를 싫어한다. 아빠는 날씨가 추워지기 시작하면 장롱에서 외투를 꺼내 입는데, 그때마다 나프탈렌 냄새가 난다고 화를 낸다. 아빠는 나프탈렌 냄새가 좀벌레를 죽일지는 모르겠지만 그 냄새 때문에 친구들에게 놀림을 당한다고 한다. 그러면 엄마는 나프탈렌 냄새가 안 나서 외투에 좀이 슬면 그게 더 심각한 문제 아니냐고 대꾸한다.

엄마는 나프탈렌을 집 안 곳곳에 놓아두고 나서 가구에 씌울 덮개를 찾으러 갔다.

"나는요? 나는 뭘 도울까요?"

내가 엄마에게 물었다. 엄마는 이제 곧 내가 톡톡히 한몫을 해야 할 거라고 하더니 덮개를 씌우기 시작했다. 그건 이만저만 힘든 일이 아니었다. 빨아서 그런지 덮개들은 줄어든 것 같았고, 그걸 안락의자에다가 씌우려니 너무너무 어려웠다. 마치 아빠가 파란 셔츠를 입을 때마다 옷이 줄었다고 투덜대고 애를 먹듯이 말이다. 그러면 엄마는 아빠가 살이 쪄서 옷이 안 맞는 거라고 하고, 아빠는 킬킬 웃으면서 목에는 절대 살이 찌지 않았다고 대꾸한다.

우리 엄마는 굉장하다. 덮개들을 모두 씌우는 데 성공했으니까. 하지만 엄마는 엄청 피곤해 보였다.

"엄마, 이제 난 뭘 할까요?"

"엄마에게 다락방 열쇠를 돌려주렴."

그런데 나는 열쇠를 찾지 못했기 때문에 왕 하고 울음을 터뜨렸
다. 아마 엄마가 나프탈렌 넣는 걸 구경하다가 안락의자 어디에 열
쇠를 떨어뜨린 것 같았다. 엄마는 땅이 꺼져라 한숨을 쉬었지만 곧
나에게 뽀뽀를 해주면서 괜찮다고, 그런 건 큰일도 아니라고 했다.
엄마는 다시 덮개를 모두 벗겼다. 그런데 조금 있다가 내 호주머니
에서 열쇠가 나왔다. 구슬이랑 손수건이랑 자질구레한 것 밑에 있

어서 아까는 찾지 못했던 것이다. 엄마는 내가 열쇠를 도로 찾은 게 썩 기쁘지는 않은 것 같았다. 엄마는 조그마한 소리로 구시렁 대면서 덮개를 도로 씌웠다. 뭐라고 하는지는 소리가 너무 작아서 못 들었다.

"그럼 이제 난 뭐 해요?"

그러자 엄마는 나에게 내 방에 올라가서 얌전하게 놀라고 했다.

그래서 나는 또 울기 시작했다. 그건 너무하다고, 엄마를 돕고 싶은데 아무도 나에게는 신경도 안 쓴다고, 이런 식이라면 집을 나가고 말 거라고, 그러면 모두들 뒤늦게 땅을 치고 후회할 거라고 했다. 엄마는 나에게 "그래, 그래, 알았다."라고 하면서 양탄자를 말아야 하니까 가구를 밀어서 옮기는 걸 도와달라고 했다. 그건 진짜 힘든 일이었다. 하지만 우리는 아주 잘해냈다. 비록 내가 탁자 위에 있던 파란색 꽃병을 깨뜨리기는 했지만 말이다. 우리 집에는 아직 깨뜨리지 않은 꽃병들이 많이 있으니까 그 정도쯤은 별일 아니다. 우리는 양탄자들을 둘둘 말아서 나중에 아빠가 오면 옮길 수 있도록 현관에 갖다놓았다.

엄마는 커튼을 떼기 위해 발판을 찾으러 갔다. 나는 또 엄마에게 물었다.

"엄마, 나는요? 나는 뭘 하면 돼요?"

"너는 엄마가 넘어지지 않게 발판을 꼭 붙잡고 있으렴."

발판을 가져온 후 엄마는 시계를 보더니 점심에 먹을 고기구이를 오븐에 넣으러 부엌으로 갔다. 그래서 나는 엄마를 깜짝 놀라게 해드리기로 마음먹고 직접 발판에 올라가서 커튼을 떼려고 했다. 아직 키가 모자라서 발판에 두툼한 사전을 두 권이나 더 올려놓아야 했다. 사전을 올려놓으니까 전혀 문제가 없었다. 하지만 그때 갑자기 엄마의 고함소리가 들려왔다.

"니콜라! 당장 내려오지 못해!"

순간 나는 화들짝 놀라서 비틀거렸다. 수업 시간에 졸다가 담임 선생님한테 걸린 클로테르처럼 말이다. 나는 커튼을 붙잡은 채 커튼 봉과 함께 나자빠지고 말았다. 많이 아프지는 않았지만, 엉엉 울었다. 그래야 엄마가 혼내지 않고 "괜찮아, 괜찮아, 그냥 조금 아야야 했을 뿐이야."라고 달래준다. 이번에도 내 생각이 맞아떨어졌다. 엄마는 나를 욕실로 데려가서 닦아주었다. 그러고선 뽀뽀를 해주고, 내가 이제 엄마를 도울 만큼 도왔다고 했다. 하지만 나는 계속 엄마를 돕고 싶었다.

엄마는 커튼을 다 떼어냈다. 나는 엄마가 커튼을 다락방에 있는 커다란 트렁크에 집어넣는 것을 도와드렸다. 우리는 아주 잘해냈다. 내가 트렁크 뚜껑에 손가락을 찧기는 했지만 말이다. 너무너무 아팠기 때문에 나는 큰 소리로 울었다. 하지만 엄마가 손가락에 반창고를 붙여주면서 말했듯이, 그건 뭐 그리 대단한 일은 아니다. 사실, 정말 그렇지 않은가!

"이제 다 됐다. 출발할 때까지는 식당 말고 부엌에서 밥을 먹어야겠구나."

엄마는 이렇게 말했다.

우리는 잠시 휴식도 취할 겸 아빠도 기다릴 겸 정원으로 나갔다. 엄마는 아주 피곤해 보였다. 내가 엄마를 도와드릴 수 있어서 정말 다행이다.

"우리가 정리를 말끔하게 끝낸 걸 보면 아빠가 깜짝 놀라시겠지!"

엄마가 말했다.

조금 있으니까 아빠가 집에 왔다. 하지만 깜짝 놀란 사람은 아빠가 아니라 우리였다. 아빠가 이렇게 말하는 게 아닌가!

"여보, 오늘 저녁에는 실력 발휘를 해서 진수성찬을 준비해야 해. 사장님 내외가 우리 집에 저녁을 먹으러 올 거야!"

내가 엄마에게 오늘 정리한 것들을 원래대로 해놓도록 도와드리겠다고 했더니, 엄마는 울음을 터뜨렸다.

니콜라와 블레뒤르 아저씨

아빠와 엄마는 함께 외출을 해야만 했다. 그래서 아빠는 우리 이웃인 블레뒤르 아저씨에게 부탁을 하러 갔다.

"블레뒤르, 우리 부부가 외출을 할 일이 있는데 니콜라만 혼자 두고 가기가 그래서 말이야. 자네가 두 시간 정도만 우리 애를 봐 주겠나?"

블레뒤르 아저씨는 참 친절하다. 아저씨는 이번 기회에 나를 단단히 교육시키겠다고 했다. 아빠는 그 말을 듣고 기분이 안 좋았는지, 블레뒤르 아저씨에게 나는 아주 잘 자라고 있다고 대꾸했다. 그리고 나를 교육시킬 필요는 없고 그냥 잠시 봐주기만 하면 된다고 했다.

"자네에게도 따끔한 교훈을 좀 줘야 하는데, 뭣 때문에 내가 참고 있는지 모르겠다니까."

아저씨가 말했다.

"그건 자네가 겁이 나서 그러는 게지."

아빠도 질세라 대꾸했다.

아빠와 아저씨는 서로 밀치고 장난삼아 티격태격했다. 엄마가 와서 아빠에게 이제 그만 출발하자고 했다. 아빠는 나가면서 나에게 일렀다.

"블레뒤르 아저씨 말씀 잘 듣고 얌전하게 놀아라. 네가 얼마나 제대로 교육받은 아이인지 이 기회에 단단히 보여줘."

나는 블레뒤르 아저씨와 단 둘이 남았다. 아저씨는 나에게 아저씨네 집 정원에 가자고, 거기 가면 분명히 재미있게 놀 수 있을 거라고 했다. 아저씨는 또 자기한테 축구공이 있다고 했다. 그건 나도 알고 있었다. 전에 블레뒤르 아저씨가 우리 집 정원으로 축구공을 찾는데 우리 아빠가 아저씨를 놀려먹으려고 공을 돌려주지 않으려고 했었다.

축구를 한다고 생각하니 신이 났다. 하지만 아저씨가 나를 아저씨 집 앞에 있는 나무 두 그루 사이에 골키퍼처럼 세워놓는 바람에 김이 팍 샜다. 나는 골키퍼는 자신 없고, 센터포워드를 더 잘 뛴다. 하지만 블레뒤르 아저씨는 내가 뭘 깨뜨리기라도 하면 안 된다면서 자기가 공을 차겠다고, 공이란 어떻게 차는 건지 시범을 보여주겠다고 했다. 아빠가 나에게 제대로 교육받은 아이답게 굴라고 했기 때문에 나는 아저씨에게 싫다고 말도 못 하고 나무 사이에 가서 섰다.

블레뒤르 아저씨는 공을 아주 잘 찼다. 아저씨는 멋지게 슛을 날렸고 공은 나무 한 그루에 맞았다. 재수가 좋았다. 안 그랬으면 절대로 나는 그 공을 막아내지 못했을 거다! 정말 센 공이었다. 나무에 맞고 튕겨 나가서 블레뒤르 아저씨네 집 창문까지 날아가버렸으니까 말이다. 마침 창문이 닫혀 있어서 창유리가 박살이 났다. 블레뒤르 아저씨는 꼼짝 않고 멍하니 서서 입을 떡 벌리고 창문만 쳐다보았다. 내가 아저씨에게 다가갔더니 아저씨는 고개를 한쪽으로 돌리고는 잽싸게 말했다.

"니콜라, 우리 마누라에게 네가 공을 찼다고 하면 아저씨가 캐러멜 한 갑 줄게."

나는 캐러멜을 엄청 좋아한다. 하지만 제대로 교육받은 아이는

거짓말을 하는 게 아니라고 대답했다. 블레뒤르 아저씨는 땅이 꺼져라 한숨을 쉬었다. 블레뒤르 아줌마가 공을 안고 집에서 나왔다. 그러고 있으니까 꼭 우리랑 같이 축구를 하고 싶어서 나온 것 같았다. 하지만 아줌마는 그냥 아저씨와 이야기를 하러 나온 거였다. 아저씨와 아줌마는 저만치 가서 뭐라고 이야기를 했고 나는 두 사람이 이야기를 끝낼 때까지 기다렸다.

블레뒤르 아저씨가 나를 부르더니 집 안에서 노는 게 나을 것 같다고 했다. 간식도 먹고 다른 놀이도 하자고 했다.

간식을 먹은 후에—머랭과자였다—블레뒤르 아저씨는 체커 놀이를 가르쳐주겠다고 했다. 아저씨는 나에게 시범을 보였다. 아빠가 제대로 교육받은 아이답게 굴라고 했기 때문에, 나는 벌써 체커 놀이하는 법을 다 안다고 말대꾸하지 않았다. 우리는 네 판을 했는데 네 판 다 내가 이겼다. 그러자 블레뒤르 아저씨는 숨바꼭질을 하자고 했다.

"너는 술래니까 뒤돌아 서 있어. 아마 너희 아빠가 돌아올 때까지도 나를 못 찾을걸."

아저씨는 단단히 작정을 한 것 같았다. 그래서 나는 벽을 보고 뒤돌아서서 숫자를 세기 시작했다. "하나, 둘, 셋, 넷……." 원래 그렇게 100까지 숫자를 세는 거다.

70까지 세었을 때 어디서 큰 소리가 들렸다. 나는 100까지 다 센 다음 소리가 난 곳을 찾아보았다. 그 소리는 지하실 문 뒤 계단 아래쪽에서 들렸다. 블레뒤르 아저씨가 "아이고, 아파라, 아이고!" 하고 끙끙대고 있었다. 나는 아무 말도 안 하고 다른 곳으로 갔다.

아저씨를 지하실에서 꺼내준 사람은 블레뒤르 아줌마였다. 아저씨는 온통 꾀죄죄해진 데다가 발목을 다쳤다. 내가 100까지 세기 전에 빨리 숨으려다가 지하실 계단에서 미끄러져 넘어졌던 모양이다.

블레뒤르 아저씨는 나를 보고, 아저씨가 아프다고 소리를 질렀는데 왜 빨리 찾으러 오지 않았느냐고 물었다. 그래서 나는 아저씨가 자기가 있는 곳을 알려주려고 일부러 소리를 지르는 줄 알았다고,

아빠가 나보고 제대로 교육받은 아이답게 행동하라고 했기 때문에 내가 아저씨를 너무 빨리 찾으면 기분 나빠할까봐 그랬다고 했다.

바로 그때 아빠 엄마가 나를 데리러 왔다.

아빠는 블레뒤르 아저씨가 다친 모습을 보고 깜짝 놀랐다. 아저씨가 투덜거렸다.

"자네가 아들을 너무 엄격하게 교육시켜서 내가 이 꼴이 됐지 뭔가."

나는 집으로 돌아오면서 아빠에게 블레뒤르 아저씨가 한 말이 무슨 뜻이냐고 물어보았다. 아빠는 나에게 신경 쓸 것 없다고, 블레뒤르 아저씨는 원래 웃기는 사람이라고 했다. 그러고 나서 아빠는 나에게 뽀뽀를 해주고 캐러멜을 잔뜩, 아주 잔뜩 사줬다.

학교는 공사 중

오늘 일하는 아저씨들이 운동장 땅을 파려고 왔다. 아저씨들은 기계로 기관총처럼 따다다다 시끄러운 소리를 내면서 일했다. 담임 선생님은 우리에게 창문에 들러붙어 구경하지 말라고 마구 소리를 질러야 했다. 특히 클로테르는 기분이 아주 째졌다. 담임 선생님이 클로테르에게 질문을 했지만 너무 시끄러워서 녀석이 뭐라고 대답 하는지 들을 수가 없었기 때문이다. 그래서 선생님은 20점 만점에 4점을 줬는데, 그건 이번 학기에 클로테르가 받은 점수 중에서 제 일 높은 점수다.

조금 있으니까 교장 선생님이 와서 우리 선생님에게 말했다.

"선생님, 너무 시끄러워서 수업에 방해가 되지요?"

"정말 소음이 심하네요. 학생들과 이야기를 할 수가 없을 지경이에요."

"압니다, 알아요. 그렇잖아도 관계 부서에 여름방학 때까지 공사를 늦춰달라고 부탁을 했지요. 하지만 꽤나 시급한 일인 모양이에요. 운동장 밑으로 가스관이 지나가는데 그걸 수리해야 한다나요. 그러니까 양해 좀 해주십시오. 며칠 내로 다 끝내겠다고 하니까요."

교장 선생님은 이렇게 말하고 교실에서 나갔다.

우리는 쉬는 시간이 되기만을 조바심 내며 기다렸다. 아저씨들이 일하는 모습을 구경하고 싶어서 안달이 났기 때문이다. 드디어 종이 쳤지만, 너무 시끄러워서 종소리도 제대로 못 들었다. 우리는 냅다 운동장으로 뛰어나갔다. 아저씨들은 운동장 주위에 선을 빙 둘러치고 그 안에서 기관총 같은 기계로 커다란 구멍을 파고 있었다.

학생주임인 부이옹 선생님이 말했다.

"너희 모두 내 눈을 잘 봐라. 절대로 이 선 안쪽으로 넘어가서는 안 된다. 그랬다가는 아주 큰 사고가 날 수도 있어. 일하는 아저씨들 옆에 얼씬해서도 안 된다, 알았지? 자, 이제 헤쳐!"

부이옹 선생님은 이렇게 말하고는, 어떤 덩치 큰 형이 자기보다 작은 아이에게 마구 주먹질을 하는 모습을 보고 그쪽으로 달려갔다.

우리는 일하는 아저씨들에게 다가갔다.

"그 기관총 같은 거 뭐예요?"

조아생이 물었다.

"이건 압축공기 해머라는 거야. 한번 해볼래?"

아저씨가 웃으면서 말했다.

"좋아요."

조아생은 얼른 선 안으로 넘어갔다.

"이 녀석! 당장 저쪽으로 나가지 못해!"

"뭐예요, 아저씨! 나보고 한번 해보라면서요!"

"맞아! 그런데 왜 내가 아니라 애보고 하라고 해요?"

클로테르가 끼어들었다.

"그야 너는 저런 걸 다룰 줄 모르니까 그러지. 조아생도 마찬가지
고. 너희는 둘 다 바보잖아!"

조프루아가 말했다.

"아저씨, 내가 한번 해볼게요! 나한테 주세요!"

맥상이 소리를 질렀다.

"아냐! 내가 할 거야! 내가 맨 먼저야!"

외드도 소리를 질렀다.

"웃기지 마! 너보다 내가 먼저 할 거거든!"

나도 질세라 소리를 질러댔다.

"이봐, 파투치! 자네 여기 애들하고 놀러 왔나, 일하러 왔나?"

다른 아저씨가 고함을 쳤다.

"뭐, 내가 애들하고 놀고 있다고?"

파투치라는 아저씨도 목소리를 높였다.

"너희! 모두 선 안에 들어가서 뭐 하고 있어? 선생님이 거기 들어가면 안 된다고 그랬지! 당장 나와!"

부이옹 선생님이 소리를 질렀다.

그래서 우리는 모두 나왔다. 그동안에도 파투치 아저씨는 다른 아저씨하고 이야기를 하면서 압축공기 해머를 열심히 휘두르고 있었다. 그때 알세스트가 나에게 말했다.

"와! 우리 저거 구경하러 가자. 아저씨들이 불을 피웠어!"

나는 알세스트와 함께 저쪽의 아저씨들을 구경하러 갔다. 알세스트의 말은 사실이었다. 우리는 운동장에서 별의별 것을 다 보았지만 불 피우는 건 처음 봤다. 아저씨들은 불 위에 작은 냄비들을 잔뜩 얹어놓았는데, 기가 막히게 좋은 냄새가 났다. 알세스트는 여전히 버터빵을 먹으면서도 입맛을 다셨다.

"스튜 좋아하냐?"

불을 보고 있던 아저씨가 물었다.

"모하메드, 조심해!"

파투치 아저씨가 외쳤다. 아저씨는 우리가 하는 말을 들으려고 압축공기 해머까지 잠시 껐다.

"아저씨 스튜랑 내 버터빵이랑 바꿔요."

알세스트가 말했다.

"그럼 나한테도 스튜 한 입만 줄래?"

뤼퓌스가 물었다.

"선생, 그건 안 되겠군요. 쉬는 시간에 스튜를 먹고 싶으면 엄마한테나 달라고 해보시지요!"

알세스트가 대꾸했다.

"그럼 나는 네 따귀를 한 대 갈겨줘야겠다!"

뤼퓌스가 소리 질렀다.

"여기는 아저씨들 밥하는 데니까 저기 가서 놀아라."

모하메드 아저씨가 난처하다는 듯이 말했다.

저쪽에서 파투치 아저씨는 킬킬대고 웃었다. 하지만 전혀 재미있어하지 않는 사람이 한 명 있었다. 바로 부이옹 선생님이었다. 선생님이 마구 우리에게로 뛰어왔다.

"세상에, 맙소사! 도대체 여기 오면 안 된다고 몇 번이나 말해야되는 거냐? 눈물이 쏙 빠지게 혼쭐을 내줘야겠다!"

"이보십시오, 애들 교육은 저쪽에 가서 좀 하시면 안 되겠습니까? 편하게 일 좀 합시다!"

파투치 아저씨가 부이옹 선생님에게 말했다.

"뭐…… 뭐라고요?"

부이옹 선생님의 눈이 휘둥그레졌다.

"말이야 맞는 말이죠! 우리는 할 일이 많다고요!"

아저씨가 말했다.

"그럼 나는? 내가 지금 놀고 있는 걸로 보입니까? 아니죠! 이건 장난이 아니라고요!"

부이옹 선생님이 버럭 소리를 질렀다.

"맞아요!"

알세스트도 맞장구를 쳤다. 녀석은 정말로 화가 난 모양이었다.

그래서 우리는 더 이상 소동을 피우지 않으려고 그쪽에서 물러났다.

"우리 사냥꾼 공놀이할까?"

외드가 말했다.

우리는 모두 좋다고 했다. 사냥꾼 공놀이는 엄청 재미있으니까. 공을 가진 사람은 사냥꾼이 되어서 다른 아이들에게 공을 던진다. 공에 맞은 아이들은 막 울고—특히 힘이 센 외드가 사냥꾼이 되어서 공을 던지면 더 그렇다—사냥꾼과 한바탕 싸움을 벌인다. 그러다가 결국 전부 돌아가면서 사냥꾼이 되고 모두 소리 지르고 난장판이 되는데, 진짜 끝내주게 재미있다. 우리는 아냥과 알세스트만 빼고 다 함께 놀이를 시작했다. 아냥은 쉬는 시간에도 복습을 하기 때문에 우리하고 놀지 않는다. 알세스트는 그놈의 스튜를 못 먹게 된 것 때문에 여전히 분이 풀리지 않아서 놀이에도 끼지 않았다. 알세스트는 내일 쉬는 시간에 돼지고기 양배추절임을 가져와서 먹을 거라고 했다.

조금 있다가 조프루아가 사냥꾼이 되었다. 조프루아는 공에 맞아 코피를 질질 흘리면서도 엄청 세게 공을 던졌다. 그런데 아저씨들이 파놓은 구덩이 안으로 공이 들어가버렸다. 우리가 공을 찾으러 가자 파투치 아저씨는 화를 냈다. 아저씨는 압축공기 해머로 기관총 소리 내던 것도 멈추고 우리에게 소리를 질렀다.

"안 돼! 안 돼! 안 돼! 여기 오면 안 돼!"

하지만 이미 클로테르와 뤼퓌스와 외드는 구덩이 속에 들어가 있
었다.

"당장 나가지 못해!"

아저씨가 고함쳤다.

"우리는 공을 찾으러 온 거예요. 아저씨, 우리 공 못 봤어요?"

내가 말했다.

"앗, 여기 있다!"

클로테르가 외쳤다.

"그 공 이리 내!"

아저씨가 또 소리쳤다.

아저씨가 무척 화가 난 것 같아서 클로테르는 공을 넘겨주었다.
아저씨는 온갖 거창한 몸짓을 다해가며 공을 최대한 멀리 던지려고
했다. 하지만 아까 파투치 아저씨를 혼내던 다른 아저씨가 뛰어왔
고, 그 바람에 공을 놓치고 말았다.

"파투치, 자네 정말 돌았나?"

"돌다니? 내가?"

파투치 아저씨는 공을 던지려던 것도 잊고 그 아저씨에게 되물
었다.

"자네 지금 애들하고 공놀이하고 있잖아?"

그 아저씨가 말했다.

"맞아요, 우리 공 돌려줘요!"

외드가 소리 질렀다.

"내가 정말 너희들 때문에 미치겠다! 도대체 몇 번이나 이야기해
야……."

부이옹 선생님도 뛰어오면서 외쳤다.

"선생, 일을 하려면 똑바로 하쇼! 학생들 때문에 우리가 일을 할
수가 없잖아요!"

아까 그 아저씨가 말했다.

"도대체 무슨 일입니까, 부이…… 아니 뒤봉 선생님?"

어느새 와 있던 교장 선생님이 부이옹 선생님에게 물었다.

부이옹 선생님과 교장 선생님과 일하는 아저씨들이 뭐라고 고래
고래 소리를 질러서, 우리는 방해가 되지 않도록 저만치 가서 놀았
다. 그건 참 신나는 일이었다. 덕분에 쉬는 시간 끝나는 종이 오 분
이나 늦게 쳤으니까.

안타깝게도 다음 쉬는 시간에는 일하는 아저씨들이 없었다. 아저
씨들은 여름방학에 다시 와서 일을 끝내겠다고 한 모양이다. 게다
가 운동장에 파놓은 구덩이를 도로 메우지도 않고 그냥 가버렸다!

아빠의 다이어트

아빠가 그 결심을 한 것은 토요일 저녁이었다. 블레뒤르 아저씨
와 아줌마는 저녁식사 후 우리 집에 커피를 한잔 마시러 왔다. 블
레뒤르 아저씨는 우리 이웃이다. 아저씨는 아주 재미있고 우리 아
빠랑 티격태격 장난치기를 좋아한다. 블레뒤르 아줌마는 아저씨 부
인이다.

"자네도 알지? 우리 슬슬 브리오슈가 생기기 시작하는 거."

아저씨가 아빠에게 말했다.

"우리? 우리가 아니라 자네겠지, 이 뚱보 친구야!"

아빠가 발끈하며 말했다.

"브리오슈가 생기는 게 뭐예요?"

내가 물었다.

"브리오슈는 바로 이걸 두고 하는 말이란다."

아저씨는 아빠의 뱃살을 가리키면서 말했다.

"그래? 그럼 이건 커다란 생토노레 케이크쯤 되겠구나."

아빠는 블레뒤르 아저씨의 뱃살을 가리키면서 말했다.

"됐어, 장난은 그만 치자고. 늘어진 생활을 하면 살이 찌고 온몸이 물렁해지는 법이지. 주치의가 그러더라고, 이제 나도 적극적으로 건강 관리를 해야 하는 나이가 됐다고."

블레뒤르 아저씨가 말했다.

"주치의 말이 백번 옳아요."

엄마도 한마디 했다.

"암, 그렇지, 사람은 시간을 거스를 수 없는 법이니까."

아빠가 말했다.

"주치의가 운동을 좀 하라고 하더군. 아침 일찍 일어나서 숲으로 조깅을 나가든가, 뭐 그런 걸 꼭 해야 된다는 거야. 자네도 나랑 같이 하세."

블레뒤르 아저씨가 말했다.

"이봐, 자네 어디가 좀 아픈 거 아닌가?"

아빠가 대꾸했다.

"아! 안 그래도 그렇게 말할 줄 알았지. 하긴 운동도 아무나 하는 건 아니니까."

"뭐가 어째? 자네 100미터 걸어가는 데 얼마나 걸려?"

"맞바람이 불지만 않는다면야, 어림잡아 십 분 남짓?"

"아, 그래? 그럼 내가 자네에게 본때를 보여주지! 좋아, 자네와 운동을 하러 가겠어. 둘 중에 누가 더 운동을 잘하는지 한번 보자고! 아닌 게 아니라, 자네 말이 옳아. 사람이 몸을 쓰지 않으면 둔해지고 녹이 슬지."

"좋았어. 그럼 내일 아침 일찍 나가세. 아침 먹기 전에 숲으로 조깅하러 가는 거야. 두고 보게, 분명히 우리에게 득이 될 거야."

"나도! 나도 갈래요!"

내가 끼어들었다.

"귀여운 녀석, 넌 못 간단다. 아빠랑 아저씨는 아주 강도 높게 운동을 할 거야. 안 그러면 운동을 하는 의미가 없잖니. 게다가 아저씨 생각에 너는 일요일 아침까지 운동할 필요가 없을 것 같구나. 듣자 하니 너는 주중에 학교에서도 실컷 몸을 쓰고 뛰어다닌다고 하니 말이야."

아저씨가 나에게 말했다.

"나도 배가 나오면 안 되니까 같이 운동하러 갈래요."

내가 이렇게 말했더니 모두들 웃었다.

하지만 엄마는 우리 꼬맹이를 데려가면 어떻겠느냐고, 어쨌든 밖에서 바람 쐬는 게 그리 나쁜 일도 아니지 않느냐고, 엄마도 내일 아침에 집안일을 제대로 해놓으려면 나를 잠시 떼어놓는 게 좋겠다고 했다. 아빠와 블레뒤르 아저씨는 좋다고, 그렇게 하겠다고, 건강한 생활을 시작하기에 너무 이른 때란 없는 법이라고 했다. 그러고 나서 아빠와 아저씨는 두툼한 시가를 피웠고, 엄마는 두 사람에게 술을 가져다주었다. 늦은 시각이라서 나는 내 방에 자러 갔다.

아침에 일어나보니 집 안이 아주 조용했다. 나는 아빠가 나를 떼어놓고 혼자 운동을 하러 갔을까봐 걱정이 됐다. 하지만 엄마가 내 방으로 들어오더니 시끄럽게 하면 안 된다고, 아빠는 블레뒤르 아저씨와 아줌마 때문에 어젯밤 아주 늦게 잠자리에 들어서 아직까지 주무시고 있다고 했다.

내가 부엌에서 아침을 먹고 있는데 아빠가 잠옷 바람으로 불쑥 들어왔다. 머리칼은 아무렇게나 헝클어져 있었고 아직 면도도 하지 않았다. 그래도 아빠는 엄마에게 카페오레 한 잔과 크루아상 한 쪽만 달라고 했다.

"니콜라, 서둘러라. 아빠는 준비가 되는 대로 너 안 기다리고 바로 나갈 거다!"

아빠가 말했다.

아빠는 잼 바른 빵을 두 개째 먹자마자—아빠는 아침으로 꼭 잼 바른 빵을 두 개 먹는다—세수를 하러 갔다. 그러고는 헐렁한 스웨터를 입고 집에서 입는 회색 바지를 입었다.

블레뒤르 아저씨 집에 갔더니 아저씨도 아침식사를 막 끝낸 참이었다. 아저씨는 언제나 그렇듯이 아주 웃겼다. 위아래 전부 파란 면으로 된 옷을 입었는데 엄청 우스꽝스러웠다.

"자네도 나처럼 운동복 한 벌 사지 그래? 갖출 건 갖춰야지."

아저씨가 아빠에게 말했다.

"자, 갈까?"

아빠가 말했다.

"좋아, 내 차로 가지."

아저씨가 말했다.

우리는 아저씨 집에서 나왔다. 아빠는 아저씨가 차고 문 여는 것을 도와주었다.

"차는 잘 굴러가나?"

아빠가 물었다.

"아무렴, 며칠 전 시동이 안 걸려서 애를 좀 먹긴 했다네. 하지만 배터리 문제는 아니었어. 그건 확실해."

아저씨가 말했다.

"그러면 연료펌프는 살펴봤나?"

"연료펌프? 아니, 왜?"

"내 차도 똑같은 문제로 골치를 썩였거든. 그런데 연료펌프에 이상이 있더라고. 뭐가 걸려 있었던 거야. 자네도 한번 보게. 덮개 좀 열어봐."

블레뒤르 아저씨는 자동차 덮개를 열고 아빠와 함께 연료펌프를 살펴보았다. 아저씨와 아빠가 한참이나 그러고 있는데, 블레뒤르 아줌마가 차고로 나왔다.

"뭐예요? 아직도 여기 있는 거예요?"

아줌마가 말했다.

"나가, 나간다고. 그렇게 쪼아댈 것 없잖아. 너무 그러지 말라고! 우린 그냥 운동을 하러 가는 거지 무슨 기록 갱신을 하러 가는 게 아니야!"

아저씨가 대꾸했다.

우리는 차에 탔다. 블레뒤르 아저씨와 아빠는 앞좌석에 타고 나만 뒷좌석에 탔다. 자동차는 아주 부드럽게 출발했다.

"니콜라, 창문 닫아라! 추워 죽겠다!"

아빠가 말했다.

"이 고물차 난방장치가 얼마나 쓸 만한데, 한번 보라고!"

블레뒤르 아저씨가 말했다.

그렇게 우리는 슬슬 차를 몰고 숲으로 갔다.

차를 타고 가니까 기분이 참 좋았다. 아빠도 좋다는 말을 안 할 수가 없다고, 침대에서 빈둥대지 않고 이렇게 아침 일찍 나와서 상쾌한 공기를 마시니까 정말 좋다고 했다.

"그렇고말고!"

블레뒤르 아저씨도 맞장구쳤다.

숲에는 차가 꽤 많이 나와 있었다. 블레뒤르 아저씨는 한적한 구석에다가 차를 세워놓은 다음 다른 사람들에게 방해받지 않고 운동을 해야겠다고 했다.

"차는 아무 데나 세워두는 게 나을걸. 그러고 나서 오솔길로 걸어 들어가자고."

아빠가 말했다. 블레뒤르 아저씨는 좋은 생각이라고 하면서 차를 세웠다. 바로 뒤에는 군밤을 파는 작은 차가 있었다.

"내가 군밤 한턱내지."

블레뒤르 아저씨가 말했다.

"왜 안 하던 짓을 하고 그래? 군밤은 내가 살게!"

아빠가 말했다.

아저씨와 아빠는 킬킬대고 웃으면서 주거니 받거니 말싸움을 했다. 우리는 숲 속으로 걸어갔다. 한 사람 앞에 하나씩 커다란 군밤

봉지를 들고서 말이다. 군밤은 아직도 따끈따끈했고 끝내주게 맛있었다! 나는 아빠랑 외출하는 게 참 좋다. 그럴 때면 아빠가 늘 뭔가를 사 주기 때문이다.

얼마쯤 걸어가다가 우리는 허름한 가게 앞에 이르렀다. 거기에는 '간이식당'이라는 표지판이 붙어 있었다.

"밤을 먹었더니 목이 마른걸."

블레뒤르 아저씨가 말했다.

"마침 잘됐군. 아페리티프라도 마시는 게 어때?"

정말 근사했다. 아빠와 블레뒤르 아저씨는 아페리티프를 마셨고 나는 석류시럽을 마셨다. 석류시럽은 예쁜 빨간색이라서 참 좋다. 블레뒤르 아저씨는 자동판매기에서 땅콩과자를 사 먹으라며 나에게 돈도 주었다.

아빠와 블레뒤르 아저씨가 자동차에 대해서 이야기를 하는 동안 나는 밖에 나와서 놀았다. 축구공을 가져왔으면 참 좋았을 텐데, 그 생각을 못 한 건 유감이었다.

잠시 후에 아빠와 아저씨는 식당에서 나왔다. 아빠가 내 이름을 불렀다.

"니콜라! 이제 늦었다! 집에 가야지!"

블레뒤르 아저씨도 큰 소리로 외쳤다.

"니콜라, 빨리 와! 차 세워둔 곳까지 전력질주다! 준비됐나? 출발!"

나는 마구 뛰어갔다.

나는 달리기를 아주 잘한다. 맥상 말고는, 쉬는 시간에 나보다 더 빨리 달리는 사람은 아무도 없다. 하지만 맥상하고 비교를 하면 안 된다. 맥상은 원래 다리가 아주 길기 때문이다. 나는 아빠와 아저씨를 제치고 일등으로 차 세워둔 곳에 도착했다. 어깨가 으쓱했다.

하지만 자동차 문을 열쇠로 잠가두어서 안으로 들어갈 수 없었다. 그래서 나는 아빠와 블레뒤르 아저씨를 찾으러 돌아갔다. 아빠와 아저씨는 연료펌프 이야기를 하면서 천천히 걸어오고 있었다.

우리가 집에 돌아갔더니 엄마가 이렇게 말했다.

"안 그래도 슬슬 걱정이 되던 참이었어. 왜 이렇게 늦은 거야! 첫날부터 너무 무리하는 거 아니야?"

"블레뒤르 그 친구가 옳은 말을 했어. 배가 나오고 살이 물렁해지지 않으려면 관리를 해야 하는 법이지. 사실 좀 피곤하기는 해. 하지만 운동이라는 게 참 좋군. 이제부터 일요일 아침마다 운동을 나가도록 노력해야겠어."

아빠가 말했다.

우리는 닭고기구이와 감자로 점심을 맛있게 먹었다. 아빠는 간식 먹을 때까지 낮잠을 좀 자야겠다면서 침실로 올라갔다.

럭비 시합

오늘 오후에 친구들과 빈터에서 만나기로 약속을 했다. 조프루아가 우리를 깜짝 놀라게 해주겠다고 큰소리를 쳤기 때문이다. 뭣때문에 우리가 깜짝 놀랄 건지는 말해주지 않았는데 그건 조프루아가 수수께끼나 비밀을 좋아하기 때문이다. 녀석이 하도 그래서 우리는 좀 짜증이 난다.

빈터에 가보니 조프루아는 아직 와 있지 않았다. 녀석은 제일 나중에 나타났다. 일부러 그러는 거다. 그러고는 우리에게 깜짝 놀랄 만한 것의 정체를 공개했다. 그건 럭비공이었다!

"아빠가 사줬어. 앞으로는 문법 시험 볼 때 꼴찌에서 두 번째를 하면 안 된다고 격려하는 뜻에서 사준 거야."

조프루아가 말했다.

조프루아의 아빠는 엄청난 부자라서 언제나 별의별 것을 다 사준다. 조프루아는 격려해줘야 할 일이 한두 가지가 아닌 녀석이니까.

"멋지다! 우리 럭비하자!"

내가 말했다.

"나는 럭비 어떻게 하는지 모르는데. 축구나 자전거는 좋아하지만 럭비는 한 번도 해본 적 없단 말이야."

클로테르가 말했다.

"우리가 설명해줄게. 되게 쉬워."

조아생이 말했다.

"15인 럭비를 할 거야, 13인 럭비를 할 거야?"

맥상이 물었다.

"15인 럭비로 하자. 그게 더 멋있잖아."

뤼퓌스가 말했다.

"하지만 우리는 여덟 명밖에 없는데."

외드가 말했다.

"그건 문제없어. 하프백이 스리쿼터백까지 하면 돼."

조프루아가 말했다.

"15인이니, 13인이니, 여덟 명이니, 하프(1/2)에 스리쿼터(3/4)는 또 뭐야! 너희가 말하는 건 수학이잖아!"

클로테르가 말했다.

그 말에 우리는 모두 깔깔대고 웃었다. 클로테르도 기분이 좋아졌다. 녀석은 자기가 일부러 농담한 건 아니더라도 친구들이 자기

말에 웃는 걸 좋아하기 때문이다.

"그럼 나는? 나는 하프백을 할까, 스리쿼터백을 할까?"

알세스트가 물었다.

"너는 덩치가 두 배니까 하프백이나 스리쿼터백이 아니라 더블백을 해야 어울리겠다!"

뤼퓌스가 이렇게 말해서 우리는 또 한바탕 웃었다. 하지만 알세스트와 클로테르만은 웃지 않았다. 알세스트는 뚱뚱하다고 놀림당하는 걸 싫어하기 때문이었고, 클로테르는 무슨 말인지 몰라서 웃지 못한 거였다.

"더블백은 뭐야?"

클로테르가 물었다.

그러자 조프루아는 이렇게 떠들고 있을 시간이 없다고 하면서 빨리 시작하자고 했다.

"이번에는 편 짠다고 우스꽝스러운 짓은 하지 말자. 나는 니콜라, 알세스트, 조프루아랑 한편을 먹을래. 나머지는 너희끼리 편먹어."

외드가 말했다.

"좋아. 하지만 네가 아니라 내가 캡틴이야. 내가 너희 셋을 내 편으로 데려오는 거라고. 럭비공이 내 거니까."

조프루아가 말했다.

"너 내 주먹맛 좀 보고 싶냐?"

외드가 조프루아의 멱살을 잡고 흔들었다.

"벌써 시작하는 거야?"

클로테르가 물었다.

뤼퓌스는 럭비를 할 줄 모르는 클로테르와 한편이 되어서 부루퉁했다. 조아생은 맥상과 한편이 되었다고 부루퉁했는데, 그건 맥상이 조아생의 구슬을 몽땅 따먹었기 때문이다. 맥상도 힘이 센 외드와 한편이 되기를 바랐다. 럭비를 할 때는 힘이 셀수록 유리하기 때문이다. 한편, 조프루아는 외드가 멱살을 놓아주자 자기가 캡틴이 안 되면 외드하고 편을 먹지 않겠다고 했다. 알세스트는 뤼퓌스가 아까 자기를 놀린 걸 취소하지 않으면 아무하고도 놀지 않겠다고 했다. 그래도 결국은 어찌어찌 편이 갈렸다.

"좋아. 우리 편 골대는 고물차하고 저기 떨어져 있는 냄비 사이야. 그리고 너네 편 골대는 저기 돌무더기하고 상자 더미 사이로 하자. 이제 22미터 라인을 그어야 해."

조프루아가 말했다. 뤼퓌스가 신발 뒤꿈치로 땅바닥에 선을 그었다.

"자, 이게 우리의 22미터 라인이다."

뤼퓌스가 말했다.

"이게 어딜 봐서 22미터야?"

알세스트가 물었다.

"야, 더블백, 너는 좀 빠져. 이건 우리만의 22미터 라인이란 말이야. 너는 네가 만들고 싶은 곳에다가 너만의 22미터 라인을 만들면 되잖아. 장난 아니라 진짜로 하는 말이야."

뤼퓌스가 말했다.

"22미터는 또 뭐야? 너희들 또 수학하는 거야?"

클로테르가 말했다.

하지만 이번에는 아무도 웃지 않았기 때문에 클로테르는 조금 실망했다. 사실 우리는 알세스트를 구경하기에 더 바빴다. 알세스트가 엄청 화를 내면서 뤼퓌스에게 다가갔다.

"나는 더블백이 아니야, 알았어?"

"그럼 내가 더블백을 할게. 너희가 원한다면."

클로테르가 끼어들었다.

그 말에 우리는 모두 또다시 웃음을 터뜨렸다. 클로테르는 아주 의기양양해졌다.

주심과 선심을 어떻게 할 것인가는 금세 결정되었다. 반칙을 맨 먼저 발견한 사람이 다른 사람들에게 알려주기로 했고, 터치에 대해서는 서로 속임수를 쓰지 않기로 했다.

"아무도 속임수를 안 쓰는 건 어려울걸."

조아생이 말했다.

"너, 나 들으라고 하는 말이지? 그러면 그렇다고 해!"

맥상이 말했다.

"난 누구 들으라고 그런 말을 한 게 아니야. 하지만 럭비를 하면서도 구슬치기할 때처럼 치사한 짓을 하는 사람이 있어서는 안 되겠지!"

조아생이 대꾸했다.

"럭비와 구슬치기가 무슨 상관인데?"

클로테르가 물었다.

"우리가 다 설명해줄게. 자, 이제 시작하자."

조프루아가 말했다.

그래서 우리는 빈터 한복판에 모였고 조프루아가 토스를 했다. 하지만 조프루아의 토스는 너무 약했다. 굴러간 럭비공을 뤼퓌스가 잡았다.

"프리킥!"

클로테르가 외쳤다.

"뭐야, 바보 같은 녀석, 프리킥이 왜 나와?"

외드가 말했다.

"왜라니, 반칙을 맨 먼저 본 사람이 다른 사람들에게 알려주기로 했잖아. 지금 뤼퓌스가 반칙했어. 손으로 공을 잡았다고!"

클로테르가 대꾸했다.

"야, 넌 집에서 텔레비전도 안 봤냐? 럭비에서는 공을 손으로 만져도 되고 발로 차도 된단 말이야. 그것도 몰라?"

조프루아가 말했다.

"아! 그래? 그럼 너무 쉽잖아!"

클로테르가 말했다.

"어이, 얘들아! 맥상이 나에게 태클을 걸었어! 페널티! 나는 공을 갖고 있지도 않았다고!"

조아생이 큰 소리로 외쳤다.

"바보 같은 놈, 누구에게 페널티를 준다는 거야? 너랑 나는 같은 편이라고! 그리고 내가 너한테 태클을 걸고 싶으면 거는 거지, 공이 있고 없고가 무슨 상관이냐!"

맥상도 지지 않고 소리쳤다.

"조아생 말이 맞아. 너희 팀이 심각한 잘못을 했으니까 우리 팀이 페널티킥을 찰 거야."

조프루아가 말했다.

"페널티가 페널티킥을 말하는 거야?"

클로테르가 또 물었다.

조아생과 맥상은 소리를 고래고래 지르면서 서로 사기꾼이라고 욕을 하고, 이제 구슬치기를 할 때에도 태클을 걸겠다고 했다. 조프루아는 이런 식으로 계속 나간다면 맥상과 조아생을 빼버릴 수밖에 없고, 그러면 경기는 여섯 명이서만 해야 하는데 유감스러운 일이지만 경기가 난장판이 되는 것보다는 그게 낫겠다고 했다.

"맞아, 전에 그러는 거 텔레비전에서 봤어!"

클로테르가 신이 나서 외쳤다. 녀석은 럭비에 대해서 조금 아는 게 생기자 기분이 좋아졌다.

맥상과 조아생은 싸움을 그만두었다. 둘 다 경기에서 빠지고 싶지 않았던 것이다.

그래서 우리는 스크럼(양 팀에서 세 명 이상의 선수가 어깨를 맞대어 버티는 자세. 그 사이로 굴려 넣은 공을 자기편으로 빼내서 돌린다. —옮긴이)을 짜기로 했다. 하지만 몇 번이나 다시 짜야 했다. 맨 처음에는 모두 스크럼 짜는 것만 하고 나와서는 공을 넣으려 하지 않아서 실패했다. 그다음에는 알세스트가 스크럼에서 공을 갖고 나오기는 했지만, 뤼퓌스가 계속 우스꽝스럽게 인상을 쓰면 공을 넣지 않겠다고 우겨서 또 실패했다.

그러고 조금 있다가 조프루아가 다시 공을 찼는데 클로테르가 그 공을 잡았다.

"내가 뭐 한 거야? 이제 어떻게 하는 거야?"

클로테르가 물었다.

"터치다운! 터치다운! 발로 차! 빨리, 이 바보야!"

뤼퓌스가 외쳤다.

그러자 클로테르는 눈을 질끈 감고서 힘차게 공을 찼다. 비록 외드가 녹온(knock-on, 공이 경기자 손이나 팔에 맞고 상대편의 골라인 뒤쪽으로 가는 경우 성립되는 반칙. —옮긴이)이었다고 말했지만, 어쨌든 클로테르는 멋지게 터치에 성공했다.

 안타까운 것은 터치를 하면서 공을 잃어버렸다는 사실이다. 클로테르가 찬 공은 빈터의 생울타리를 넘어가버렸고, 저쪽 길에서 갑자기 누군가의 비명소리가 들렸다. 그러자 우리는 냅다 뛰어서 달아나버렸다.

영화를 봤어요

오늘 학교에서 영화를 봤다!

담임 선생님은 우리에게 강당으로 내려가라고 했다. 강당은 우리가 상을 받을 때 가는 곳이다. 강당에는 전깃불이 켜져 있었고 엄청나게 많은 의자들이 줄지어 있었다. 그리고 의자들 앞에 세워진 연단에는 스크린이 드리워져 있었다. 강당 뒤쪽의 탁자에는 영사기가 놓여 있었다. 상급생 형들을 가르치는 부피동 선생님이 영사기를 맡았다. 우리 반은 제일 늦게 강당에 들어갔다. 다른 반 아이들은 벌써 다 와 있었다. 우리는 학교에서도 제일 어린 축에 속하기 때문에 맨 앞에 비워놓은 의자 두 줄에 앉았다. 부이옹 선생님은 덧문을 닫는 중이었다.

조금 있으니까 교장 선생님이 스크린 앞에 와서 이렇게 말했다.

"여러분, 기하학 선생님께서 여름방학에 아주 긴 여행을 하셨답니다. 선생님은 자신의 개인적인 일도 항상 교육적으로 활용하려는 뜻을 갖고 계신 분이라서 여행지를 촬영해 오셨어요. 이제 부피동 선생님께서 그 영상물을 여러분에게 보여주시면서 친절하게 설명도 해주실 겁니다. 부피동 선생님께서 이런 좋은 자리를 마련해주셨으니 여러분도 교장 선생님처럼 감사하게 생각하겠지요? 재미있으면서도 유익한 자리니까 정말 귀중한 시간이 될 거예요. 그리고 지금 말해두겠는데 혹시 영상물을 보는 동안에 방해를 하거나 산만하게 구는 학생은 교장 선생님이 아주 무섭게 혼낼 거예요. 자, 모두 알았지요? ……이제 시작합시다, 부피동 선생님."

"저…… 아직 준비가 안 됐는데요. 빌려온 영사기를 어떻게 쓰는 건지 아직 파악을 못 했습니다. 필름을 어떻게 넣어야 하는지 모르겠어요."

부피동 선생님이 말했다.

"선생님이 원하시면 내가 도와줄게요. 우리 아빠한테도 그런 영사기가 있거든요. 그거보다 더 좋은 걸로요."

조프루아가 나섰다.

"조프루아, 조용히 해. 안 그러면 여기서 나가라고 할 거다!"

담임 선생님이 주의를 주었다.

"자, 이제 될 것 같습니다. 불을 꺼주세요."

부피동 선생님이 말했다.

"뒤봉 선생님, 불 좀 꺼주세요."

교장 선생님이 말했다.

부이옹 선생님이 불을 껐다. 스크린에 거꾸로 된 배 한 척이 나타났다. 그러고는 엄청 많은 사람들이 거꾸로 서서 머리로 걸어갔다.

강당에 있던 아이들이 웃기 시작했다. 부피동 선생님은 부이옹 선생님에게 불을 다시 켜 달라고 하고는 필름을 정지시켰다.

"죄송합니다, 교장 선생님. 제가 도통 이 기계에 익숙지 않아서요."

부피동 선생님은 아주 난처하다는 듯이 말했다.

"괜찮습니다."

교장 선생님이 말했다.

"내가 어떻게 하는 건지 설명해줄게요, 우리 집에서는……."

조프루아가 또 나섰다.

"너! 여기 스크린 옆에 나와 벌서!"

교장 선생님이 고함을 질렀다. 그래서 조프루아는 나가서 벌을 섰다.

부피동 선생님은 머리를 긁적거리더니 교장 선생님을 불러서 귓속말로 뭐라고 했다. 그러자 교장 선생님은 조프루아를 불러왔다. 조프루아는 진짜 끝내줬다. 녀석은 부피동 선생님에게 필름 겉면을 바깥으로 향하게 끼워야 한다고 가르쳐주었다.

"잘했다. 이제 네 자리에 앉아서 친구들하고 같이 봐라."

교장 선생님이 조프루아에게 말했다.

조프루아는 으스대며 자리로 돌아왔다. 하지만 곧바로 불같이 화를 냈다. 클로테르가 어느새 조프루아 자리를 차지하고 앉아 있었기 때문이다.

"선생님, 저쪽에서 영화를 틀려고 저를 부르는 사이에 클로테르가 제 자리를 차지했어요."

"야, 이 잘난 척 대장아, 넌 저기 끝자리에 앉으면 되잖아!"

클로테르가 소리를 질렀다.

"너희 둘 다 나와! 스크린 양쪽에 한 명씩 서 있어!"

교장 선생님이 말했다.

"음…… 교장 선생님, 저 아이는 제 옆에서 벌을 서라고 하면 안될까요? 쟤가 이 기계를 아주 잘 다루는 것 같은데요."

부피동 선생님이 말했다.

조프루아와 클로테르는 벌을 서러 나갔다. 조금 있다가 부이옹 선생님이 다시 불을 껐다.

　아까 그 배가 다시 나타났다. 하지만 이번에는 방향이 제대로 돌아와 있어서 아까만큼 웃기지 않았다. 잠시 후에 부피동 선생님이 흠, 흠 하고 기침을 하더니 입을 열었다.

　"선생님은 마르세유에서 배를 탔어요. 이탈리아와 그리스에 가는 여객선이었지요. 거기, 계속 스크린에 대고 그림자 놀이하면 이거 꺼버리겠어요!"

　그건 상급생 형들에게 한 말이었다. 형들은 손으로 토끼랑 말 모양을 만들어서 비췄는데, 정말 그럴싸했다. 특히 말은 끝내줬다.

　"뒤봉 선생님, 불을 켜주세요. 장난친 학생은 스스로 일어나세요."

교장 선생님이 말했다.

부이옹 선생님이 불을 켜는 순간, 아냥이 소리를 질렀다.

"선생님! 저것 좀 보세요! 클로테르가 벌 안 서고 조프루아 자리에 또 앉았어요!"

"야, 고자질쟁이, 너 조용히 못 해!"

클로테르도 소리를 질렀다.

담임 선생님은 클로테르에게 목요일에도 학교에 나오라고 벌을 주었다. 클로테르는 왕 하고 울음을 터뜨리면서 어쨌거나 영화가 너무 재미없다고, 자기는 텔레비전이 훨씬 좋다고, 아냥에게는 기필코 본때를 보여주고 말 거라고 했다.

"조용! 조용히! 자, 뒤봉 선생, 불을 꺼줘요."

교장 선생님이 말했다.

부이옹 선생님은 다시 불을 껐다. 사방이 완전히 컴컴해졌는데, 한참 동안 아무것도 보이지 않았다.

"죄송합니다, 불 좀 켜주세요. 이놈의 거지 같은…… 아니, 이 영사기를 다시 돌리는 법을 모르겠군요."

부피동 선생님이 말했다.

부이옹 선생님은 불을 켰다. 알세스트는 이렇게 중간 휴식 시간이 많은데 왜 극장에서처럼 아이스크림 같은 걸 사 먹을 수 없는지 모르겠다고 불평을 했다. 그나마 알세스트에게 허기를 달랠 초콜릿빵 두 개와 크루아상 한 개가 있어서 천만다행이었다.

"불 끄세요. 이제 될 것 같습니다."

부피동 선생님의 말에 부이옹 선생님은 또 불을 껐다.

이번에도 배가 보였다. 부피동 선생님이 설명을 했다.

"그러니까 선생님은 마르세유에서 배를 탔어요. 그 여객선은 이탈리아, 그리스, 터키……."

그때 또 웃음이 터져 나왔는데 배가 스크린이 아니라 스크린 옆에 있는 벽에 떠 있었기 때문이다.

"우·우·우― 환불해주세요!"

어떤 형이 큰 소리로 외쳤다.

"불 켜요!"

교장 선생님이 버럭 소리를 질렀다.

부이옹 선생님은 다시 불을 켰다. 부피동 선생님은 영사기를 정지시켰다. 아주 기분이 나빠 보였다.

"정말 너무하는군요! 이런 분위기에서 더는 못해먹겠습니다! 다들 영화가 보기 싫으면 그렇게 말하면 될 거 아닙니까!"

부피동 선생님이 볼멘소리로 외쳤다.

"부피동 선생님 말씀이 백번 옳습니다. 선생님이 준비한 영상이 아무리 유익하면 뭣합니까, 학생들 관람 태도가 글러먹었는데요. 여러분에게 경고하겠는데, 만약 또 이런 일이 있을 때에는 전부 다 정학을 당하게 될 거예요!"

교장 선생님이 말했다.

강당 안은 쥐 죽은 듯 조용해졌다. 우리도 이제 장난칠 때가 아니라는 것쯤은 알고 있었다.

"좋아요, 부피동 선생님, 이제 준비됐지요? 불 끄세요, 부이……아니 뒤봉 선생님!"

교장 선생님이 말했다.

부이옹 선생님이 불을 껐다. 우리는 아무 말도 안 하고 가만히 어둠 속에 있었다. 좀 무서웠다. 교장 선생님이 입을 열었다.

"됐다니까요! 부피동 선생님, 이제 시작하세요."

그러자 부피동 선생님이 대답했다.

"아뇨, 못 하겠습니다! 이놈의 엿 같은 기계가 돌아갈 생각을 안 해요!"

"뒤봉 선생님, 불 다시 켜세요."

교장 선생님이 말했다.

"불도 안 켜집니다. 자꾸 불을 껐다 켰다 해서 퓨즈가 나갔나 봅니다."

부이옹 선생님이 대답했다.

영화 상영은 그렇게 끝났다. 하지만 부피동 선생님은 정말 멋쟁이다. 선생님은 날씨가 아주 더워지면 분명히 그 영화를 다시 틀어줄 것이다. 우리에게 이렇게 말했으니까.

"내가 이 영화를 다시 너희에게 보여주려면 진땀깨나 흘리겠구나!"

메메의 방문

엄마의 엄마가 우리 집에서 이틀간 지내실 거라고 엄마가 말했다. 나는 메메를 아주 좋아하기 때문에 엄청 기분이 좋았다. 메메는 아주 다정하고 별의별 것을 다 사준다. 내가 무슨 말을 하든지 메메는 엄청 웃으면서 내가 아주 똑똑하고 재미있는 아이라고, 엄마 어렸을 때와 아주 많이 닮았다고 한다.

아빠도 메메가 온다는 말을 듣고 기분 좋아했다.

"브라보! 아, 정말정말 브라보! 기쁜 소식을 전하고 싶었다면 대성공이야! 브라보!"

솔직히 말해서 아빠가 그렇게 기뻐하는 걸 보고 나는 좀 놀랐다. 왜냐하면 아빠와 메메는 만날 때마다 약간 말다툼을 하기 때문이다. 하지만 내 생각에 그건 아빠가 우리 옆집 사는 블레뒤르 아저

씨랑 티격태격할 때랑 비슷한 것 같다. 그냥 웃자고 그러는 거라고
나 할까.

메메는 저녁에 도착했다. 메메가 초인종을 누르자마자 엄마와 나
는 현관으로 달려 나갔다. 메메는 여행가방을 들고 집으로 들어왔다.

"우리 귀염둥이!"

메메는 나를 품에 안고 내 얼굴 곳곳에 뽀뽀를 퍼부었다. 메메는
내가 엄청 많이 컸다고, 이제는 어엿한 남자이지만 그래도 여전히
메메의 귀여운 아기라고 했다. 아빠는 손에 신문을 든 채 메메에게
다가왔고 메메는 아빠에게 한쪽 뺨을 내밀었다. 아빠는 엄청 빨리,
하는 둥 마는 둥 입을 맞췄다.

"사위도 그동안 잘 있었나?"

메메가 말했다.

"네, 장모님, 안녕하세요."

아빠가 대답했다.

나는 메메 주위를 깡충깡충 뛰어다니면서 메메가 들고 온 커다란 여행가방을 구경했다. 메메는 우리 집에 올 때마다 나에게 줄 멋진 선물을 여행가방에 넣어가지고 온다.

"메메, 나한테 뭐 주실 거예요?"

내가 물었다.

"니콜라, 그게 무슨 버르장머리냐! 그런 걸 어디서 배웠어?"

아빠는 그러면 못쓴다는 듯 눈을 부릅뜨며 나를 꾸짖었다.

"애한테 왜 그러나. 쯧쯧, 우리 손자, 가엾게도 별로 재미있게 지내지 못하나 보구나. 애는 응석도 좀 받아주고 그래야 해."

메메가 말했다.

"아! 그렇죠! 그렇다마다요. 그래서 장모님이 한번 오셨다 가시면 애가 완전히 응석받이가 된다니까요!"

아빠가 말했다.

메메는 가방을 열고 커다란 상자를 꺼냈다.

"자, 우리 귀염둥이, 상자를 열어보렴. 네 마음에 꼭 들 거다."

상자를 여는 데는 시간이 많이 걸렸다. 포장지와 리본 때문에 그렇기도 했지만 마음이 급해서 손이 얼마나 떨리는지 매듭을 풀기가 너무 어려웠다. 상자 안에 뭐가 들어 있었는지는 아마 꿈에도 생각 못 할 거다. 그건 비행기였다! 그것도 끝내주게 멋진! 날개랑 프

147

로펠러에 모터까지 달려 있어서 진짜로 막 돌아갔다.

"어떠니?"

엄마가 나에게 물었다.

"엄청 커요! 내가 가졌던 비행기 중에서 최고로 커요!"

메메는 웃음을 터뜨리면서 내가 참 재미있는 아이라고 했다. 그러고는 나에게 또 뽀뽀를 했다.

나는 비행기를 가지고 놀기 시작했다. 나는 "쿠오오오!" 소리를 내면서 거실을 뛰어다니고 비행기를 몇 바퀴씩 돌려가며 공중곡예를 시켰다. 안락의자에 앉아서 신문을 읽고 있던 아빠가 나에게 말했다.

"니콜라, 그 장난감 치워! 내일 학교 가려면 숙제해야지!"

"세상에! 애들은 좀 놀아야지. 저런 장난감이 매일 생기는 것도 아니잖아, 가엾은 우리 손자."

메메가 말했다.

"가엾은 손자가 나중에 커서 무식한 사람이라는 말을 들으면요? 애가 어떻게 되겠습니까?"

아빠가 말했다.

"어떻게 되긴, 아마도 누군가의 사위가 되겠지."

메메가 대꾸했다.

엄마는 찻잔을 쟁반에 받쳐 거실로 나왔다. 엄마는 메메가 아빠하고만 오래 있는 걸 싫어한다. 아빠랑 메메가 말싸움을 하기 때문에 그러는 것 같다.

엄마는 조각 케이크도 함께 내왔다. 케이크는 생강빵하고 비슷하

게 생겼지만 맛은 전혀 달랐다. 그래도 아주 맛있었다. 나는 엄마에게 케이크를 더 먹어도 되냐고 물었지만 엄마는 안 된다고 했다. 엄마가 딱 잘라 말하는 바람에 나도 더 먹고 싶은 마음이 싹 가셨다. 그래서 그만 방에 가서 비행기를 가지고 놀려고 했는데, 메메가 말했다.

"어머나! 애가 케이크 한두 조각 더 먹는 게 뭐가 나쁘다고 그러니!"

아빠는 얼굴이 시뻘게져서는 메메를 바라보았다. 그때 엄마가 재

149

빨리 나에게 케이크를 한 조각 더 주면서 이제 내 방에 올라가서 놀라고 했다.

"내가 온 지 얼마나 됐다고 벌써 애를 올려 보내니? 우리 손자를 매일 보고 사는 것도 아닌데."

메메가 말했다.

"그래도 그런 게 아니죠, 엄마."

엄마가 메메에게 말했다.

"니콜라를 그냥 놔둬. 장모님이 일부러 그러시는 거 당신도 알잖아."

아빠가 말했다.

"여보, 나하고 약속했지."

엄마가 아빠에게 말했다.

"아, 됐다, 됐어. 나야 아무도 좋아하지 않는 다 늙은 할망구인데, 뭐! 잘 알았으니 그만 내 집으로 돌아가겠다. 앞으로 내 얼굴 보기 힘들 거다!"

메메가 말했다.

엄마와 메메는 함께 울음을 터뜨렸다. 아빠는 자기 방으로 올라갔고 나는 케이크를 한 조각 더 먹었다.

엄마와 메메는 금방 울음을 그쳤다.

"고기구이가 어떻게 됐나 좀 봐야겠어요."

엄마는 이렇게 말하고 부엌으로 들어갔다. 나는 메메하고 단 둘이 있었다. 메메는 나를 무릎에 앉혔다. 비행기 프로펠러 한 개가 메메의 귀에 들어갔기 때문에 메메는 나보고 비행기를 탁자에 올려놓으라고 했다. 그러고는 나에게 학교 공부를 열심히 하는지, 말 잘 듣고 착하게 구는지, 나중에 어른이 되면 무엇을 하고 싶은지, 메메 가방에 사탕이 있는데 먹고 싶은지 등을 물어보았다. 그래서 나는 공부는 그럭저럭 한다고, 말 잘 듣는 착한 아이라고, 나중에 크면 비행기 조종사가 되고 싶다고, 메메에게 사탕이 있다면 물론 먹고 싶다고 대답했다.

메메 여행가방에는 초콜릿, 캐러멜, 사탕이 엄청 많았다. 메메는 정말로 너무 좋다. 나는 아빠도 좋아하고 엄마도 좋아하지만, 엄마 아빠는 절대로 이렇게 사탕을 많이 주지 않는다. 메메가 우리 집에 자주 오지 않는다는 게 참 안타깝다.

저녁식사 시간이 되자 아빠는 다시 거실로 내려왔다. 나는 사탕을 다 먹어치웠다. 희한하게도 비행기를 가지고 놀고 싶은 생각도 별로 들지 않았다. 입 안에서 온통 단맛이 났고 배가 살짝 아픈 것 같았다.

"저녁 준비 다 됐어요."

엄마가 말했다.

우리는 식탁에 둘러앉았다. 엄마는 전채 요리를 엄청 많이 만들었고 내가 좋아하는 마요네즈도 내놓았다. 하지만 나는 왜 그런지 배가 전혀 고프지 않았다. 그래서 내 접시에다가 마요네즈와 포크로 그림을 그리면서 놀았다.

"얘야, 좀 먹어야지. 그래야 이 할미가 기뻐하지."

메메가 나에게 말했다.

"애한테 억지로 먹이지 마세요. 의사들도 항상 말하잖아요……"

아빠가 말했다.

"의사들! 의사들! 의사들이 뭘 알아! 나는 애를 셋이나 키웠어도 애들에게 문제가 있었던 적은 한 번도 없었네!"

메메가 고함을 쳤다.

"장모님께는 아마 장모님이 안 계셨겠지요."

아빠가 대꾸했다.

"이제 고기구이를 내올게요. 니콜라, 빨리 좀 먹어라. 너 때문에 식사가 늦어지잖니!"

엄마가 말했다.

"밥은 꼭꼭 씹어 먹어야 한다."

메메가 말했다.

저녁식사가 끝나자 엄마는 나에게 바로 방에 올라가서 자라고 했다. 그런데 나는 아팠다. 너무너무 아팠다. 사촌 베르탱의 첫 영성체 축하모임에서 실베르 삼촌이 내가 푸아그라를 먹는다고 배탈이 나지는 않을 거라고 했었는데 막상 먹고 나니 배가 아팠던 것처럼 말이다. 아빠는 한밤중에 일어나서 의사 선생님을 불러와야 했다. 의사 선생님은 별일은 아니고 그냥 소화불량일 뿐이라고, 며칠 동안 음식을 가려 먹어야 할 거라고 했다.

그 일 때문에 아빠는 기분이 별로 좋지 않은 것 같았다. 메메가 그 말을 듣고 며칠 더 우리 집에 있으면서 내가 음식 조절을 잘 하는지 지켜봐야겠다고 했기 때문이다. 메메는 이렇게 말했다.

"우리 가엾은 손자가 식생활을 제대로 하고 있는지 도무지 믿음이 안 가는구나."

초콜릿 공장 소동

꼬마들의 반란

어제 오후 조프루아가 학교에 커다란 공을 가지고 왔다. 학생주임인 부이옹 선생님이 조프루아에게 말했다.

"그 공 가지고 놀지 말아라. 뭐가 박살나거나 누가 다칠 게 뻔하니까."

그래서 조프루아는 공을 안고 저만치 먼 곳으로 갔다. 그러고는 부이옹 선생님이 어떤 형에게 뭐라고 하는 동안에 멋지게 슛을 날렸다. 하지만 녀석은 지독히도 운이 나빴다. 공이 벽에 맞고 튕겨나가 부이옹 선생님 팔에 맞았기 때문이다. 조프루아는 왕 하고 울어버렸다. 부이옹 선생님은 얼굴이 시뻘게져서는 공을 집어들고 조프루아의 팔을 붙잡았다. 그렇게 부이옹 선생님과 공과 조프루아는 함께 교장실로 떠나버렸다. 수업 시간에도 조프루아는 교실에 돌아오지 못했다. 부이옹 선생님이 조프루아에게 정학 이틀이라는 벌을 내렸기 때문이다.

우리는 모두 속이 상한 채 학교를 나왔다. 조프루아는 우리 친구이고, 정학을 먹는다는 건 이만저만 골치 아픈 일이 아니니까 말이다. 그리고 부이옹 선생님이 공을 압수해버린 것도 속상했다. 빈터에서 그 공으로 축구를 하면 엄청 신날 텐데 말이다.

"부이옹은 그럴 권리가 없어."

외드가 말했다.

"맞아."

나도 맞장구를 쳤다.

"그럴지도 모르지. 하지만 조프루아는 벌써 정학을 먹었잖아."

뤼퓌스가 말했다.

"그래서? 좋아, 그럼 우리가 부이옹에게 그럴 수 없다는 걸 보여주는 거야! 어떻게 할 건지 알아? 내일 아침 일찍 학교에 오자. 그러고서 부이옹이 교실에 들어가라고 종을 쳐도 꼼짝 안 하는 거야. 그러고는 이렇게 말하자. 우리가 교실에 들어가기 바란다면 조프루아의 정학을 풀어주고 공을 돌려주세요. 장난하는 거 아니에요!"

그건 정말 근사한 생각이었다. 우리는 모두 소리를 질렀다.

"와! 와! 옳소!"

"좋아. 그러면 '복수의 일당'이 한 건 해보자! 장난하는 거 아니라고!"

복수의 일당은 우리를 말한다. 우리를 상대하는 게 장난이 아니라는 건 참말이다.

"우리가 교실에 들어가기 바란다면 조프루아의 정학을 풀어주고 공을 돌려주세요, 장난하는 거 아니에요, 이렇게 분명히 부이옹에게 말하는 거야!"

외드가 말했다.

"말 한번 살했다!"

클로테르가 외쳤다.

"그럼 모두 찬성하는 거지?"

조아생이 물었다.

"좋았어!"

우리 모두 외쳤다.

"좋아, 그럼 내일 보자!"

외드가 말했다.

외드는 자기네 집 근처에 사는 조아생과 함께 가버렸다. 외드는 가면서 내일 부이옹에게 뭐라고 말할 건지 조아생에게 설명을 해줬다. 나는 이렇게 멋있는 친구들과 어울려 다니는 게 자랑스러웠다. 우리를 상대하는 건 장난이 아니란 말이다. 알세스트는 나와 함께 걸어가면서 크루아상을 먹었다. 녀석은 크게 한숨을 내쉬더니 집에 들어가기 전에 말했다.

"내일 아무래도 큰일이 터질 거 같아."

알세스트가 그렇게 말한 것도 일리가 있다. 내일은 큰일이 터질 거다. 그리고 부이옹 선생님은 자기와 우리 중 누가 더 센지 똑똑히 보게 될 거다!

밤이 되었지만 나는 잠이 잘 안 왔다. 다음 날 아침에 뭔가 엄청

난 일을 하기로 했을 때는 항상 잠이 안 온다. 그래서 엄마가 이제 일어날 시간이라고 깨우러 왔을 때 나는 진즉에 일어나 있었다. 굉장히 떨렸다.

"자, 자, 일어나자, 이 게으름뱅이 녀석아!"

하지만 다음 순간, 엄마는 나를 빤히 보더니 이렇게 물었다.

"니콜라, 너 얼굴이 왜 그 모양이야? 어디 아프니?"

"기분이 별로 안 좋아요."

진짜로 그랬다. 목구멍에 뭔가 큰 덩어리가 걸린 듯했고, 배도 살살 아팠고, 손은 얼음장 같았다. 엄마는 손으로 내 이마를 짚어보고는 말했다.

"정말이네, 땀까지 흘리고 말이야……."

아빠가 욕실에서 나오다가 내 방에 들어와서 물었다.

"무슨 일 있어? 학교 가기 싫어서 꾀병이라도 부리는 거야?"

"니콜라가 정말 몸이 안 좋은 것 같아. 있잖아, 얘네 반에 아냥이란 애가 볼거리를 앓고 있거든…… 혹시나……."

엄마가 말했다.

"하지만 니콜라는 벌써 볼거리를 했잖아. 니콜라, 혀 내밀어봐라, 아빠가 좀 보게."

아빠가 말했다.

나는 혀를 내밀었다. 아빠는 내 머리를 쓸어주고는 이렇게 말했다.

"너는 견뎌낼 수 있을 거다. 자, 우리 아들, 서둘러라, 늦겠다. 그런 얼굴 하지 마! 점심시간까지도 안 나으면 오후에는 조퇴해도 좋다. 알았지?"

그래서 나는 자리에서 일어났다. 아빠는 내 방에서 나가기 전에 불쑥 돌아보더니 이렇게 물었다.

"혹시나 해서 물어보는 건데, 너 학교에서 뭐 힘든 일 없지?"

"네, 없어요."

학교에 도착했더니 친구들은 벌써 다 운동장에 와 있었다. 다들 별로 말이 없었다. 클로테르는 어디가 아픈 사람 같았고, 알세스트는 아무것도 먹지 않고 있었다.

"너희들 부이옹 봤지? 조금 있으면 그 얼굴에 웃음이 가실걸! 두고보자!"

외드가 말했다.

"아무렴."

뤼퓌스가 맞장구를 쳤다.

"치사한 배신자 아냥이 없으니까 아무도 교실에 들어가진 않을 거야. 우리가 없는데 수업을 할 수야 없겠지. 우리가 교실에 들어가지 않으면 담임 선생님은 무슨 일인지 알아보러 부이옹한테 갈 거야. 어떻게 된 일인지 알면 교장 선생님에게 부이옹에 대해 항의를 하겠지. 그러면 아주 쌤통일 거다, 어디 두고보자고!"

외드가 말했다.

"하지만 우리가 어떻게 해야 하지?"

클로테르가 물었다.

"부이옹이 종을 치면 다른 반 애들은 모두 줄을 설 거야. 하지만 우리는 줄을 서지 않고 여기서 꼼짝도 안 하는 거야. 그러면 부이옹

이 와서 왜 줄을 안 서냐고 물어볼 거 아냐. 그때 이렇게 말해주는 거야. 조프루아의 정학을 풀어주고 공을 돌려주세요. 안 그러면 교실에 들어가지 않겠어요!"

외드가 우리에게 설명을 해주었다.

"누가 말할 건데?"

클로테르가 다시 물었다.

"글쎄, 그건 나도 모르지. 너 아니면 맥상, 그것도 아니면 뤼퓌스?"

외드가 말했다.

"나? 왜 내가 해? 그건 네 아이디어잖아."

뤼퓌스가 말했다.

"알았다, 너 배신자지? 뻔해. 넌 배신자야."

"내가 배신자라고? 이보시오, 선생, 웃기지 마쇼. 나는 배신자가
아니란 말씀이야! 내가 바보인 줄 알아? 다른 사람들을 바보 취급
하기야 쉽겠지."

"맞아."

클로테르와 맥상도 동의했다.

"그리고 일단 난 네 명령에 따를 이유가 없어! 네가 우리 대장이
라도 되는 줄 알아?"

뤼퓌스는 소리를 질렀다.

"이런 식으로 나오면 너를 일당에서 쫓아낼테야!"

외드가 말했다.

"아, 그래? 그것 참 잘됐네. 웃기지 마! 장난하는 줄 알아? 나는
네가 다른 애들보다 목소리가 더 크다고 해서 네가 시키는 대로 놀
아나는 겁쟁이가 아니야!"

뤼퓌스는 고함을 지르고는 마구 뛰어가버렸다.

"꺼지라고 해. 우리 일당에 배신자는 필요없어."

외드가 말했다.

"그래, 하지만 뤼퓌스 말이 옳아. 어쨌든 너는 우리 대장이 아니
니까."

맥상이 말했다.

"아, 그래? 좋아, 그럼 너도 저 배신자 녀석에게 가버려."

외드가 소리를 질렀다.

"잘됐군! 나는 누가 나에게 명령하는 거 질색이거든!"

맥상은 클로테르와 조아생을 데리고 가버렸다.

"이제 우리 셋밖에 안 남았으니 반란을 일으켜봤자 소용도 없어. 우리 셋이 없어도 수업은 얼마든지 할 수 있잖아. 아마 우리도 정학을 먹을 거야."

알세스트가 말했다.

"너도 다른 놈들이랑 똑같아. 이 배신자!"

외드가 말했다.

"어쨌거나 조프루아가 바보짓을 한 건 사실이잖아! 부이옹은 분명히 공을 가지고 놀지 말랬어. 조프루아가 바보처럼 굴지만 않았으면 됐을 거라고!"

알세스트도 소리를 질렀다.

"너 지금 부이옹 편드는 거야?"

외드가 알세스트에게 따졌다.

"나는 누구 편도 아니야. 하지만 바보 같은 녀석이 바보 같은 짓을 했는데 나까지 정학을 먹으라고? 웃기지 말라고 해, 장난 아니거든! 그랬다가는 우리 집에서 난리가 날 거고 간식도 못 먹게 할 거야. 생각해봐. 그 바보가 부이옹에게 공을 던졌는데 왜 내가 딸기크림과자를 못 먹게 돼야 해? 웃기지 마!"

알세스트는 이렇게 말하고 커다란 치즈샌드위치를 먹으면서 가버렸다.

"좋아, 우리끼리 가자, 가! 너 뭐 하는 거야? 너도 배신 때리려고 그래?"

외드가 나에게 물었다.

"내가 배신자라고? 너보다 더 배신자는 아냐! 장난하냐? 진짜 웃기고 있어! 어디 다시 한 번 말해봐!"

내가 소리를 질렀다.

우리는 싸움을 벌이지는 못했다. 수업 시작종이 울렸기 때문이다. 하지만 나는 교실에 들어가려고 운동장에 줄을 서면서 외드에게 말했다.

"다음 쉬는 시간에 보자. 누가 배신자인지 분명히 밝힐 테다!"

아빠와 치과 가다

점심 식사를 막 마치려는데 엄마가 아빠에게 말했다.

"오후에 니콜라 이름으로 예약을 해두었어. 치-이-이-과에."

아빠는 냅킨을 접다 말고 휘둥그레진 눈으로 엄마를 쳐다보더니 되물었다.

"어디에 예약을 했다고?"

"치과요. 난 치과 가기 싫어요!"

내가 엄마 대신 대답했다.

엄마는 내가 벌써 며칠 전부터 이가 아프다고 했으니까 치과에 가야 한다고, 치과에만 다녀오면 하나도 아프지 않을 거라고 했다. 나는 엄마에게 치과에 다녀온 다음은 전혀 걱정하지 않는다고, 문제는 치과에 있는 동안이라고 했다. 그리고 나서 나는 이제 이가 하나도 안 아프다고 하면서 엉엉 울어버렸다.

그러자 아빠는 손으로 식탁을 쾅 하고 내려치며 버럭 소리를 질렀다.

"니콜라, 창피한 줄 알아야지! 아빠 앞에선 질질 짜봤자 소용없어. 넌 아기가 아니니까 남자답게 행동할 줄도 알아야지. 치과의사 선생님은 너를 아프게 하지 않을 거다. 그 선생님은 아주 친절하니까 아마 사탕도 주실 거야. 그러니까 마음 단단히 먹고 얌전하게 엄마 따라 치과에 가도록 해."

그랬더니 엄마는 나를 치과에 데려갈 사람은 엄마가 아니라 아빠라고, 엄마는 엄마대로 가볼 데가 있다고 했다. 아빠는 무척이나 놀란 기색으로, 이제 슬슬 사무실에 돌아가야 한다고 했다. 하지만 엄마는 아빠가 오늘 오후에 아빠의 치과 진료 때문에 반차 휴가를 쓰기로 하지 않았냐고, 그 때문에 니콜라의 예약을 일부러 오늘로 한 거라고 일깨워주었다. 아빠는 조그마한 목소리로 아빠도 이제 이가 아프지 않은 것 같은데, 치과는 나중에 가도 되는데, 라고 중얼거렸다. 아빠는 엄마를 쳐다보고, 다시 나를 바라보았다. 아빠도 나처럼 엉엉 울고 싶은 것 같았다.

아빠와 나는 점심을 먹고 차에 올라 치과로 향했다. 차를 타고 가면서 신이 났다는 말은 못 하겠다. 아빠가 차를 그렇게 천천히 모는 모습은 처음 봤다. 아빠는 뭔가를 엄청 심각하게 생각하는 것 같았다. 조금 있으니까 아빠가 나를 돌아보지도 않은 채 이렇게 물었다.

"니콜라, 남자 대 남자로서 말하는 거다. 우리 치과에 안 가면 어

166

떨까? 치과에 가는 대신 드라이브나 한 바퀴 하고 엄마에게는 아무 말 안 하는 거야. 그냥 장난으로 말이야. 참 재미있겠지?"

나는 아빠에게 그러면 정말 재미있을 거라고, 절대 찬성이라고, 하지만 엄마는 그런 장난을 별로 재미있어하지 않을 것 같다고 했다. 아빠는 아주 슬픈 표정으로 한숨을 내쉬고 나서, 그냥 웃자고 한번 해본 소리였다고 했다. 나는 아빠에게 정말 감탄했다. 이렇게 내키지 않는 상황에서도 농담을 할 만한 용기가 있다니, 아빠는 정말 멋지다.

치과 앞에는 딱 자동차 한 대를 세울 만한 자리가 있었다.

"정말 너무하네. 주차를 하고 싶을 때는 그렇게나 자리가 안 보이더니!"

나는 아빠에게 동네를 한 바퀴 더 돌고 오면 어떠냐고, 그러고 나면 이 자리는 다른 차가 차지해버릴 거라고 했다. 하지만 아빠는 주사위는 던져졌다고, 이제 돌진하는 수밖에 없다고 했다. 아빠는 치과 초인종을 눌렀고, 나는 이렇게 말했다.

"아빠, 안에 아무도 없나 봐요. 우리 다음에 다시 와요."

우리가 막 떠나려는 순간 아주 친절해 보이는 누나가 나와서 우리 보고 들어오라고, 의사 선생님이 금방 진료를 해주실 거라고 했다.

우리는 작은 대기실에 들어갔다. 안락의자들이 놓여 있었고 탁자에는 잡지들이 있었다. 벽난로 위에는 작고 예쁜 금속 조각상이 있었다. 벌거벗은 아저씨가 말들을 멈추게 하려고 애쓰는 모습의 조각상이었다. 안락의자에는 또 다른 아저씨가 앉아 있었다. 그 아저씨는 금속 조각상이 아니라 진짜 사람이었고 옷도 다 입고 있었지만.

우리는 의자에 앉아서 잡지를 훑어보았지만, 하나같이 재미가 없었다. 잡지에 실린 기사마다 치아가 어쩌고저쩌고하는 소리밖에 없었고 치과에서 쓰는 기구랑 사람들 입 속 사진이 전부였다. 그런 사진들은 재미도 없고 예쁘지도 않다. 다른 잡지들은 다 너무 오래되고 여기저기 찢어져 있었다.

표지에 노란 경기복을 입은 자전거 선수 로빅의 사진이 실린 잡지가 그나마 유일하게 흥미로웠다. 그 잡지에는 로빅이 어떻게 프랑스 전국일주 대회에서 우승했는가에 대한 기사가 실려 있었다. 옆자리 아저씨는 그때까지 한마디도 하지 않고 있다가, 우리가 잡지를 덮어버리자 아빠에게 말을 건넸다.

"아이 때문에 오신 겁니까?"

아빠는 그 아저씨에게 아빠랑 나 둘 다 치료를 받아야 한다고 대답했다. 아저씨는 너무 불안해하지 말라고, 여기 치과의사 선생님이 아주 괜찮다고 했다.

"무슨 말씀! 우리는 전혀 무섭지 않아요. 안 그러니, 니콜라?"

아빠가 말했다.

나는 아빠가 너무 자랑스러워서 똑같이 큰소리를 쳤다.

"무슨 말씀!"

그러자 아저씨는 우리가 그러는 게 마땅하다고, 여기 치과의사 선생님은 아주 살살 치료를 해줘서 하나도 아프지 않다고, 전에 이 치과의사 선생님에게 잇몸 수술을 받은 적도 있는데 잇몸을 절개할 때에도 아픈 느낌이 전혀 없었다고 했다. 아저씨는 그밖에도 치과 이야기를 시시콜콜하게 잔뜩 늘어놓았다. 나는 울음을 터뜨렸다. 아까 문을 열어줬던 누나가 달려오더니 우리에게 물을 두 잔 가져다주었다. 아빠도 나처럼 얼굴 표정이 영 말이 아니었기 때문이다.

그때 치과의사 선생님이 문을 열고 말했다.

"다음 환자분 들어오세요!"

그러자 우리에게 잇몸 수술 이야기를 해줬던 아저씨가 일어나더니 웃으면서 진료실로 들어갔다. 아빠가 말했다.

"저것 봐라, 저 아저씨는 하나도 안 무서워하잖니. 저 아저씨처럼 행동해야 하는 거야."

아빠는 다시 잡지를 한 권 집어들고 읽으려 했다. 바로 그때 진료실 문이 열리더니 아까 그 아저씨가 여전히 웃으면서 나왔다. 아빠가 큰 소리로 물었다.

"뭐예요! 벌써 끝난 겁니까?"

"네, 나는 그냥 돈 낼 게 있어서 온 겁니다. 가엾은 양반, 이제 당신이 들어가쇼."

아저씨는 이렇게 말하고 킬킬대면서 가버렸다.

"다음 환자분 들어오세요. 죄송하지만 좀 서둘러주십시오. 오늘 예약 환자들이 많아서요."

의사 선생님이 말했다.

"그럼 우리는 다른 날 오지요. 시간이 넉넉할 때 말입니다. 선생님께 폐를 끼치고 싶진 않습니다. 니콜라, 너도 그렇지?"

아빠가 말했다.

나는 이미 현관문 앞에 가 있었다. 하지만 치과의사 선생님은 쓸데없는 소리 하지 말라고, 이제 우리 차례이고, 불안해할 필요는 눈곱만치도 없다고 했다. 그랬더니 아빠는 불안해하기는 누가 불안해하냐고, 이래 봬도 전쟁터에도 나가본 사람이라고 큰소리를 쳤다.

아빠는 나를 앞세우고 진료실로 들어갔다.

그곳에는 하얗고 반짝반짝 빛나는 기구들이 잔뜩 있었다. 이발소에 있는 것 같은 커다란 안락의자도 보였다.

"자, 누구 먼저 볼까요?"

의사 선생님이 두 손을 추어올리면서 물었다.

"이 애부터 봐주십시오. 저는 그렇게 급하지 않으니까요."

아빠가 대답했다.

나는 나도 급하지 않다고 말하고 싶었지만, 의사 선생님이 내 팔을 붙잡고 안락의자에 앉혔다.

의사 선생님은 엄청 친절했다. 절대 아프게 하지 않을 거라고, 그냥 이에 구멍이 하나 생겨서 그걸 때우기만 하면 된다고, 내가 틀림없이 단것을 아주 많이 먹는 것 같지만 그래도 치료받는 동안에 말을 잘 들으면 캐러멜을 하나 주겠다고 했다. 의사 선생님은 나에게 입을 크게 벌리라고 하고 안을 들여다보았다. 그러고는 이를 조금 긁어보더니 엄청 빨리 돌아가는 작은 바퀴가 달린 기구를 가지고 왔다. 선생님이 그 기구를 내 입에 집어넣는 순간, 아빠가 비명을 질렀다. 머리통이 덜덜덜 흔들리는 것 같더니, 의사 선생님이 밀가루반죽 같은 것을 내 이에다가 넣었다. 그러고는 나에게 입을 헹구라고 했다.

"다 끝났다!"

의사 선생님은 이렇게 말하고 나에게 캐러멜을 한 개 주었다. 나는 기분이 무진장 좋았다.

의사 선생님은 이제 아빠 차례라고 했다. 하지만 아빠가 시간이 너무 늦었다고, 회사에 해야 할 일이 산더미같이 쌓여 있다고 했다. 의사 선생님은 껄껄껄 웃으면서 농담할 때가 아니라고 했다. 나는 이해가 안 갔다. 농담은 고사하고, 그날처럼 아빠가 심각해 보인 적은 없었기 때문이다.

아빠는 잠시 주저하다가 결국엔 안락의자로 어기적어기적 다가갔다.

"입 벌리세요!"

의사 선생님이 말했다.

하지만 아빠가 딴 생각에 정신이 팔려 있었는지, 의사 선생님은

한 말을 자꾸 해야만 했다.

"입 벌리세요! 안 그러면 억지로 벌립니다!"

아빠는 그제야 입을 벌렸다. 나는 진료실 벽에 붙어 있는 이 사진들을 구경하고 있었는데, 갑자기 커다란 비명소리가 들렸다. 뒤를 돌아보니 의사 선생님이 아프다는 듯이 자기 손을 털고 있었다.

"한 번만 더 손을 물어뜯으면 아무 이나 닥치는 대로 뽑아버릴 겁니다!"

의사 선생님이 이렇게 말하자 아빠는 너무 떨려서 그랬다고 했다.

의사 선생님은 아까 그 바퀴 달린 기구를 집어들었다. 나는 아빠에게 조심하라고, 저게 입에 들어오면 머리가 덜덜덜 울린다고 했다. 그러자 아빠는 비명을 질렀고 의사 선생님은 제발 좀 조용히 해달라고, 안 그러면 대기실에서 기다리는 다른 손님들까지 겁을 먹는다고 했다. 치료는 별로 오래 안 걸렸다. 아빠가 의사 선생님 무릎을 발로 찬 것만 빼면 모든 게 좋게좋게 끝났다. 아빠는 웃으면서 의자에서 일어났다.

"어떠냐, 니콜라, 우리는 정말 남자답게 행동했지?"

아빠가 말했다.

"아! 그럼요, 아빠!"

아빠와 나는 아주 의기양양하게 각자 자기 캐러멜을 빨아먹으면서 치과에서 나왔다.

175

오프라!

조프루아가 오늘 학교에 커다란 상자를 안고 왔다. 조프루아네 아빠는 엄청난 부자라서 항상 근사한 것들을 잔뜩 사준다.

쉬는 시간에 조프루아는 우리에게 상자에 뭐가 들었는지 보여주었다. 그건 게임 세트였다. 커다란 마분지 놀이판을 펼쳐보니까 숫자가 적힌 칸들이 그려져 있었다. 그리고 주사위 몇 개와 조그마한 동물 모양 말들이 있었다. 100프랑, 1000프랑, 100만 프랑짜리 가짜 종이돈도 있었다. 정말로 근사했다!

조프루아는 게임하는 법을 잘 배워 왔다고, 아주 어려웠지만 어쨌든 완전히 터득했다고 했다.

먼저 주사위를 던진다. 나온 숫자만큼 동물 모양의 말을 숫자 칸에서 움직인다. 그러면 자신이 움직여간 칸들을 종이돈을 주고 살 수 있게 된다. 다른 사람이 그 칸에 들어오면 칸을 사놓은 사람이 "오프라!"라고 외친다. 그러면 그 칸에 들어온 사람은 칸 주인에게 통행료를 내야 한다. 놀이판에 있는 칸을 전부 다 가지는 사람이 '그랑 오프라'가 되고 게임에서 이기는 거다. 게임 이름도 '오프라'라고 했다.

조프루아의 아빠는 조프루아에게 이건 아주 교육적인 놀이라고, 조프루아도 이 놀이를 하면서 장사 감각을 기를 수 있을 거라고, 우리가 늘 하는 치고받는 놀이는 야만적이고 머리에 혹만 늘어나게 하지만 이런 놀이는 훨씬 더 유익할 거라고 했다고 한다.

"우리 이제 한번 해보자."

조프루아가 말했다.

"쉬는 시간에?"

뤼퓌스가 물었다.

"안 될 게 뭐 있어?"

조프루아가 말했다.

"쳇, 그건 쉬는 시간에 할 만한 놀이가 아니잖아. 쉬는 시간에는 축구나 사냥꾼 공놀이나 럭비를 해야지. 아니면 카우보이와 인디언 놀이를 하든가. 네가 가져온 게임은 비 와서 밖에 못 나갈 때나 하는 거란 말이야. 게다가 그런 건 계집애들이 갖고 노는 거야."

뤼퓌스가 말했다.

"그러면 넌 내 놀이에 끼지 않으면 될 거 아냐. 어쨌든 우리는 너 필요 없어."

조프루아가 대꾸했다.

"너 한 대 맞고 싶냐?"

뤼퓌스가 물었다.

둘은 치고받고 싸우기 시작했다. 하지만 클로테르가 정말 이렇게 바보같이 굴 거냐고, 이러다간 놀아보지도 못하고 쉬는 시간이 다 끝날 거라고 했다. 그러자 뤼퓌스가 좋다고, 알았다고 했다. 그리고 자기는 비록 그 놀이가 마음에 안 들지만 그래도 다른 애들과 똑같이 그 놀이를 할 권리가 있으니까 만약 놀이에 끼지 못하게 방해하는 놈이 있으면 면상을 호되게 갈겨줄 거라고 했다. 조프루아가 "아, 그래?" 하면서 발끈했지만 클로테르는 또 바보같이 굴 생각 말라고, 이러다간 놀아보지도 못하고 쉬는 시간이 다 끝날 거라고 했다.

그래서 우리는 모두 운동장 한 귀퉁이에 모였다. 우리는 '오프라' 놀이판을 땅바닥에 내려놓고 그 주위에 둘러앉았다.

"좋아, 각자 말을 하나씩 고르자. 나는 말(馬)을 할 거야."

조프루아가 말했다.

"왜 이러셔? 왜 네가 말을 해?"

조아생이 물었다.

"말이 제일 내 마음에 드니까. 그리고 이 게임은 내 거잖아. 그래서 내가 말을 한다, 어쩔래?"

조프루아가 말했다.

"아, 그래?"

조아생이 발끈했다.

그러자 클로테르는 만약 둘이 또 싸우면 놀아보지도 못하고 쉬

178

는 시간이 끝난다고, 모처럼 담임 선생님이 나머지공부를 안 시키고 쉬는 시간에 놀게 해줬는데 그렇게 되면 너무 끔찍할 거라고 했다. 클로테르의 말이 백번 옳았다.

"클로테르에게는 당나귀(프랑스어로 '당나귀'는 바보라는 뜻이다. ─옮긴이)가 딱 맞겠다."

뤼퓌스가 말했다.

그 말을 듣고 클로테르는 뤼퓌스의 따귀를 때렸다. 둘은 치고받고 싸우기 시작했다. 결국엔 조프루아가 우리에게 동물 말을 나눠주었다. 나는 개였다. 맥상은 닭을, 외드는 소를 받았다. 알세스트는 돼지를 받아서 아주 좋아했다. 예전에 어디선가 돼지는 모든 부위를 먹을 수 있고 먹지 못하는 부분도 가공식품을 만들 수 있기 때문에 버릴 게 없다는 글을 읽었다고, 그 뒤로 돼지를 아주 좋아하게 됐다는 거였다.

클로테르와 뤼퓌스에게까지 돌아갈 말은 없었지만 그건 별로 문제가 안 됐다. 그 둘은 서로 손찌검을 하면서 "어디 한번 덤벼보시지!"라고 소리를 지르느라 정신이 없었기 때문이다.

"자, 그럼 말을 전부 출발선에 놓자. 내가 먼저 시작한다."

조프루아가 말했다.

"왜 이러셔? 왜 네가 먼저 하는데?"

조아생이 물었다.

"원래 말(馬)이 맨 처음에 하는 거야. 게임 규칙에도 그렇게 씌어 있어."

조프루아가 대답했다.

조프루아는 주사위 두 개를 던졌다. 둘 다 6이 나왔다. 조프루아는 숫자 칸들을 한참 뛰어넘어 자기 말을 세우고는 지폐 꾸러미를 집어들었다. 그다음에는 맥상이 주사위를 던졌는데 2와 3이 나왔다. 그러자 조프루아는 맥상이 가진 닭 말을 숫자 칸 5에다가 세워야 한다고 했다. 맥상이 그렇게 했더니, 조프루아가 외쳤다.

"오프라!"

"뭐야, 왜 오프라야?"

맥상이 물었다.

"맞네, 뭐. 너 여기 조프루아의 숫자 칸에 들어갔잖아. 여기서 나가고 싶으면 돈을 내야 해."

클로테르가 끼어들었다.

"야, 넌 왜 끼어들어?"

맥상이 클로테르에게 말했다.

"일단, 나는 내가 끼어들고 싶으면 얼마든지 끼어들 수 있어. 그리고 나는 지금 다른 애들하고 똑같이 쉬는 시간에 놀 수 있어. 뤼퓌스와 나는 이제 다 싸웠어. 나도 '오프라' 놀이를 하고 싶고, 만약 그게 네 마음에 안 든다면 너도 나한테 한 대 맞아야지."

클로테르가 말했다.

그래서 이제는 클로테르와 맥상이 싸움박질을 했다. 그동안에 뤼퓌스는 자기가 맥상 대신 게임을 하겠다고 하면서 닭 말을 차지했다. 그다음에는 외드가 주사위를 던졌는데 두 개 다 2가 나왔다.

"너는 감옥에 가야 해."

조프루아가 말했다.

하지만 외드는 감옥에 가기 싫다고 했고, 조프루아는 정 그렇다면 감옥에 가지 않아도 좋다고 했다. 내 생각에 그런 건 게임 규칙에 없을 것 같다. 외드는 힘이 엄청 세니까 조프루아가 싸우기 싫어서 그냥 봐줬을 것이다. 그다음에 내가 주사위를 던졌다. 주사위 두 개 다 6이 나왔다.

"넌 벌금을 내야 해. 두 번째로 6 두 개를 낸 사람은 맨 처음에 낸 사람에게 벌금을 주는 게 게임 규칙이야. 그러니까 넌 나에게 100만 프랑 빚졌어."

조프루아가 말했다.

나는 그래서 정말 웃기지도 않는다고, 그 따위 벌금은 내지 않을 거라고 했다. 그러자 외드는 게임 규칙은 꼭 지켜야 하는 거라고, 안 그러면 재미없다고 했다. 나는 외드를 발로 한 번 차줬다. 외드 따위 하나도 겁나지 않기 때문이다. 농담이 아니라 진짜다. 그랬더니

외드 녀석이 내 얼굴에 주먹을 먹였다. 눈물이 났지만 코피는 나지 않았다. 웃긴 얘기지만, 외드가 아무리 내 코에 주먹을 먹여도 나는 코피는 안 나고 눈물만 찔끔 난다.

나는 조프루아에게 한 대 맞고 싶으냐, 네 녀석이 나를 웃겨도 단단히 웃겼다. 난 절대로 그놈의 100만 프랑을 내지 않을 거다, 라고 했다. 그랬더니 조프루아는 내가 벌금을 안 내면 '오프라' 놀이를 그만두어야 한다고 했다. 그래서 나는 '오프라' 놀이판을 발로 걷어차버렸다.

하지만 그때는 알세스트가 주사위를 던질 차례였다. 알세스트 녀석은 주사위와 잼 바른 빵을 한 손에 들고 있었는데, 내가 걷어차는 바람에 빵만 날아가버렸다. 알세스트는 화가 머리끝까지 났다.

조프루아는 우리들의 아빠는 이렇게 멋있는 놀잇감을 사주지 않는 데다가 자기가 이기고 있으니까 다들 자기를 시샘한다고 했다.

"너 진짜 웃긴다. 네가 아니라 내가 이기는 중이었거든! 내가 '그랑 오프라'가 되려고 했다고!"

외드가 말했다.

그러자 조프루아가 외드더러 너는 뭐가 되려고 해봤자 바보천치밖에 될 수 없다고 대꾸했다. 둘은 치고받고 싸우기 시작했다.

아주 재미있었다. 맥상이 소리를 질렀다.

"패스! 패스!"

뤼퓌스는 알세스트의 돼지 말을 맥상에게 던져줬다. 외드는 조프루아를 깔고 앉아서 1000프랑짜리 두 장을 억지로 입에 쑤셔넣으려고 했다.

조금 있으니까 부이옹 선생님이 막 뛰어왔다. 부이옹 선생님은 우리 학생주임인데 쉬는 시간에 우리가 신나게 노는 꼴을 눈 뜨고 못 본다. 부이옹 선생님은 우리에게 모두 벌을 서라고 하고는, '오프라' 놀이판과 거기 딸린 물건들을 압수해버렸다. 조프루아는 하루 정학을 먹었고, 클로테르도 벌을 서기 싫다고 했다가 하루 정학을 먹었다.

하지만 다음 날 조프루아는 자기 정학 문제는 잘 해결됐다고 했다. 조프루아의 아빠가 교장 선생님에게 항의를 하러 왔었다는 것이다. 조프루아의 아빠는 '이 학생은 같은 반 학생들의 폭력적인 본성을 자극할 수 있는 위험한 놀잇감을 학교에 가져왔기 때문에 하루 동안 학교 출입을 금함'이라는 조프루아의 정학 사유를 납득하지 못하겠다고 했단다.

마르틴의 결혼

토요일인데 나는 학교에 안 갔다. 마르틴 사촌누나가 결혼을 해서 온 가족이 결혼식에 참석해야 했기 때문이다.

오늘 아침에 우리 집 식구들은 아주 일찍 일어났다. 엄마는 나에게 부탁이니까 어엿한 소년답게 세수를 깨끗이 하라고, 귀까지 꼼꼼하게 잘 닦으라고 했다. 엄마는 내 손톱을 깎아주고 옆가르마를 타서 머리를 빗겨줬다. 머리카락이 자꾸 곤두서서 포마드를 잔뜩 발라야만 했다. 반짝반짝하는 하얀 셔츠를 입히고 빨간 나비넥타이도 맸다. 그러고 나서는 감색 양복을 입히고 셔츠보다 더 반짝반짝 빛나는 검정색 구두를 신겼다. 웃옷 앞주머니에는 손수건을 접어서 넣었다. 코를 풀기 위해서가 아니라 멋으로 그러는 거다. 나는 친구들이 이런 내 모습을 보지 못해 정말 다행이라고 생각했다.

아빠는 줄무늬 양복을 입었다. 그러고 나서 엄마랑 약간 실랑이를 했는데, 엄마가 자기가 골라준 넥타이를 매야 한다고 고집을 부렸기 때문이다. 하지만 아빠는 그 넥타이가 결혼식에 매고 가기에는 너무 야하다면서 회색 넥타이를 맸다.

엄마는 꽃이 잔뜩 그려진 근사한 옷을 입고 머리에는 아주 커다란 모자를 썼다. 엄마가 그런 모자를 쓴 모습을 보니까 웃기기는 했지만, 엄마한테는 그 모자가 잘 어울렸다.

우리가 나가는데 블레뒤르 아저씨가 우리 집 정원에 들어와 있었다. 블레뒤르 아저씨는 우리 이웃이다. 아저씨는 우리 셋 다 아주 볼만하다고 했다. 아빠는 왜인지 모르지만 아저씨가 한 말이 기분 나빴는지 구더기 무서워 장 못 담그겠냐고 했다. 하지만 나는 도대체 아빠랑 블레뒤르 아저씨가 무슨 소리를 하는 건지 하나도 못 알아들었다.

우리가 시청에 도착했더니 친척들이 거의 다 와 있었다. 메메, 마틸드 이모, 실뱅 삼촌, 도로테 이모, 외젠 삼촌은 뽀뽀를 해주면서 내가 많이 컸다고 했다. 나와 사촌지간인 로크와 랑베르도 있었다. 걔네 둘은 쌍둥이라서 똑같이 생겼다. 걔네들 누나 클라리스는 더 먼저 태어났기 때문에 걔네들하고 다르게 생겼다. 클라리스는 빳빳한 천에 여기저기 구멍이 뚫린 하얀 원피스를 입고 있었다. 사촌인 엘루아는 머리칼을 납작하게 붙이고 하얀 장갑까지 끼고 있어서 나를 웃겼다. 그다음에는 내가 모르는 사람들이었다. 마르틴 누나의 약혼자는 영화에서 본 것 같은 뒤가 길게 늘어진 검은 양복을 입었고 얼굴이 시뻘게져 있었다. 그리고 약혼자의 누나라는 여자도 있었고, 어떤 아저씨가 어떤 아줌마에게 그만 좀 울라고, 자꾸 그러면 웃음거리가 된다고 말하고 있었다.

조금 있다가 커다란 검정색 자가용이 도착했다. 사방을 꽃으로 장식한 차였다. 모두들 소리를 질렀다. 그 차에서 마르틴 누나와 누나네 부모님이 내렸다. 마르틴 누나네 엄마는 눈이 빨갛게 충혈되어 있었고 시도 때도 없이 콧물을 훔쳤다. 마르틴 누나는 정말 끝내주게 예뻤다. 하얀 드레스를 입고 면사포를 썼는데, 그 면사포 자락이 차 문에 걸려서 내릴 때 애를 먹었다. 손에는 작은 부케를 들고 있었다. 웨딩드레스를 입은 모습이 마치 첫 영성체라도 참석하는 사람 같았다.

우리는 모두 시청으로 들어갔다. 다른 결혼식이 먼저 있어서, 우리 차례가 될 때까지 기다려야만 했다. 마르틴 누나 엄마와 약혼자의 엄마는 줄곧 눈물을 흘렸다. 조금 있으니까 이제 들어가도 된다고 했다. 우리는 엄청 근사한 방으로 들어갔다. 빨간색 긴 의자들이 죽 늘어서 있는 게, 꼭 인형극이라도 구경하러 온 것 같았다. 하지만 앞에는 인형극 무대 대신 탁자가 하나 놓여 있었다. 이윽고 파란색, 하얀색, 빨간색 허리띠를 두른 아저씨가 들어왔다. 그 아저씨는 시장님이었다. 우리는 교실에 교장 선생님이 들어왔을 때처럼 모두 자리에서 벌떡 일어났다. 우리가 다시 앉자 시장님은 연설을 했다. 시장님은 이제 마르틴 누나와 약혼자가 한배를 타고 떠나게 된다고, 그들의 앞날에는 풍랑이 자주 일겠지만 중요한 것은 두 사람이 함께 암초를 헤쳐나가는 것이라고 했다. 하지만 내 바로 뒷자리에 앉아 있던 마르틴 누나 엄마가 어찌나 꺼이꺼이 우는지 시장님이 하는 말을 다 듣지는 못했다. 마르틴 누나 엄마는 누나가 배를 타고 떠나서 풍랑을 많이 만나게 될 거라는 사실이 많이 걱정되고 슬픈 것 같았다.

그 다음에는 마르틴 누나, 누나의 약혼자, 외젠 삼촌, 약혼자의 누나가 자리에서 일어나 커다란 책에다가 서명을 했다. 시장님은 이제 마르틴 누나와 약혼자의 결혼이 성립되었다고 했다. 또 다른 결혼식이 있을 예정이라서 우리는 즉시 나와야 했다.

우리가 시청에서 나오자, 아까 사진을 찍어줬던 아저씨가 우리보고 기념촬영을 하게 줄을 서라고 했다. 마르틴 누나와 신랑은 가운데에 서고, 다른 어른들은 양옆에, 아이들은 앞에 섰다. 모두들 활짝 웃었다. 누나네 엄마와 신랑 엄마까지도 사진 찍을 때는 웃었다. 하지만 사진 촬영이 끝나자마자 그 둘은 또 눈물 콧물을 쏟으며 울어댔다.

우리는 자동차에 나눠서 타고 성당으로 갔다. 마르틴 누나와 신랑은 거기서 또 결혼식을 했는데, 그건 정말 근사했다. 성당은 꽃으로 장식되어 있었고 음악도 나왔다. 성당 문 앞에서 사진사 아저씨가 우리를 기다리고 있었다. 아저씨는 사진을 찍게 우리보고 성당에 들어갔다가 다시 나와보라고 했다. 아저씨는 아까 시청에서 그랬던 것처럼 성당 계단에 우리를 줄 세웠다. 지나가던 사람들은 우리를 보고 웃으면서 구경을 했다.

우리는 또 자동차를 타고 식당으로 갔다. 아빠는 우리 가족이랑 친척들만 있을 수 있게 식당을 빌린 거라고 하면서 나보고 말 잘 듣고 착하게 굴라고, 사촌들하고 싸우거나 하면 안 된다고 했다. 엄마는 나에게 너무 많이 먹으면 안 된다고, 그랬다가는 배탈이 난다고 했다. 커다란 코가 빨개진 외젠 삼촌은 우리랑 같은 차에 타고 있었는데, 결혼식이 매일 있는 잔치도 아니니까 애를 좀 풀어주면 어떠냐고 한마디 했다. 그러자 아빠는 삼촌에게 애를 이래라저래라 말은 많으면서 도대체 결혼은 언제쯤 할 거냐고 했다. 외젠 삼촌은 우리 엄마쯤 되는 여자가 아니면 결혼하지 않을 거라고 대답했고, 엄마는 웃으면서 외젠 삼촌이 절대로 변하지 않을 사람이라고 했다. 아빠는 그렇다면 정말 안된 일이라고 했다! 식당에 도착했더니 사진 찍는 아저씨가 기다리고 있었다. 아저씨는 또 사진을 잔뜩 찍었다.

식당 안에 들어서자 사람들이 큰 소리로 외쳤다.

"신부 만세!"

우리는 계단을 올라 작은 홀에 들어갔다. 거기에는 커다란 식탁이 하나 있었는데 꽃이랑 술잔이랑 어찌나 근사하게 차려졌는지 보기만 해도 뭔가 먹고 싶을 정도였다. 사진 찍는 아저씨는 잽싸게 우리보다 먼저 올라와서 또 사진을 찍어댔다.

모두들 식탁에 앉는 동안에 로크, 랑베르, 엘루아와 나는 마구 뛰어가다가 마루판에서 미끄러지는 놀이를 했다. 그런데 로크와 랑베르가 넘어지는 바람에 부모님들이 우리에게 얌전하게 굴라고 한바탕 잔소리를 했다. 도로테 이모는 애들이 극성떠는 건 당연하지 않냐고, 무슨 결혼식이 이렇게 시간을 오래 잡아먹냐고, 너무 피곤해서 디는 못 비티겠다고 하더니 눈물을 흘리기 시작했다. 아멜리 이모는 도로테 이모가 바람을 좀 쐬어야 한다면서 밖으로 데리고 나갔다.

잠시 후에 모두가 식탁에 앉았다. 로크, 랑베르, 엘루아와 나는 식탁 맨 끝에 앉았다. 클라리스는 자기 엄마가 고기를 썰어주어야 한다면서 곁에서 떨어지려 하지 않았다. 하지만 그건 핑계일 뿐 엄마랑 떨어지는 게 무서워서 그러는 거다. 조금 있으니까 종업원들이 마요네즈를 곁들인 생선 요리를 내왔다. 우리 엄마가 말했다.

"애들한테는 술 주지 마세요!"

로크, 랑베르, 엘루아, 나, 그리고 메메는 엄마 말에 불만을 터뜨렸지만 어쩔 수 없었다. 그래서 우리는 레모네이드를 마셨다. 생선 요리를 먹으면서 레모네이드를 마시니까 진짜 맛있었다.

점심 식사는 정말 굉장했고 시간도 엄청 오래 걸렸다. 나는 속이 별로 좋지 않았다. 외젠 삼촌이 자리에서 일어나 아주 웃기는 이야기들을 늘어놓기 시작했지만 우리 아빠는 삼촌에게 애들 생각해서 입 좀 다물라고 했다. 그러자 외젠 삼촌은 우리 엄마의 모자를 쓰더니 모두들 노래를 하자고 했다. 사람들은 웃으면서 노래를 했지만, 마르틴 누나네 엄마랑 신랑의 엄마만은 훌쩍훌쩍 우느라 그러지 못했다.

조금 있으니까 엄청 근사한 케이크가 나왔다. 층층이 쌓아놓은 샴페인 잔도 있었다. 마르틴 누나가 자리에서 일어나 케이크를 칼로 자르는 시늉을 했다. 사진사 아저씨는 사진을 마구 찍었고 모두들 박수를 쳤다. 사진사 아저씨는 신랑에게도 일어나라고 하더니 조끼 단추를 제대로 채우고 누나와 함께 케이크 자르는 시늉을 하라고 했다. 하지만 진짜로 케이크를 자른 사람은 외젠 삼촌이었다. 삼촌은 케이크를 사람들에게 나눠주면서 제일 큰 두 조각은 신랑 신부 몫이라고 했다. 모두들 한바탕 신나게 웃었지만 우리 엄마는 또 이렇게 말했다.

"애들에게는 케이크 너무 많이 주지 마세요."

그래서 우리 어린아이들과 메메는 불만스러웠다. 메메는 아이들에게도 건배 정도는 할 수 있게 샴페인을 조금 줘야 하는 거 아니냐고 했다. 그래서 우리들은 술잔 바닥에 깔릴 정도로 조금이지만 샴페인을 얻었다. 샴페인은 끝내주게 맛있었다. 그러고 나서 내가 배탈이 나는 바람에 엄마 아빠는 얼른 집으로 돌아와야 했다.

정말 근사한 하루였다. 어른이 되면 나도 꼭 결혼을 할 거다. 그래서 원하는 대로 샴페인을 실컷 먹을 거다. 그리고 제일 큰 케이크 조각도 내가 차지할 거다!

수영장에서

내가 친구들하고 수영장에 갈 거라고 했더니 엄마는 이렇게 말했다.

"니콜라, 안 돼, 안 돼, 절대 안 돼! 너랑 친구들이랑 어디를 갔다 하면 한바탕 난리가 나잖아! 넌 절대 수영장 못 가!"

그래서 나는 아빠에게 허락을 받으러 갔다. 아빠는 신문을 읽으면서 건성으로 대답했다.

"음? 뭐라고? 그래, 그래, 하고 싶으면 해야지. 자, 이제 나가서 놀아라."

엄마는 아빠가 수영장 가는 걸 허락해줬다고 하니까 엄청 화가 나서 아빠하고 한바탕 말싸움을 했고, 그러고는 나를 막 혼냈다. 우리 식구는 모두 다 소리를 고래고래 질렀지만, 잠시 후 우리는 모두 화해했다. 아빠는 엄마에게 뽀뽀해주었고, 엄마는 나에게 뽀뽀해주면서 맛있는 감자튀김을 만들어주겠다고, 내가 얌전하게만 군다면 수영장에 가도 좋다고 했다.

"하지만 조심해야 한다, 니콜라. 엄마 아빠는 너를 믿지만 네 친구들은 워낙에 유별나잖니!"

아빠가 말했다.

친구들과는 수영장 앞에서 만났다. 우리 동네에서 그리 멀지 않은 곳에 아주 근사한 수영장이 하나 있다. 하지만 입구에서부터 문제가 좀 있었다. 맥상의 장난감 배 때문이었다. 수영장 입장권을 파는 아저씨가 맥상에게 그 배를 가지고 뭐 할 거냐고 물어봤다.

"그거야 물에 띄우려고 그러죠! 수영장에서요!"

맥상이 대답했다.

"안 돼, 안 돼. 그런 장난은 금지되어 있다. 다른 사람들이 다칠 수도 있어. 수영장에 들어가고 싶으면 장난감은 휴대품 보관소에 맡기고 들어가."

아저씨가 말했다.

그러자 맥상은 불같이 화가 나서는, 이 멋있는 배를 휴대품 보관소에나 맡기려고 가져온 줄 아느냐고, 입장권을 돈 주고 샀으면 자기가 수영장에서 하고 싶은 걸 뭐든지 할 수 있는 거 아니냐고 했다.

"그 배를 가지고서는 절대 들어갈 수 없어. 그걸로 끝! 더는 말할 것도 없다."

아저씨가 말했다.

"애들아, 들어가봐. 난 간다."

맥상은 자기 배를 가지고 집으로 가버렸다.

수영장은 사람이 엄청 많고 진짜 근사했다. 물은 새파랗고 끝내주는 다이빙대도 있었다. 시설도 잘 갖춰졌고 탈의실들도 있었다. 우리는 모두 같은 칸에 들어가서 옷을 벗었다. 그게 더 재미있으니까 말이다. 알세스트와 조아생도 왔지만 수영복으로 갈아입지는 않았다. 알세스트는 음식을 먹은 지 두 시간이 안 되었고 조아생은 감기에 걸렸기 때문에 물에 들어갈 수 없었다. 조금 있으니까 누가 밖에서 우리 탈의실 문을 두드리며 큰 소리로 말했다.

"안에서 뭐 하는 거냐? 당장 나오지 못해!"

우리는 탈의실에서 나왔다. 소리를 지른 아저씨는 우리를 보고 눈이 휘둥그레졌다.

"이제 다 나온 거냐? 좋아, 애들아, 아저씨 말 잘 들어라. 참 재미있는 녀석들 같구나. 허튼 수작일랑 할 생각 말고 똑바로 처신해라. 아저씨가 지켜볼 거니까…… 그런데 너희 둘, 너네는 왜 수영복으로 안 갈아입어?"

"나는 수영 안 해요. 병이 났거든요."

조아생이 말했다.

"나도 병이 날까봐 수영 안 하는 거예요."

알세스트가 말했다.

수영장 안전관리요원 아저씨는 아무 말도 안 하고 고개를 절레절레 흔들며 가버렸다. 우리 학생주임인 부이옹 선생님이 그러듯이 말이다.

"자, 들어가자! 맨 나중에 물에 들어가는 사람 바보!"

내가 소리를 질렀다.

"잠깐만! 내가 굉장한 걸 가져왔단 말이야! 이것 봐!"

조프루아가 말했다.

그러고 보니 조프루아가 커다란 상자를 가져왔는데 아무도 알아차리지 못하고 있었다. 조프루아가 상자를 열자 바람 빠진 말 모양의 고무튜브가 나왔다. 하얀 점박이 무늬가 있는 빨간 말이었다.

"바람을 넣자. 그러면 아주 근사할 거야. 작년 여름에 바닷가로 놀러 갔을 때 우리 아빠가 사준 거야."

조프루아가 말했다.

"이야, 진짜 끝내준다!"

클로테르가 외쳤다.

우리는 모두 클로테르 말에 맞장구를 쳤다. 그런데 외드는 이렇게 말했다.

"이건 수영할 줄 모르는 사람에게 딱 좋겠다."

"너 지금 나 들으라고 하는 소리야?"

뤼퓌스가 발끈하며 따지고 들었다.

외드와 뤼퓌스가 옥신각신하는 동안에 조프루아는 입으로 튜브에 바람을 불어 넣으려고 했다. 그런데 바람을 넣기가 아주 힘든 모양이었다. 조프루아는 얼굴이 완전히 시뻘게졌다. 조아생이 좀 도와주려고 했지만 조프루아는 싫다고, 이건 자기 말이니까 자기가할 거라고 했다. 잠시 후에 말이 제법 모양을 갖추는가 싶더니 푸시식, 소리가 나면서 바람이 도로 빠져버렸다. 그때 조프루아 얼굴은 정말 볼만했다!

"어딘가 구멍이 났어."

클로테르가 말했다.

우리는 모두 고개를 숙이고 어디에 구멍이 났는지 찾았다. 갑자기 클로테르가 외쳤다.

"찾았다! 여기 봐! 여기가 터졌어!"

조프루아는 아주 난처해하면서, 아마 스티커로 터진 데를 붙일 수 있을 거라고 했다.

"얘들아, 스티커 찾는 것 좀 도와주라!"

조프루아가 말했다.

"네 스티커는 너 혼자 찾으셔. 그건 네 말이잖아."

조아생이 대꾸하고는 알세스트에게 다가갔다. 조아생은 알세스트에게 크루아상을 한 조각 주면 안 되겠냐고 했지만 알세스트는 그건 자기 크루아상이라서 안 되겠다고 했다.

"내가 도와줄게."

클로테르가 조프루아에게 말했다. 그래서 조프루아와 클로테르는 스티커를 찾으러 갔다.

"맨 나중에 물에 들어가는 사람 바보!"

내가 또다시 소리를 질렀다.

"그럼 저기 높은 다이빙대에서 뛰어내려보시지!"

외드가 뤼퓌스에게 말했다.

"흥, 못 뛰어내릴까봐? 하지만 내가 하기 싫다는데 어쩔 거야?"

뤼퓌스가 대꾸했다.

"암, 그러시겠지!"

외드는 킬킬대고 웃었다.

"뛰어내리면 그대로 물에 빠져 허우적댈 테니까 당연히 싫겠지. 툭하면 물에 빠진 사람들을 구해줬다고 뻥치지만 사실은 수영도 할 줄 모르잖아."

"뭐, 내가 수영할 줄 모른다고? 너 웃긴다, 진짜!"

뤼퓌스가 소리를 질렀다.

"그렇게 웃기면 정말 한번 다이빙대에서 뛰어내리면 되잖아!"

외드가 말했다.

"너 자꾸 그러면 한 대 맞는다!"

뤼퓌스는 엄청 화가 나서는 고래고래 소리를 질렀다.

"어디 한번 해봐."

외드가 말했다.

뤼퓌스는 외드를 확 밀쳤다. 그러자 안전관리요원 아저씨가 부랴부랴 달려왔다. 아저씨는 한 손으로는 외드 팔을, 다른 한 손으로는 뤼퓌스 팔을 붙잡고 말했다.

"마지막 경고다. 계속 이러면 옷 갈아입고 집에 가라고 내쫓는 수밖에 없어. 알았냐?"

"저기, 아저씨……."

클로테르가 말을 걸었다.

"또 뭐야?"

아저씨가 클로테르 쪽을 돌아보며 물었다.

"아저씨 혹시 스티커 없어요? 내 말에 붙일 건데."

조프루아가 아저씨에게 물었다.

아저씨는 손으로 입을 비비면서, 눈을 가늘게 뜨고 조프루아와 클로테르를 쏘아보았다. 그러고는 한마디 말도 없이 그냥 그 자리를 떴다.

"스티커를 찾을 도리가 없어. 전부 다 물어봤는데 없대. 말에 스티커를 붙이려는 작전은 실패야. 아무래도 접착고무가 있어야겠어."

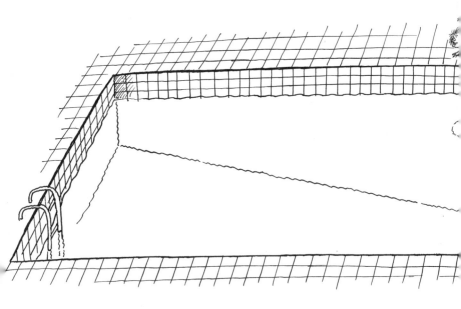

조프루아가 말했다.

"우리 집에 접착고무 있어. 자전거 튜브 고칠 때 쓰는 거. 필요하다면 내가 집에 가서 찾아올게."

클로테르는 이렇게 말하고 탈의실에서 옷을 갈아입고 집으로 갔다. 클로테르는 참 좋은 녀석이다.

"자, 어쩔 거야? 다이빙대에서 뛰어내릴 거야?"

외드가 뤼퓌스에게 물었다.

"내가 하고 싶으면 한다니까."

뤼퓌스가 말했다.

"얘들아! 맨 나중에 물에 들어가는 사람 바보!"

내가 외쳤다.

나는 마구 달려가서 코를 손가락으로 쥐고 물에 뛰어들었다. 물에 들어가니 기분이 끝내줬다. 하지만 친구들은 아무도 물에 들어오지 않았다. 애들은 뤼퓌스와 외드와 고함을 지르는 안전관리요원 아저씨를 쳐다보고 있었다. 아저씨는 전부 다 옷을 갈아입고 집으로 가라고 했다.

우리 아빠 말씀이 맞는 것 같다. 내 친구들은 정말 유별나다!

사탕 상자

블레뒤르 아저씨는 우리 이웃인데 우리 아빠랑 좋은 친구 사이다. 아빠와 아저씨는 티격태격 장난하기를 좋아하지만, 매번 뭔가 우스꽝스러운 짓을 같이 해놓고서는 뿔따구가 잔뜩 나서 다시는 말도 안 하겠다고 한다. 이번에 아빠랑 아저씨가 틀어진 이유는, 저번에 아빠가 장난으로 완두콩 통조림 깡통을 발로 차서 블레뒤르 아저씨네 정원 쪽으로 날려 보냈기 때문이다. 블레뒤르 아저씨는 하나도 재미있어하지 않았다. 아저씨는 자기네 집 정원이 쓰레기장인 줄 아냐고, 아빠가 바보 멍청이 같은 장난을 한다고, 그러다 잘못해서 누가 다치기라도 하면 어쩔 거냐고 했다. 그런데도 아빠가 계속 낄낄 웃으면서 즐거워했더니 아저씨는 깡통을 우리 집 정원으로 던지면서 마구 소리를 질렀다.

"이놈의 자네 깡통이나 가져가!"

그게 그만 아빠 비위를 건드렸다. 그래서 아빠와 블레뒤르 아저씨는 벌써 몇 주째 인사도 안 하는 사이가 됐다.

그래서 엄마가 오늘 저녁을 먹고 블레뒤르 아저씨네 집에 커피를 마시러 갈 거라고 말했을 때 나는 깜짝 놀랐다. 하지만 생각해보니 알 것 같았다. 아빠랑 블레뒤르 아저씨가 꽁해 있으면 엄마랑 블레뒤르 아줌마가 두 사람을 화해시켜주는 거다. 그러면 두 사람은 다시 죽고 못 사는 단짝이 된다. 둘이 또 뭔가 우스꽝스러운 짓을 같이 하다가 틀어질 때까지는 말이다.

우리는 저녁을 먹고 조금 있다가 아저씨네 집 초인종을 눌렀다. 블레뒤르 아저씨랑 아줌마랑 모두가 즐겁게 웃었다. 아빠와 블레뒤르 아저씨는 악수를 했고, 엄마는 두 사람 다 덩치만 컸지 아직 어린애랑 똑같다고 했다. 나는 기분이 끝내주게 좋았다. 블레뒤르 아저씨가 근사한 사탕 상자를 우리 엄마에게 건네면서 이렇게 말했기 때문이다.

"완두콩으로 불화를 일으켰으니 이제 사탕으로 화해해볼까요!"

그 말을 듣고 엄마는 한참이나 웃었다. 엄마는 아저씨에게 이렇게까지 하지 않아도 된다고 했다. 하지만 나는 블레뒤르 아저씨가 정말 근사한 아이디어를 냈다고 생각했다. 나는 사탕을 너무너무 좋아하는데 아무도 안 사준다. 엄마는 보통 꽃다발 같은 걸 선물로 받곤 한다. 그런데 꽃은 예쁘기는 하지만 선물로는 영 아니다. 먹을 수도 없고, 어차피 정원에 널린 게 꽃 아닌가.

엄마는 내가 사탕을 집어도 뭐라고 하지 않았다. 그 상자 안에는 사탕이 엄청 많았다. 정말 좋았던 점은 사탕이 두 겹으로 깔려 있었다는 것이다. 전에 바를리에 아저씨가 가져왔던 사탕 상자에는 사탕이 한 겹만 있고 그 밑에는 종이가 깔려 있었는데, 이 상자는 그렇지 않았다. 엄마는 아무거나 먹으라고 했다. 그래서 나는 금색 종이에 싸인 걸 골랐다. 리큐어가 든 건데 내가 좋아하는 맛이었다. 내가 허겁지겁 깨물자 턱으로 리큐어가 질질 흘러내렸는데, 그걸 보고 모두 깔깔깔 웃으면서 나에게 뽀뽀를 했다. 엄마는 이제 늦었고 나는 내일 학교도 가야 하니까 집에 가서 자자고 했다.

다음 날 아침에 나는 엄마에게 사탕을 하나 먹어도 되냐고 물었다. 엄마는 내가 세수를 하고, 옷을 갈아입고, 카페오레와 잼 바른 빵을 다 먹고 나면 한번 생각해보겠다고 했다. 나는 카페오레와 잼 바른 빵보다는 사탕을 먹는 게 더 좋을 것 같다고 했지만 엄마는 안 된다고 했다.

아침을 다 먹고 학교에 갈 때가 되자 엄마가 사탕을 하나 먹어도 좋다고 했다. 그래서 나는 또 리큐어가 든 사탕을 골랐다. 이번에는 리큐어가 흐르지 않게 조심해서 단박에 입 속으로 털어 넣었다. 나는 사탕을 가져가서 쉬는 시간에 먹어도 되냐고 물었지만, 엄마는 말도 안 되는 소리라면서 빨리 안 가면 지각을 하고 말 거라고 했다. 나는 왜 학교에 사탕을 가져가면 안 되냐고, 내 친구들은 학교에 별의별 것을 다 가져온다고 했다. 그랬더니 엄마는 계속 이러면 화를 내겠다고 했다. 나는 징징 울면서 학교에 갔다. 정말 너무했다. 너무하고, 또 너무했다!

학교에 가서 나는 알세스트에게 우리 집에 사탕이 한 상자 있다고 했다.

"사탕이 몇 겹으로 들었는데?"

알세스트가 물었다.

내가 두 겹이라고 했더니 알세스트는 그것 참 흥미로운 이야기라고 하면서 점심 먹으러 갈 때 나를 우리 집까지 바래다주겠다고 했다. 우리 둘이 집에 도착하자 엄마는 알세스트를 보고 깜짝 놀랐다.

"알세스트는 우리 집 사탕을 구경하러 왔어요."

내가 엄마에게 설명했다.

"참 엉뚱하기도 하다! 너희 엄마가 너 점심 먹으러 오기를 기다
리실 텐데! 얼른 너네 집으로 가! 엉뚱한 것도 정도가 있지!"

엄마가 말했다.

그러자 알세스트는 문 쪽으로 걸어갔다. 하지만 발을 질질 끌면
서 엄청 느릿느릿 걸었다. 엄마는 기가 막힌다는 듯이 손을 입에 갖
다대고 있었다. 우리 엄마는 가끔 장난이 아니란 걸 나에게 보여주
기 위해 그런 행동을 한다.

"니콜라, 친구에게 사탕 하나 주렴! 하지만 꼭 점심 먹고 나서 먹
어야 한다. 사탕 먼저 먹으면 밥맛이 없어진단 말이야."

엄마가 말했다.

알세스트는 그 말을 듣고 완전 신이 났다. 나는 알세스트에게 초

록색 부스러기가 잔뜩 붙은 사탕을 하나 주었다.

"나는 금색 종이로 싼 사탕이 더 좋아. 금색 종이로 싼 거는 리큐어가 들었단 말야. 내가 그런 것도 모를 줄 알아!"

알세스트가 말했다.

나는 알세스트에게 주는 대로 아무거나 먹으라고 했다. 그랬더니 알세스트는 나는 친구도 아니라고 소리를 질렀다. 나는 정 마음에 안 들면 초록색 부스러기가 잔뜩 붙은 사탕을 도로 내놓으라고, 어쨌거나 여기는 너희 집이 아니라 우리 집이라고 했다. 정말이지, 장난이 아니란 말이다! 엄마는 이제 웃지도 않고 우리에게 당장 그만두지 못하겠느냐며 야단을 쳤다. 알세스트는 뿔따구가 나서는, 초록색 부스러기가 잔뜩 붙은 사탕을 먹으면서 자기네 집으로 가버렸다.

조금 있다가 나도 사탕을 하나 먹겠다고 했더니 엄마는 내 머리가 어떻게 된 거 아니냐고, 점심 먹기 전에는 사탕을 먹을 수 없다고 했다.

"알세스트는 되는데, 왜 나는 안 돼요?"

내가 물었다.

"엄마 생각을 눈곱만치라도 한다면 당장 손부터 씻고, 그놈의 사탕 타령은 그만 해!"

엄마가 소리를 질렀다. 엄마는 가끔이지만 정말 너무할 때가 있다.

"엄마는 점심 준비를 마저 해야 해. 너희 아빠가 회사에 늦으면 안 되잖아. 너도 알다시피 점심시간은 항상 바쁘잖니."

엄마가 말했다.

"알세스트가 사탕을 먹어도 된다면 나도 사탕을 먹을 수 있어야죠! 왜 엄마는 나보다 알세스트를 더 위해주는 거예요?"

내가 소리를 질렀다.

"너 정말 맞아야 정신 차릴래?"

엄마는 무샤비에르 선생님 같은 목소리로 말했다. 무샤비에르 선생님은 우리 학생주임 선생님 중 한 명인데, 쉬는 시간에 우리 때문에 화가 나면 꼭 그런 목소리를 낸다.

"뭐야, 우리 집에서 한바탕 난리가 일어나고 있는 거야? 이번에는 또 무슨 같잖은 이유 때문인지 들어나 볼까?"

아빠가 집에 들어서면서 말했다.

"당신 친구 블레뒤르 씨가 준 이놈의 사탕 상자가 말썽이에요! 니콜라 씨께서 사탕만 드시고 사시겠답니다. 니콜라 씨께서 친구분과 어중이떠중이를 다 집으로 끌고 오셔서 사탕을 대접하고 계세요! 그러고서 제가 점심 먹기 전에 사탕을 못 먹게 했다고 이렇게 분개하시네요!"

엄마가 소리를 질렀다.

"내 친구 블레뒤르? 블레뒤르와 나를 다시 맺어주려고 온갖 수단과 방법을 다 동원한 사람은 당신이었던 것 같은데? 어쨌거나, 문제는 그게 아니잖아. 고작 사탕 때문에 그렇게 흥분할 것까지는 없잖아. 자, 니콜라, 엄마가 사탕을 먹지 말라고 하면 너는 사탕 먹으면 안 되는 거야. 더 이상 토 달지 마."

아빠가 말했다.

"하지만 알세스트는 먹었다고요! 엄마가 나보고 알세스트에게 사탕을 주라고 했단 말이에요!"

내가 소리를 질렀다.

"무슨 애가 저렇게 고집불통인지! 나는 알지, 당신 아들이 누구를 닮아서 저런지. 어쨌거나 사탕은 없어! 앉아서 밥이나 먹어."

엄마가 말했다.

"예리한 지적을 해주셔서 고맙구먼. 하지만 일단 잠깐이라도 그놈의 사탕 타령은 그만두고 조금 진정하는 게 좋겠어. 난 바빠. 오후 2시에 사무실에서 만나야 할 사람도 있다고. 그러니까 점심은 진즉에 차려놓았어야지."

아빠가 말했다.

"어머! 늑장을 부려서 정말 죄송하네요. 당신 아들이 사탕, 사탕하는 통에 도무지 상을 차릴 틈이 있어야지요."

엄마는 웃고 있었지만 기분은 별로 좋아 보이지 않았다.

"당신 자꾸 이럴 거야! 그럼 난 식당에서 점심을 사 먹겠어! 다시는 이놈의 집구석에 들어오나 봐! 그러면 적어도 사탕 타령은 안 들어도 되겠지. 이 집에서 더 이상 사탕의 '사' 자도 꺼내지 마! 사탕이라면 지긋지긋해! 사탕은 그만! 이제 그놈의 사탕을 어떻게 하는지 똑똑히 보여주지!"

아빠는 버럭버럭 소리를 지르면서 사탕 상자를 집어들었다. 그러고는 정원에 나가서 울타리 쪽으로 다가갔다. 블레뒤르 아저씨는 자기네 정원에서 나뭇잎을 줍고 있었다. 아저씨가 고개를 들고는 아빠를 보고 빙그레 웃었다.

"자! 이거 도로 가져가, 자네가 준 상자!"

아빠는 이렇게 외치면서 사탕 상자를 블레뒤르 아저씨네 정원에 던졌다.

이제 우리 집에는 아무 문제도 없다. 아빠와 나는 엄마에게 잘못했다고 했고, 엄마는 우리에게 자주 감자튀김을 만들어준다. 유일한 문제는, 아빠와 블레뒤르 아저씨가 다시 인사도 안 하는 사이가 됐다는 것뿐이다.

구두를 닦아요

무슈뭄 아줌마가 오늘 오후에 차를 마시러 오라고 엄마에게 전화했다. 무슈뭄 아줌마는 엄마한테 내가 참 귀여우니까 나도 꼭 데려오라고 했다. 나는 무슈뭄 아줌마네 집에 차를 마시러 가는 게 별로 재미있지는 않다. 그 아줌마네는 아이들도 없고 텔레비전도 없다. 하지만 엄마는 무슈뭄 아줌마가 내가 오기 바라니까 나도 가야 한다고, 더 이상 토 달지 말라고 했다. 무슈뭄 아줌마는 무슈뭄 아저씨의 부인인데, 그 아저씨가 바로 우리 아빠네 회사 사장님이다.

엄마는 나에게 감색 양복을 입히고 하얀 양말을 신겼다. 그러고는 머리도 빗겨주었다. 그렇게 차려입으면 꼭 얼간이 광대처럼 보인다. 조금 있다가 엄마가 내 구두를 보더니 구두에 광을 좀 내고 솔

로 문질러 닦아줘야겠다고. 하지만 시간이 별로 없어서 일단 엄마 옷부터 갈아입고 외출 준비를 해야겠다고 했다.

"말 잘 듣고 얌전하게 굴면 엄마가 오늘 저녁에 사과파이를 만들어줄게."

엄마는 이렇게 말하고 옷을 갈아입으러 갔다.

나는 우리 엄마를 참 좋아한다. 그리고 사과파이도 참 좋아한다. 그래서 말썽을 부리지 말아야겠다고 다짐했다.

조금 있다가 나는 엄마를 깜짝 놀라게 해드려야겠다고 생각했다. 엄마가 외출 준비를 하는 동안에 직접 내 구두를 닦아놓는 거다. 그러면 엄마가 내 구두를 닦으려고 하다가 구두가 반짝반짝 광이 나는 걸 보고 깜짝 놀라서 이렇게 말할 거다.

"어머나, 우리 니콜라가 다 컸구나. 엄마도 이렇게 잘 도와주고!"

……그러고서 엄마는 나에게 뽀뽀를 해줄 거고, 오늘 저녁에 사과파이를 두 조각, 아니 어쩌면 세 조각까지도 먹게 해줄지 모른다. 그러면 얼마나 좋을까!

나는 부엌으로 갔다. 부엌에 있는 작은 가방에는 구두 닦는 데 필요한 것들이 들어 있다. 나는 아빠처럼 해보았다. 우선 내 구두를 구둣솔로 한 번 문질렀다. 딱 한 번 문질렀는데도 벌써 광이 나기 시작했다. 나는 검정색 구두약 통을 집어들었다. 그러고는 아빠가 구두에 구두약을 바를 때 쓰는 작은 솔이 어디 있는지 찾아보았다. 하지만 그 작은 솔을 찾지 못했기 때문에—엄마 말마따나, 아빠는 정리정돈을 너무 못한다—그냥 손가락으로 구두약을 발랐다. 손은 나중에 씻으면 되니까 괜찮다. 나는 구두약을 정말 잘 칠했다. 한 가지 문제가 있다면 구두약이 손톱 밑에도 끼었다는 것이다. 나는 커다란 구둣솔로 구두를 문질렀다. 아빠가 구두를 닦을 때처럼 휘파람도 불면서 말이다. 그런데 정말 희한하게도 구두는 아까만큼 반짝반짝하지 않았다. 그래서 구두약을 좀 더 칠했다. 아예 구두약을 두껍게 한 겹 바르고 구둣솔 대신 행주를 썼다. 어쨌거나 행주는 엄마가 나중에 빨래 바구니에 넣으면 되니까.

구두는 도무지 광이 나지 않았지만 그래도 그럭저럭 괜찮았다. 문제는 양말이었다. 어떻게 우리 아빠는 구두를 닦으면서 양말을 더럽히지 않았는지 모르겠다. 아빠에게 절대로 하얀 양말을 신고 구두를 닦으면 안 된다고 말해줘야겠다. 내가 신은 하얀 양말은 종아리까지 시커멓게 됐는데, 그건 어쩔 수 없었다. 양말은 소매처럼 훌훌 걷어붙일 수도 없으니까 말이다. 나는 개수대에 있던 커다란 비누 조각을 집어들었다. 그러고는 수돗물을 세게 틀어 양말을 적시고 비누를 문질러 빨았다. 양말은 별로 깨끗해지지 않았고 종아리만 시렸다. 구두에 떨어진 비눗물은 구두에 또 한 번 구두약을 칠해서 제거할 수 있었다.

내가 정말 했어야 되는데 깜박 잊고 못 한 일은 소매를 걷는 거였

다. 셔츠 소매가 손목에서 팔꿈치까지 온통 젖었고 군데군데 구두
약도 묻어 있었다. 하얀 옷에 검은 얼룩이 생기면 너무 눈에 잘 띈
다. 엄마는 항상 하얀 옷은 금세 더러워진다고 했는데 정말 그 말이
옳다. 어쨌든 흰색이 감색보다 때가 잘 타는 건 분명했다. 감색 양
복 웃옷에 묻은 구두약 얼룩은 아주 가까이서 봐야만 알 수 있었
으니까. 게다가 나는 아빠가 양고기를 먹을 때―양고기가 있을 때
얘기지만―쓰는 나이프로 양복에 묻은 구두약을 긁어냈기 때문에
다 잘 해결됐다.

나는 웃옷을 벗어서 의자 등받이에 걸었다. 그런데 그 의자가 제
대로 서 있지 못하고 쿵! 넘어졌다. 웃옷, 의자, 의자에 내가 잠깐
올려놓았던 구두 닦는 도구 가방이 모두 바닥에 나뒹굴었다. 별
로 심각한 문제는 아니었다. 다만 구두약 통이 떨어지면서 구두약
이 바닥에 쏟아진 것만은 좀 골치 아팠다. 쉬는 시간에 알세스트를
밀쳤다가 알세스트의 잼 바른 빵이 바닥에 떨어졌을 때처럼 말이
다. 그때는 버터나 잼 얼룩이 생겼지만 이번에는 구두약 얼룩이다.

나는 부엌 타일 바닥에 생긴 구두약 얼룩을 청소하기로 마음먹
었다. 엄마에게 야단맞고 싶지 않았다. 그래서 또 다른 행주를 집
어들었다. 물론, 이 행주도 엄마는 분명히 빨래 바구니에 넣을 거
다. 하지만 행주는 별로 소용이 없었다고 해야겠다. 얼룩이 없어지
기는커녕 점점 더 넓게 퍼졌기 때문이다. 그래서 나는 엄마가 청소
할 때처럼 빗자루를 이용했다. 기다란 밀짚 같은 게 달린 쪽 말고
다른 쪽을 썼다. 나는 수도를 세게 틀어 행주를 적셨다. 수돗물을
콸콸 틀어놓은 채 행주를 빗자루 끝에 달아서 바닥을 문지르기 시

작했다. 그런데 희한하게도 구두약 얼룩은 물을 많이 묻혀도 없어
지지 않았다.

그래서 나는 양고기 자르는 나이프로 비누에 묻은 검은 얼룩을
긁어냈다. 그러고는 바닥에 무릎을 꿇은 채 두 손으로 비누를 쥐
고 바닥 얼룩에 열심히 문질렀다. 골치 아프게 바닥의 얼룩은 별
로 안 지워졌는데 비누는 엄청 시커메졌다. 그래도 별일은 아니었
다. 넥타이가 좀 더러워졌지만, 바닥에 닿은 끄트머리만 시커메졌
을 뿐이다. 어차피 웃옷을 입고 양복 단추를 다 채우면 넥타이 끄
트머리는 보이지도 않을 테니까 괜찮다. 그래, 그건 문제도 아니었
다. 곤란한 것은 오히려 바지였다. 바지 무릎에 물에 젖은 구두약이
잔뜩 묻어서 아주 우스꽝스러웠기 때문이다. 하지만 어차피 감색
이라서 그렇게 눈에 띄지는 않았다. 바지를 걷고 청소를 했어야 했
다. 바지를 입은 채로 청소를 했는데도 내 무릎이 더러워진 건 마
찬가지였으니까.

나는 옷부터 갈아입고 와서 부엌은 나중에 정리해야겠다고 생각
했다. 내 방으로 올라가려고 일어난 순간, 거울에 비친 내 모습을

보았다. 웃음이 났다. 얼굴에는 구두약이 잔뜩 묻었는데 특히 코가 아주 가관이었다. 내 모습이 광대 같아서 나는 요렇게 조렇게 인상을 써보며 놀았다. 그런데 갑자기 커다란 비명소리가 들렸다.

엄마가 부엌문 앞에 서 있었다. 엄마는 기분이 엄청 안 좋았다. 내 팔을 붙들고는 오늘은 간식을 안 주겠다고 했다. 그러고는 오늘 있었던 일을 아빠에게 다 이야기하면 아빠가 분명히 뭐라고 할 테니 두고보라고 했다.

나는 울음을 터뜨렸다. 그래, 좋다. 내가 말썽을 좀 부리기는 했다. 하지만 해도해도 정말 너무했다. 정말이지, 이럴 수가 있는가. 엄마는 내가 구두를 닦았다는 것도 알아보지 못했다. 나 혼자, 스스로 구두를 닦았는데도!

초콜릿 공장 소동

우리 모두는 목요일을 목이 빠져라 기다렸다. 담임 선생님이 목요일에 우리 반 모두 초콜릿 공장 견학을 갈 거라고 했기 때문이다.

"나는 여러분을 믿어요. 일단 깨끗하게 옷을 입고 와야 하고…… 니콜라, 자꾸 떠들면 선생님은 네가 조용히 할 때까지 아무 말 안 하고 기다릴 거다…… 좋아요, 여러분 모두 공장을 견학하는 동안에 얌전하게 말 잘 듣고 열심히 구경하세요. 나중에 초콜릿 공장을 견학한 소감에 대해서 글짓기를 할 거니까요. 그럼 오후 2시에 학교 앞에서 모이겠어요. 약속 시간은 정확하게 지키세요. 늦게 오는 사람은 초콜릿 공장에 안 데려갈 거예요."

목요일 오후 나는 1시 30분에 학교에 도착했다. 다른 친구들은 벌써 다 와 있었다. 알세스트는 사과를 먹고 있었는데, 점심을 먹고 나서 후식까지 먹고 올 시간이 없었기 때문이다. 게다가 커다란 간식 보따리도 들고 있었다. 우리를 한바탕 웃긴 사람은 아냥이었다. 녀석은 책가방을 메고 왔다.

"견학하는 동안에 메모를 하려고 공책을 가져왔지. 글짓기를 위해서야."

아냥이 우리에게 설명했다.

아냥은 정말 못 말린다!

조금 있으니까 담임 선생님이 왔다. 선생님은 엄청 멋있게 옷을 차려입었다. 언제나 들고 다니는 책가방 대신에 배낭을 둘러멨고, 머리에 모자도 쓰고 왔다. 진짜 근사했다.

"자, 좋아요, 모두 괜찮아 보이는군요. 몇 명은 빗질을 좀 했으면 좋겠지만 어쨌든 전체적으로는 깨끗해 보여요…… 알세스트, 너 입 좀 닦고 그 사과 꽁다리는 버려! 좋아요, 차가 왔군요. 이제 곧 출발하겠어요! 그리고 미리 말해두지만 차에서 말썽 부리는 사람은 곧장 내리라고 할 거예요. 그 친구는 우리랑 같이 초콜릿 공장에 갈 수 없을 거예요!"

우리는 엄청 들뜬 기분으로 차에 탔다. 아무도 허튼 장난은 치지 않았다. 운전사 아저씨는 신호등에 빨간불이 켜질 때마다 차를 세우고 놀란 눈으로 우리를 돌아보곤 했다.

우리는 엄청 큰 공장 앞에 도착했다. 선생님은 우리에게 차에서 내리라고 하고, 알세스트에게는 스웨터에 묻은 크루아상 부스러기를 털라고 덧붙였다. 우리는 줄을 서서 공장으로 들어갔다. 아주 친절한 아줌마가 웃는 얼굴로 우리를 바라보며 기다리고 있었다. 아

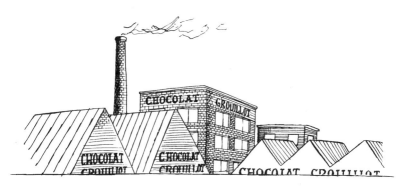

CHOCOLAT GROUILLO

줌마는 우리를 근사한 사무실로 들여보냈다. 거기에는 대머리가 반들반들한 아저씨가 있었다. 아저씨는 자리에서 일어나 담임 선생님의 손을 잡더니, 우리를 보고 활짝 웃으면서 이렇게 말했다.

"얘들아, 여기는 그루이요 초콜릿 회사란다. 나는 이곳 사장이지. 너희들을 진심으로 환영한다. 내 생각에 너희들 모두 초콜릿을 좋아할 것 같은데? ……어디 보자, 초콜릿 좋아하는 친구는 손을 들어보렴!"

아냥만 빼고, 모두들 손을 번쩍 들었다.

"이런, 아냥!"

담임 선생님이 아냥을 꾸짖었다.

"나는 초콜릿을 먹으면 병이 나요. 아주 어렸을 때부터 의사 선생님이 나는 초콜릿을 먹으면 안 된다고 했어요. 왜냐하면……."

아냥이 대답했다.

"그래, 그래, 알았다. 이제 보니 모두들 초콜릿을 좋아하는구나. 그러면 공장 견학이 끝난 다음에 여러분에게 작은 깜짝 선물을 줘야겠다."

사장 아저씨가 말했다.

이번에는 하얀 앞치마를 입은 다른 아저씨가 사무실로 들어왔다. 사장 아저씨는 그 아저씨 이름이 로마랭이라고, 그 아저씨가 우리에게 공장을 구경시켜줄 거라고 했다. 우리는 모두 공장 마당으로 나왔다. 마당에는 화물 트럭이 엄청 많았다. 우리는 커다란 문으로 다가갔다. 로마랭 아저씨가 우리에게 물었다.

"초콜릿을 어떻게 만드는지 아는 사람?"

"초콜릿은 카카오와 설탕을 주재료로 해서 만들어요. 카카오는 카카오나무 열매의 씨앗이에요. 카카오나무는 원산지가 멕시코인데 남아메리카, 아프리카, 아시아 일대에서 재배되고 있어요. 그리고……"

아냥이 거침없이 대답했다.

"그래…… 들어가자."

로마랭 아저씨가 말했다.

우리는 공장 안으로 들어갔다. 그곳은 정말 근사했다. 상상도 못할 정도로 맛있는 냄새가 났다. 담임 선생님은 작은 손수건으로 코를 막았다. 로마랭 아저씨가 선생님에게 말했다.

"처음에는 향이 너무 독하게 느껴질 겁니다. 익숙하지 않아서 그래요."

로마랭 아저씨는 우리를 넓은 방으로 데려갔다. 방에는 커다란

수프 그릇 같은 것들이 엄청 많았는데, 그 안에서 초콜릿 액체가
마구 섞이고 있었다. 로마랭 아저씨가 그 수프 그릇 같은 것들에 대
해서 설명을 하려고 했을 때, 조프루아가 내 소매를 잡아당기면서
말했다.

"저기 저 옆에 봐! 끝내준다!"

그래서 우리는 그쪽으로 구경을 갔다. 정말 굉장했다! 기다란 리
본 같은 것이 저절로 막 움직이는데 그 위에 납작하고 네모난 초콜
릿이 잔뜩 있었다. 리본 주위에서 하얀 앞치마를 입고 일하던 아줌
마들이 웃으면서 우리를 봤다. 어떤 아줌마가 말했다.

"요 꼬맹이들, 우리 초콜릿을 맛보고 싶은가 보구나."

우리는 선뜻 뭐라고 대답도 못 하고 있었는데, 그 아줌마가 우리
둘에게 커다란 초콜릿을 하나씩 줬다.

"니콜라! 조프루아! 당장 여기로 오지 못해! 지금 뭐 하는 짓이
야!"

담임 선생님이 우리를 보고서 외치는 소리였다.

그래서 우리는 초콜릿을 들고 도로 뛰어왔다.

"다음 단계를 보겠어요. 여러분에게 말해두는데, 기계에 너무 가
까이 다가가면 안 돼요. 사고가 날 수 있어요."

로마랭 아저씨가 말했다.

"너희들 그 초콜릿 어디서 났어?"

알세스트가 우리에게 물었다.

"저기, 저 문 있는 데서. 너도 저기 가면 엄청 많이 받을 수 있어."
내가 말했다.

그러자 알세스트는 외드와 뤼퓌스까지 데리고 가버렸다. 우리는 초콜릿을 먹으면서 로마랭 아저씨와 담임 선생님을 따라갔다. 로마랭 아저씨는 기계를 보여주다가 뒤를 돌아볼 때마다 아냥하고 부딪쳤다. 아냥이 아저씨 바로 뒤에 붙어 서서 공책에 열심히 받아적고 있었기 때문이다.

"애들이 없어요!"

담임 선생님이 소리를 질렀다.

"뭐라고요?"

로마랭 아저씨가 물었다.

"우리 반 친구들이 어디 갔지?"

담임 선생님이 별로 좋지 않은 표정으로 말했다.

하지만 다행스럽게도 알세스트와 외드와 뤼퓌스는 얼른 뛰어왔다. 손에는 초콜릿을 들고 있었다.

"누가 마음대로 나갔다 오라고 했어요? 그러면 안 된다고 했지요? 여러분 때문에 선생님은 너무 민망해요! 그리고 얼굴에 잔뜩묻은 그 초콜릿은 뭐예요! 뤼퓌스, 네 셔츠 좀 봐라! 너희들 창피하지도 않니?"

담임 선생님이 야단을 쳤다.

뤼퓌스는 셔츠 앞쪽을 소매로 쓱 닦았다. 담임 선생님은 우리가이렇게 말을 안 듣고 제멋대로 굴면 죄다 차에 태워 돌아갈 거라고했다. 로마랭 아저씨는 아냥하고 둘이서 계속 걸어가다가 문득 뒤를 돌아보고는 허겁지겁 우리에게 뛰어왔다.

"이보세요, 이렇게 시간을 지체하면 안 됩니다."

아저씨가 말했다.

"그러게 말이에요. 부디 양해를 구합니다. 우리 학생들이 좀……조아생! 당장 탱크에서 손 빼! 아! 잘했다, 잘했어! 이젠 닦는 수밖에 없겠구나!"

선생님은 얼굴이 빨개져서 사과하다가, 초콜릿 그릇에 손을 넣는조아생을 보고 고함을 질렀다.

"손수건이 없어요."

조아생은 그렇게 대답하고 울음을 터뜨렸다. 그러자 담임 선생님은 들고 있던 작은 손수건을 조아생에게 주었다. 조아생은 우선 초콜릿 범벅이 된 손을 닦고, 그 손수건으로 코도 풀고 눈도 비볐다. 조아생은 선생님에게 손수건을 돌려주려고 했지만 선생님은 조아생에게 그냥 가지라고 했다. 우리 선생님은 정말 멋지다!

조아생은 선생님 손수건을 웃옷 주머니에 꽂았다. 녀석 얼굴에 초콜릿이 덕지덕지 묻어서 진짜 웃겼다.

"자, 이제 계속해볼까요?"

로마랭 아저씨가 말했다.

우리는 다시 걷기 시작했다. 클로테르는 조아생에게 아까 그 탱크에 들어 있던 초콜릿이 맛있었는지 물어봤다.

"아니, 맛없어. 하나도 낫지 않더라. 너도 한번 먹어봐."

조아생이 말했다.

클로테르는 탱크 쪽으로 갔다. 녀석은 돌아오면서 조아생 말이 맞다고, 전혀 맛이 없다고 했다. 그리고는 조아생에게 손수건을 좀 빌려달라고 했다.

"모두 조용히 해!"

로마랭 아저씨가 소리를 질렀다.

로마랭 아저씨는 우리에게 마지막 방을 구경할 거라고, 다 만들어진 제품을 포장하는 방이라고, 거기 가면 초콜릿들을 먹어볼 수 있어서 우리가 아주 좋아할 거라고 했다.

우리는 그 방으로 들어갔는데, 바로 그때 담임 선생님이 소리를 질렀다.

"맥상! 너 여기서 뭐 하는 거니?"

맥상은 어쩌나 놀랐던지 손에 들고 있던 사탕과자를 떨어뜨리고

226

말았다. 하지만 선생님은 하고 싶은 말을 다 할 시간이 없었다. 로마랭 아저씨가 몹시 급하다는 표정을 짓고 있었기 때문이다.

"이제 여러분은 크림, 리큐어, 과일이 들어간 초콜릿을 맛볼 거예요. 저기 뒤에…… 아! 미안! ……또 너로구나! 넌 왜 계속 내 꽁무니에 딱 붙어 있는 거냐? ……자, 이건 판초콜릿이죠…… 여러분, 맛을 보아도 좋아요."

정말 끝내줬다. 우리는 초콜릿을 엄청나게 먹어치웠다. 달콤하고 입에서 사르르 녹는 게 정말 맛있었다. 이다음에 어른이 되면 나도 초콜릿 공장에서 일할 거다.

"견학은 끝났습니다. 이제 우리는 사장님 방으로 돌아갈 거예요. 깜짝 선물이 여러분을 기다리고 있어요."

로마랭 아저씨가 말했다.

담임 선생님은 우리보고 사장실에 들어가기 전에 얼굴을 닦으라고 했다. 그래서 조아생은 우리에게 손수건을 빌려주었다. 사장 아저씨는 우리를 보고는 눈이 휘둥그레졌다.

"흠흠! 견학을 아주 잘 한 것 같군요. 자! 어린이 여러분, 우리 공장에 와준 것을 기념하는 뜻으로 그루이요 초콜릿에서 작은 선물을 준비했어요."

사장 아저씨는 이렇게 말하고는 우리들에게 초콜릿이 가득 들어 있는 꾸러미를 하나씩 나눠주었다. 그런데 클로테르가 울음을 터뜨리면서 이렇게 말했다.

"배가 아파요."

담임 선생님은 겨우 클로테르를 데리고 나갔다.

돌아오는 차 안에서 우리는 선물로 받은 초콜릿을 먹으면서 오늘 본 것들에 대해 이야기했다. 담임 선생님은 창밖만 내다보면서 한 마디도 안 했다.

집에 와서 나는 저녁을 안 먹었다. 나도 배가 아팠다. 어쨌거나 초콜릿 공장 견학은 정말 끝내줬다. 견학에 실망한 사람은 단 한 명 뿐이었는데, 바로 아냥이었다. 초콜릿 공장 견학에 대한 글짓기를 하지 않기로 했기 때문이다. 담임 선생님은 이제 초콜릿 공장은 생각하기도 싫다고 했다.

연못 파기

우리는 빈터에 나가서 노는 것도 좋아하고 공원에서 노는 것도 좋아한다. 공원에서는 풀밭에 들어가면 안 된다. 빈터에는 풀밭이 없지만 만약 있다면 들어갈 수 있을 것이다. 빈터에는 없고 공원에 만 있는 게 또 있다. 그건 바로 오리와 물고기들이 노는 멋진 연못이다. 연못에서는 장난감 배를 가지고 놀 수도 있다.

그래서 우리는 외드가 이렇게 말했을 때 모두 다 "와, 와, 우와!" 라고 외치면서 좋다고 했다.

"얘들아, 우리 빈터에도 연못을 만들면 어때?"

우리는 목요일 점심을 먹은 뒤 빈터에서 모이기로 약속을 했다. 외드는 집에 삽이 있으면 다 가지고 와야 한다고 했다.

하지만 목요일에 점심을 먹고 나서, 내가 빈터에 갈 거라고 했더

229

니 엄마는 기분이 아주 나빠졌다.

"니콜라, 너도 알겠지만 엄마는 네가 그 끔찍한 빈터에 가는 게 싫다. 거기만 갔다 하면 거지발싸개 같은 꼬락서니를 하고 오잖아! 안 돼, 엄마는 너랑 같이 장을 보러 갔으면 좋겠구나."

엄마가 말했다.

"하지만 친구들이 빈터에서 기다리고 있어요."

내가 대답했다.

"니콜라, 안 된다면 안 되는 줄 알아!"

엄마가 소리를 질렀다.

엄마는 정말 너무했다. 나는 왕 하고 울음을 티뜨렸다. 나는 빈디는 끔찍하지 않다고, 엄마랑 장 보러 가긴 싫다고, 친구들과 빈터에서 못 놀게 하면 다시는 학교에 가지 않겠다고 했다. 정말이지, 이게 뭐냐고. 장난하는 거 아니다!

"니콜라, 엉덩이를 한 대 맞아야 정신 차리겠니? 네가 아직도 아기인 줄 알아?"

엄마가 나에게 소리쳤다.

나는 더 큰 소리로 울었다. 거실에서 커피를 마시고 있던 아빠가 왔다.

"이번에는 또 왜 난리법석이신가?"

아빠가 물었다.

"친구들하고 빈터에서 놀려고 하는데 엄마가 안 된대요! 그럼 나도 학교에 안 갈 거예요!"

나는 소리를 질렀다.

"하하! 아빠도 네 나이 때는 빈터에서 뛰어놀기를 좋아했지……."

아빠가 말했다.

"잘해요, 아주 잘해! 엄마가 교육 좀 시키겠다는데 되레 편을 들어주다니!"

엄마가 말했다.

"내가 언제 편들었다고 그래. 뭔 이윤지는 몰라도, 당신이 니콜라를 빈터에서 놀지 못하게 한다면 니콜라는 엄마 말씀을 들어야 하는 거지. 나는 다만, 저 나이 때는 빈터에서 노는 게 얼마나 재미있는지 이해한다는 말을 했을 뿐이야."

아빠가 대꾸했다.

"어머나! 당신이 나보다 애를 더 잘 이해한다는데 내가 무슨 말을 하겠어요. 니콜라 씨의 똥고집에 부응해드리지 못해서 정말 죄송하네요! 그러니까 니콜라 씨는 빈터에 가서 친구분들과 만나시지요."

엄마는 이렇게 말하고 부엌으로 들어가버렸다. 나는 정말 난처했다. 엄마가 나에게 저렇게 정중한 말투를 쓸 때는 분명히 화가 나 있다는 뜻이니까.

"그럼, 나 가도 되는 거예요?"

나는 아빠에게 물었다.

"휴우! ……그래, 다녀오렴. 하지만 너무 늦게 오지 말고, 이상한 말썽 부리지 마라. 자, 서둘러. 아빠는 엄마하고 이야기를 좀 해야겠다."

아빠가 말했다.

내가 모래놀이 삽―여름방학 때 부모님이 사준 거다―을 가지고 빈터에 갔더니 친구들은 모두 내 것과 같은 삽을 가지고 이미 와 있었다. 하지만 알세스트만은 삽 대신 샌드위치를 가지고 왔다. 그리고 조프루아는 연못이 완성되면 곧장 가지고 놀 수 있게 장난감 배를 가지고 왔다.

"좋아, 우리 빈터 한가운데에 연못을 파자. 그게 더 멋있을 거야."

외드가 말했다.

"얼마나 크게 만들 건데?"

뤼퓌스가 물었다.

"음, 크면 클수록 좋지! 여기 통조림 깡통 쌓인 데서부터 저쪽에 고물차 있는 데까지, 그리고 매트리스 있는 데서부터 저기 궤짝 쌓인 데까지 다 연못으로 만들자."

조아생이 말했다.

"그런데 물은 어떻게 할 건데? 연못을 파도 물이 없으면 소용없잖아. 그런 건 연못이 아니라 그냥 구덩이라고."

맥상이 말했다.

"물은 각자 집에서 떠 오면 되잖아. 연못부터 파고 양동이, 음료수병, 물병에 물을 담아가지고 와서 채우는 거야."

외드가 대꾸했다.

"그리고 공원 연못에 있는 물을 떠 와도 돼."

조프루아도 한마디 했다.

"너 웃긴다. 관리인 아저씨가 가만히 있을 것 같아?"

클로테르가 말했다.

"어째서? 실례지만 말씀 좀 해보시지요? 공원에서 하면 안 되는 게 많이 있기는 하지만 연못물을 떠 가면 안 된다는 말은 못 들어 봤는걸. 물은 공기 같은 거야. 아무나 떠 가도 되는 거라고."

조프루아가 대꾸했다.

"됐어. 자, 이게 연못이야. 금을 넘어가지 말고 동그라미 안을 파는 거야."

외드가 말했다.

"이야! 여기에 오리랑 올챙이랑 풀어놓으면 진짜 멋있겠다!"

뤼퓌스가 외쳤다.

"아, 그래! 그러면 관리인 아저씨에게 잔소리 들을 일 없이 맘 편하게 물고기를 잡을 수 있겠다! 우리가 저녁거리로 물고기를 잡아 가면 부모님도 엄청 좋아하실 거야!"

맥상도 외쳤다.

"그래, 하지만 여기서 맘 편하게 물고기를 잡으려면 먼저 공원 연못에서 물고기를 잡아다 넣어야 할 텐데."

조아생이 말했다.

뤼퓌스는 그런 일쯤이야 다 잘될 거라고 했고, 외드는 어서 땅부터 파자고 했다. 연못을 만드는 데는 시간이 오래 걸리기 때문에, 이렇게 수다만 떨고 있어서는 절대로 오늘 안에 연못을 완성할 수 없다는 것이었다.

"얘들아, 공원 연못의 오리도 여기 데려오면 좋겠다!"

클로테르가 말했다.

"그래, 맞아! 난 오리를 좋아해. 생선구이보다는 오리구이가 더 맛있단 말이야!"

알세스트가 말했다.

"연못 말고 수영장을 만들면 어때?"

내가 말했다.

모두들 깜짝 놀라서 나를 바라보았다.

"그렇잖아. 수영장, 멋있을 거 같지 않아? 헤엄도 치고, 수영 대회도 열고 신나게 노는 거야!"

내가 또 말했다.

외드는 모래놀이 삽으로 얼굴을 긁더니 나에게 말했다.

"좋아, 그거 진짜 좋은 생각이야. 하지만 수영은 연못에서도 할 수 있어."

"아냐, 그렇지 않아! 연못에서 수영하는 거랑 수영장에서 수영하는 건 달라. 수영장은 동그랗지 않고 네모나잖아. 동그란 풀에서는 수영 대회를 할 수 없어."

내가 대꾸했다.

"나는 연못이 더 좋은데."

알세스트가 말했다.

알세스트는 수영을 싫어한다. 전에 알세스트가 나에게 그랬다. 밥을 먹고 두 시간이 지나기 전에 수영을 하면 물에 빠져 죽는다는 말을 들었기 때문에 자기는 물에 들어가는 게 겁난다고 말이다. 알세스트는 밤에 잠잘 때만 빼놓고 절대로 두 시간 이상 아무것도 안 먹고 버틸 수 없다. 그건 틀림없다. 하지만 알세스트가 한밤중에 잠도 안 자고 일어나서 수영하고 싶을 리는 없다.

"수영장에는 다이빙대가 있어. 그리고 뤼퓌스처럼 수영을 못하는 애들이 노는 얕은 풀도 있지."

내가 말했다.

"내가 수영을 못한다고 누가 그래?"

뤼퓌스가 얼굴이 벌게져서는 대꾸했다.

"좋아, 그럼 수영장 만드는 데 찬성하는 사람은 손가락을 들어봐."

외드가 말했다.

뤼퓌스와 알세스트만 빼놓고 전부 다 손가락을 들었다. 뤼퓌스는 화가 머리끝까지 나서 자기는 연못을 만들러 왔지 수영장을 만들러 온 게 아니라고, 만약 수영장을 만들 줄 알았더라면 엄마랑 한바탕 난리를 피우면서까지 빈터에 오지는 않았을 거라고 소리를 질렀다.

"자, 그럼 시작할까? 찬성이야, 반대야?"

외드가 물었다.

"뤼퓌스 말이 옳아! 우리는 물고기랑 오리가 그득한 연못을 만들러 왔지 바보 같은 수영장 따위를 만들러 온 게 아니야. 나는 수영장에서 수영하기 싫어. 그런데도 내가 수영장 만드는 거나 돕고 있을 줄 알아?"

알세스트가 소리를 질렀다.

"야, 넌 삽도 안 갖고 왔잖아!"

내가 말했다.

"그게 어때서! 그리고 어쨌든 네가 말하는 그놈의 수영장에는 오

237

리가 없을 거 아냐?"

알세스트가 말했다.

"수영장에 오리 있는 거 봤어? 이 바보 멍청아!"

내가 소리를 질렀다.

"수영장에도 내가 오리를 넣겠다면 넣을 수 있어! 어쨌거나 나는 너한테 허락을 받을 필요가 없다고. 웃기지 마!"

알세스트도 소리를 질렀다.

"어디 한번 해보시지!"

내가 알세스트에게 말했다.

우리는 한바탕 치고받고 싸웠다. 나는 화가 잔뜩 나서 집으로 돌아왔다. 내 평생 다시는 알세스트하고 말도 안 할 거다.

집에 들어갔더니 엄마가 나를 보고 소리를 질렀다.

"네 꼴이 어떤지 좀 봐! 머리부터 발끝까지 까마귀새끼가 따로 없구나! 또 싸웠지! ……마침 아빠가 오시는구나! 그것 참 잘됐다! 아빠가 엄마보다 너를 더 잘 이해하니까 왜 그런 꼴이 됐는지 네가 아빠에게 직접 설명해드려!"

"자, 우리 아들, 그 멋있는 빈터에서 무슨 일이 있었냐?"

아빠가 나에게 물었다.

"알세스트 때문이에요. 알세스트가 수영장에 오리를 넣고 싶다잖아요."

내가 대답했다.

아빠가 아무 말도 안 했기 때문에, 나는 모래놀이 삽을 갖다놓고 손을 씻으러 2층으로 올라갔다.

퍼즐

오늘 오후에 학교에서 돌아와보니 엄마가 활짝 웃으며 나를 기다리고 있었다.

"우체부 아저씨가 깜짝 선물을 가져왔단다. 메메가 너에게 보내신 거야."

엄마가 말했다.

나는 엄청 신이 났다. 메메는 우리 엄마의 엄마인데, 나에게 근사한 선물을 많이 보내준다. 이번 선물 꾸러미는 아주 커다랬다. 나는 마음이 급해졌다. 혹시 내 장난감 전기 기차에 달 수 있는 새 객차 칸은 아닐까, 멀리까지 저절로 가는 파란색 미니카는 아닐까, 혼자서도 날 수 있는 비행기는 아닐까, 별의별 생각이 다 들었다.

포장지와 끈을 다 풀었더니 상자가 나왔다. 상자에는 하얀 눈밭에 눈사람이 서 있는 그림이 그려져 있었고 '800피스 대형 퍼즐'이라고 씌어 있었다. 상자 안에는 조그맣게 잘라놓은 나뭇조각들이 엄청 많았다. 나는 어릴 때 퍼즐을 해본 적이 있다. 생일 선물로 받은 퍼즐이었는데, 그때는 이렇게 조각이 많지는 않았다. 이번 퍼즐은 엄청나게 복잡해 보여서, 나는 전기 기차에 달 새 객차나 멀리까지 저절로 가는 파란색 미니카나 혼자서도 날 수 있는 비행기를 받았으면 더 좋지 않았을까 하는 생각이 들었다.

조금 있으니까 아빠가 사무실에서 돌아왔다.

"친정 엄마가 니콜라 선물을 보내셨어."

엄마가 아빠에게 말했다.

"그거 참 잘됐군! 그래, 이번에는 또 뭐야? 재즈 드럼? 원자폭탄 만들기 세트? 아니면 그냥 다이너마이트를 몇 개 보내셨나?"

아빠는 외투를 벗으면서 말했다.

"아! 당신이 또 그렇게 나올 줄 알았지. 처갓집 식구들이 뭘 하든 곱게 봐주지 않으니까. 하지만 당신 동생 외젠 도련님은……"

"외젠 이야기가 여기서 왜 나와. 당신도 장모님이 니콜라에게 보낸 선물 때문에 집 안이 쑥대밭이 되는 꼴을 많이 봤잖아."

아빠가 대꾸했다.

"어쨌든 이번 선물은 그런 거 아니야."

엄마가 말했다.

"이번 선물은 퍼즐이에요."

내가 아빠에게 말했다.

아빠는 뒤돌아서 내 얼굴을 보고, 그런 다음 퍼즐 상자를 보았다. 아빠는 상자를 손에 들고 말했다.

"퍼즐? 이야! 나도 어릴 때 퍼즐 하면 깜빡 죽었지! 그리고 퍼즐 하면 이 아빠였단다…… 아, 이것 봐라! 800피스야! 게다가 이 그림은 온통 하얀색이라서 절대로 만만하지 않겠어…… 어때, 니콜라, 우리 당장 퍼즐을 맞춰볼까?"

"와, 좋아요! 멋지다! 거실 양탄자에서 해요!"

내가 외쳤다.

"아니다, 니콜라. 퍼즐을 양탄자에 놓고 맞추면 퍼즐 조각이 잘 움직여. 게다가 계속 몸을 구부리고 있어야 하니까 피곤하기도 할 거고. 그래서야 되겠니. 그보다는 식탁에 놓고 맞추자꾸나."

아빠가 말했다.

"하지만 식탁은 내가 써야 하는데! 조금 있으면 저녁을 먹어야 한다고!"

엄마가 말했다.

"하! 어차피 저녁 먹으려면 한 시간은 있어야 하잖아. 우리 같은 퍼즐 챔피언이 둘이나 달라붙는데 한 시간 안에 못 맞출까봐? 여보세요, 안 그렇습니까?"

아빠가 말했다.

나는 아빠 말이 옳다고 했다. 나는 아빠랑 노는 걸 좋아하기 때문에 기분이 엄청 좋았다. 우리는 퍼즐을 식당으로 가져가서 식탁보를 걷어내고 식탁 위에 엎어놓았다. 퍼즐에 대해 아주 잘 아는 우리 아빠는 먼저 그림의 가장자리 부분부터 아래에서 위쪽으로 맞춰야 한다고, 그러려면 오른쪽이 직선으로 잘려져 있는 조각들을 찾으면 된다고 설명해줬다. 그런 조각들을 전부 찾는 데만도 시간이 한참 걸렸다. 조금 있다가 아빠는 그 조각들을 맞추기 시작했다. 아빠는 두 조각을 완벽하게 맞추고는 말했다.

"봤지? 어렵지는 않아. 끈기와 관찰력만 있으면 맞출 수 있지."

아빠는 정말 잘했다. 하지만 나는 잘 안 됐다. 손가락에 힘을 주어서 억지로 맞추려고 해도 퍼즐 조각들은 서로 맞물리지 않았다.

"안 돼, 니콜라, 안 돼! 맞는 조각을 찾아야지, 무조건 힘으로 되는 게 아니야. 이건 맞는 조각이 아니야! 상자 뚜껑에 있는 그림을 보고 그 그림대로 맞춰야지…… 봐라, 여기 밤색 조각이 있잖아. 그러니까 이건 이 아래쪽에 있는 나뭇가지겠지…… 봐라, 맞지!"

우리는 금세 그림 가장자리를 다 맞췄다. 우리 아빠는 정말 멋지다.

"이제 저녁상 차려도 될까?"

엄마가 물었다.

"조금만 기다려. 금방 끝나."

아빠가 대답했다.

하지만 가장자리를 다 맞추고 난 다음에는 퍼즐 조각을 찾아서 맞추기가 더 어려워졌다. 그래도 우리는 금세 그림 왼쪽에 있던 나무를 다 맞췄다. 아빠는 나에게 두 조각을 찾아주어 착착 맞추게 해줬다.

"고기구이가 다 됐어. 이제 그 퍼즐 좀 치워주면 고맙겠는데. 그래야 식탁보를 깔 거 아냐."

엄마가 말했다.

"이봐, 당신도 알겠지만 퍼즐을 움직이면 모양이 다 흐트러져! 이제 겨우 다 맞춰가는데 그럴 수는 없잖아. 조금만 기다려. 내가 금방 끝난다고 하면 금방 끝나는 거야."

아빠가 말했다.

하지만 퍼즐은 거기서 좀처럼 진전되지 않았다. 아빠는 나처럼 이 조각 저 조각을 끼웠다 뺐다 하면서 뭐가 맞는 조각인지 찾았지만, 대책이 없었다. 맞는 조각이 아니면 아닌 거지, 다른 수가 없는 거다!

"그냥 부엌에다가 상을 차렸어. 그나마 먹을 만한 고기구이를 먹고 싶으면 당장 와서 먹어!"

엄마가 말했다.

"알았어, 조금만 있어봐…… 이 눈사람 머리만 맞추면 나머지는 단박에 끝나거든……."

아빠가 말했다.

"이거 아니에요?"

내가 퍼즐 조각 하나를 내밀면서 아빠에게 물었다.

"맞아, 바로 그거야! 브라보, 니콜라! 너 정말 잘하는구나!"

아빠가 소리쳤다.

나는 아주 자랑스러웠다. 하지만 엄마는 나를 한참 뚫어져라 바라보더니 칭찬도 안 해주고 부엌으로 들어가버렸다. 잠시 후에, 한참이 지났어도 눈사람의 나머지 부분을 맞추지 못했기 때문에 아빠가 저녁을 먹고 나서 마저 하자고 했다.

"여보, 우리 밥 먹을게!"

아빠가 외쳤다.

"어머! 서두르실 거 없어요. 어쨌거나 고기구이는 다 타버렸으니까."

엄마가 부엌에서 웃으면서 대답했다. 엄마는 기분이 안 좋을 때면 꼭 그렇게 웃는다.

나는 부엌에서 밥 먹는 걸 좋아한다. 밥을 먹기엔 자리가 좀 좁지만 말이다. 고기구이는 정말로 다 타버렸다. 우리는 후식을 순식간에 먹어치우고 다시 식당으로 갔다.

퍼즐은 엄청나게 어려워졌지만 그래도 조금씩은 맞춰나갈 수 있었다. 우리는 눈사람을 거의 다 맞췄고 새하얀 하늘도 조금 맞췄다. 엄마는 설거지를 끝내고 거실에 책을 읽으러 갔다. 조금 있으니까 엄마가 와서 말했다.

"자, 니콜라! 이제 코 잘 시간이다!"

"어, 안 돼요! 퍼즐이 아직 안 끝났단 말이에요!"

"니콜라! 엄마가 무슨 말 하면 좀 들어! 퍼즐은 안됐지만 할 수 없지! 내일 학교 가려면 얼른 자!"

나는 울음을 터뜨렸다. 이건 정말 너무하다고, 선물을 받았는데 그걸 가지고 놀지도 못하게 한다고, 메메에게 편지를 써서 몽땅 다 일러바치겠다고, 너무 불행하다고, 퍼즐을 가지고 집을 나가겠다고, 그렇게 되면 모두들 땅을 치며 후회하게 될 거라고 했다.

"나 참! 애가 조금 더 놀겠다는데 그냥 내버려두면 덧나? 이제 거의 다 했다고."

아빠가 말했다.

"잘하십니다, 아주 잘하세요! 그럼 내일 아침에 니콜라 깨우는 건 당신 책임이야."

엄마가 말했다.

우리는 퍼즐을 계속 맞췄다. 하지만 진도가 별로 안 나갔다. 졸음이 몰려왔다. 팔을 식탁에 올려놓고 엎드려서 퍼즐을 보는데 눈이 스르르 감겼다.

"일어나, 니콜라. 너 지금 똑바로 앉아 있지도 못하잖니."

엄마가 말했다.

"하지만 퍼즐이 아직 안 끝났어요."

내가 중얼거렸다.

"내일 아침에 일어나면 다 맞춰져 있을 거야. 네가 자는 동안에 아빠가 맞춰놓으실 거니까. 자, 우리 강아지, 이제 자자."

엄마가 말했다.

"그래, 바로 그거야. 다들 방해하지 말고 가서 자. 그럼 내가 금방 끝낼 수 있어."

아빠가 말했다.

엄마는 나를 팔에 안아들고 올라갔다. 나는 자기 싫었지만, 엄마가 내 방의 불을 끄기도 전에 완전히 곯아떨어졌다.

아침에 일어나보니 퍼즐은 여전히 식탁에 놓여 있었다. 어젯밤보다 조금 더 맞춘 것 같기는 한데 아직 끝나려면 멀어 보였다. 그래서 우리는 거실에서 아침을 먹었고, 그날 점심은 또 부엌에서 먹었다.

하지만 오늘 저녁 전까지는 분명히 퍼즐을 다 맞출 거다. 아빠는 사무실에서 빨리 퇴근할 테니 엄마, 아빠, 나 이렇게 셋이서 진지하게 퍼즐을 완성해보자고 말했다.

왜냐하면 오늘 저녁에는 손님들이 올 거고, 엄마가 저녁 식사를 대접하려면 식탁이 꼭 있어야 하기 때문이다.

모래더미

쉬는 시간에 내려와보니 운동장 구석에 거대한 모래더미가 쌓여 있었다.

"선생님, 저거 뭐예요, 저 모래더미요, 말해주세요, 네?"

조프루아가 부이옹 선생님에게 물었다. 부이옹 선생님은 우리 학교 학생주임인데, 진짜 이름은 아니다.

"일하는 아저씨들이 쌓아놓은 거다. 세탁장에서 공사하는 데 필요하대."

부이옹 선생님이 대답했다.

"선생님, 모래더미에 올라가서 놀아도 돼요? 그래도 돼요?"

뤼퓌스가 물었다.

부이옹 선생님은 잠시 생각해보더니 코를 긁적거리고서 말했다.

"그래, 하지만 얌전하게 놀아라. 모래더미에 문제가 생기면 선생님이 책임져야 하니까 명심해."

우리는 신바람이 나서 모래더미로 마구 달려갔다. 심지어 아냥까지 우리랑 같이 뛰어갔다. 아냥은 우리 반에서 일등이고 담임 선생님의 귀염둥이다. 원래 아냥은 쉬는 시간에도 복습을 하느라 우리랑 안 논다.

"모래성을 만들자. 모래성 만들기 하면 나지. 여름방학 때 바닷가에서 모래성 만들기 대회를 했는데, 내가 마음만 먹었으면 분명히 상을 탔을걸."

조아생이 말했다.

"짜증나게 모래성 타령이야. 그보다는 구멍 파기가 더 재미있지. 우리 아주 큰 구멍, 엄청나게 큰 구멍을 파자. 작년 여름에 우리 아빠가 빠졌던 것만큼 큰 구멍 말이야."

맥상이 말했다.

"아니, 우리는 길이랑 터널을 만들 거야. 그러고서 장난감 자동차를 가지고 와서 노는 거야. 진짜 재미있겠지?"

외드가 말했다.

"양동이로 찍어서 모래언덕을 만들면 어때?"

내가 말했다.

"바보야, 모래언덕 만들어서 뭐 하게?"

외드가 나에게 말했다.

외드는 힘이 아주 세고 종종 친구들 코에 주먹을 날리기 때문에—나도 외드랑 좀 친하다—나는 뒤로 주춤 물러섰다. 그러다 그만 알

세스트에게 부딪치고 말았다. 알세스트랑 부딪치면 항상 뭔가 먹을 것이 땅바닥에 떨어진다. 그건 백이면 백 틀림없다. 이번에는 잼 바른 빵이 떨어져서, 버터가 든 부분이 모래투성이가 되었다.

"잘했다, 참 잘했어!"

알세스트는 소리를 지르면서 나를 떠밀었다. 알세스트에게 잼 바른 빵은, 특히 버터도 들어 있는 경우에는 절대 웃을 일이 아니기

때문이다.

"얘들아, 지금 싸우고 말썽을 피웠다가는 부이옹이 여기서 못 놀게 할 거야. 그리고 어쨌거나 이 모래더미는 우리 모두 하고 싶은 걸 할 수 있을 만큼 크잖아!"

조프루아가 말했다.

조프루아의 말이 옳았다. 그래서 알세스트는 모래더미 저쪽 구석으로 갔다. 거기서 녀석은 부루퉁한 얼굴을 한 채 빵에서 모래와 범벅이 된 버터를 소매로 닦아냈다.

맥상과 조프루아는 손으로 잽싸게 모래를 파서 구멍을 내기 시작했고, 그동안에 조아생과 뤼퓌스는 모래성을 쌓았다.

"성 주위에 담을 쌓고 모서리마다 탑을 세우자. 그리고 성 안에 사는 사람들을 위해서 담장 안에 집을 세우는 거야, 알겠지?"

조아생이 뤼퓌스에게 설명을 했다.

클로테르와 외드는 길과 터널을 만들었다. 나는 오른쪽 신발로 모래를 찍어서 언덕을 만들려고 했지만 생각처럼 잘 되지 않았다. 아냥은 우리가 노는 걸 구경했다. 정말 재미있었다.

"야! 너희가 그 거지 같은 구멍을 파느라 모래를 자꾸 우리 성으로 던지고 있잖아!"

조아생이 소리를 질렀다.

"맞아, 구멍 파는 건 너네 마음인데 그 안에 모래는 그냥 둬!"

뤼퓌스도 말했다.

"성? 무슨 성? 설마 이걸 성이라고 하는 거야? 진짜 웃긴다. 이걸 모래뭉치라고 하지 누가 성이라고 하나!"

조프루아가 말했다.

"내 성이 너네가 판 구멍보다 훨씬 멋지거든!"

뤼퓌스가 대꾸했다.

"잠깐, 언제부터 이 성이 네 거였어? 모래성을 만드는 건 내 아이디어였잖아. 나는 마음만 먹었으면 모래성 쌓기 대회에서 상도 탔다고. 너는 그냥 내가 하는 걸 도왔을 뿐이야!"

조아생이 뤼퓌스에게 따졌다.

그러자 뤼퓌스는 모래성을 발로 퍽 차서 무너뜨렸다.

"자, 네가 만든 모래뭉치를 내가 어떻게 했나 봐!"

뤼퓌스가 이렇게 외치자 조프루아는 킬킬대고 웃었다. 조아생은 엄청 화가 나서, 조프루아와 맥상이 파놓은 구멍에 모래를 밀어 넣었다. 그때 아냥이 소리를 질렀다.

"그만! 그만! 내 안경이 모래에 떨어졌어!"

하지만 아무도 아냥에게 신경을 쓰지 않았다.

조프루아는 조아생을 때리기 시작했고 조아생도 질세라 소프루아에게 발길질을 했다. 그동안 맥상은 다시 모래를 팠다. 아냥도 자기 안경을 찾으려고 모래 파는 걸 거들었다. 뤼퓌스는 모래를 마구 휘저으면서 이렇게 말했다.

"내가 근사한 성을 만들 테다. 탑이 잔뜩 있는 성으로! 두고봐라!"

"네 성 거기서 치워! 너 지금 내가 만든 길에다가 성을 쌓겠다는 거야?"

외드가 뤼퓌스에게 따졌다.

"네 길 따위 알 게 뭐야."

뤼퓌스가 대꾸했다.

외드는 모래를 한 움큼 쥐고 뤼퓌스의 얼굴에 뿌렸다.

"니콜라! 네가 모래를 찍어서 내 터널이 무너졌잖아. 너 정말 맞고 싶나?"

클로테르가 나에게 말했다.

나는 클로테르의 머리통을 내 오른쪽 신발로 후려쳤다. 물론 신발로만 때리고 발로는 안 때렸다.

조금 있으니 형들이 모래더미로 달려왔다. 항상 이런 식이다. 우리끼리 좀 재미있게 놀려고 하면 형들이 와서 우리를 못살게 군다.

"야, 꼬맹이들, 너희 여기서 뭐 해?"

어떤 형이 우리에게 말을 걸었다.

"모래더미가 있네!"

다른 형이 말했다.

"끝내주네. 모래를 교실에 가져가서 비비에게 장난치면 재미있겠지?"

뚱뚱한 형이 말했다.

비비는 드 프레플뢰리 선생님을 말하는 거다. 그 선생님은 형들에게 지리를 가르친다.

"맞아, 봅, 그거 참 멋진 생각이다! 꼬맹이들은 가라. 저기 가서 놀아."

또 다른 형이 말했다.

"싫어요. 우리가 먼저 왔잖아요. 모래더미는 우리 거예요. 부이옹이 우리한테 줬단 말이에요. 형들이 모래더미를 갖고 싶으면 다른 데 가서 찾아봐요."

외드가 대들었다.

"너 엉덩이 한 대 맞아볼래?"

형이 말했다.

하지만 외드가 먼저 그 형 다리를 발로 세게 걷어찼다. 형은 다리를 두 손으로 움켜쥐고 팔짝팔짝 뛰면서 막 울었다.

"내 성! 내 성은 안 돼!"

조아생이 소리를 질렀다.

조아생은 다시 모래성을 쌓고 있었는데 아닌 게 아니라 그건 그냥 모래를 뭉쳐놓은 것처럼 보였다. 내 생각에 조아생은 절대로 모래성 쌓기 대회에서 상을 탈 수 없었을 것 같다. 녀석이 아무리 상을 타고 싶어했어도 말이다.

"얘들아, 꼬맹이들을 쳐부수자!"

형들이 소리를 질렀다.

진짜 굉장했다. 모두 모래를 얼굴에 던지면서 신나게 싸웠으니까.

"나 건드리지 마! 나 건드리지 마! 난 안경만 찾으면 저리 갈 거야!"

아냥은 계속 소리를 질렀다.

하지만 제일 화가 난 사람은 알세스트였다. 이제 겨우 빵에서 모래를 다 털어냈는가 싶었는데 또 빵이 바닥에 떨어졌기 때문이다. 게다가 이번에도 버터가 든 쪽이 모래에 떨어졌다. 나는 알세스트가 그러는 모습을 처음 봤다. 알세스트는 클로테르의 따귀를 때리려고 하던 어떤 형의 다리를 깨물었다. 클로테르가 그 형 눈에다가 모래를 뿌렸던 것이다. 그러는 동안 어떤 형이 내 오른쪽 신발을 모래더미에서 저만치 먼 곳에 던져버렸다.

엄청 재미있었다. 그런데 부이옹 선생님이 마구 뛰어왔다.

"도대체 뭐 하는 거야! 당장 그만두지 못해! 모두 줄을 서! 거기 모래더미에서 당장 내려와! 부끄럽지도 않냐? 내가 분명히 이 모래더미는 선생님이 책임져야 한다고 이야기했지! 모두들 내 눈을 똑바로 봐라! 너희는 벌 좀 받아야 해! 자! 줄을 서!"

우리는 장난을 칠 때가 아니라는 걸 알고 모두 모래더미에서 나와 줄을 섰다. 부이옹 선생님 기분이 아주 안 좋았기 때문이다! 정말로 모래가 사방에 널려 있었다. 운동장에도, 우리 옷 주머니 속에도, 신발 속에도, 얼굴에도, 온통 모래투성이였다. 모래가 없는 곳은 원래 모래더미가 있던 자리뿐이었다.

즐거운 피크닉

오늘 우리는 신나게 놀 거다. 우리 식구랑 블레뒤르 아저씨, 아줌마는 피크닉을 가기로 했다. 블레뒤르 아저씨와 아줌마는 우리 이웃이다. 블레뒤르 아저씨는 우리 아빠랑 티격태격하기를 좋아한다. 아저씨와 아빠는 자주 장난삼아 싸운다. 블레뒤르 아줌마는 아저씨의 부인인데 아주 친절하다. 아줌마는 우리 엄마와 함께 아저씨와 아빠의 싸움을 뜯어말리곤 한다.

어제 블레뒤르 아저씨는 우리 집 정원으로 건너왔다. 나는 아빠가 하라는 대로 정원에 물을 주고 있었다. 아빠는 접이의자에서 엉덩이도 들지 않은 채 물었다.

"또 뭐 때문에 오셨나?"

그러자 블레뒤르 아저씨가 말했다.

"내일 우리 피크닉을 가면 어때?"

나는 그거 참 멋진 아이디어라고 생각했다. 그래서 손뼉을 치면서 소리를 질렀다.

"와! 좋아요! 좋아!"

내가 수도 호스를 쥔 채 손뼉을 치는 바람에 아빠와 블레뒤르 아저씨는 흠뻑 젖었다.

"시작부터 꼬이는군. 블레뒤르 자네하고는 피크닉은 고사하고 요 앞 길모퉁이까지도 같이 갈 수 없어. 보나마나 쓸데없이 하루를 망칠 텐데 뭣하러 가겠어?"

아빠가 말했다.

"자네는 빠져도 상관없어. 자네의 가엾은 부인과, 햇볕을 너무 못 쬐어서 희멀건 아들내미는 내가 데려갈 거니까."

블레뒤르 아저씨가 응수했다.

"아, 그래?"

아빠가 말했다.

"암, 그렇고말고."

아저씨가 대꾸했다.

아빠와 아저씨는 늘 그랬듯이 서로 밀치며 티격태격했고, 엄마와 아줌마가 달려 나왔다. 우리 모두는 피크닉 가는 건 정말 좋은 생각이라고 입을 모아 말했다. 아빠는 조금 삐친 것 같았지만 금방 마음이 풀렸다. 나는 사실 아빠가 피크닉을 굉장히 좋아한다는 걸 안다. 아빠는 결국 이렇게 말했다.

"좋아, 그렇게 하자고."

나는 또 신이 나서 손뼉을 쳤다. 엄마는 나에게 수도 호스를 내려놓으라고 했다. 그러면서 애써 말아올린 머리가 엉망이 되었다고 불평을 했다.

잠시 후 아빠와 블레뒤르 아저씨는 자동차에 대한 이야기를 하면서 열을 올렸다. 블레뒤르 아저씨는 모두 다 아저씨 차를 타고 갔으면 좋겠다고, 아저씨 차가 우리 아빠 차보다 훨씬 더 안락하다고 했다. 아빠는 블레뒤르 아저씨 차가 녹슨 고철덩어리에 지나지 않는다고, 시속 20킬로미터로 도로를 달릴 수는 없다고, 아니 그러기 전에 고장이 나고 말 테니까 시속 20킬로미터까지 내기도 힘들 거라고 했다. 블레뒤르 아저씨는 아빠가 운전을 너무 서툴게 해서 차라리 발로 걸어가는 게 더 나을 거라고 했고, 아빠는 아저씨가 그 발에 한번 걷어차이게 될 거라고 했다. 그러자 엄마와 블레뒤르 아줌마는 각자 자기 집 차를 타고 가자고 했고, 모두들 그게 좋겠다고 했다.

엄마와 블레뒤르 아줌마는 피크닉 가서 뭘 먹을지 의논했다. 아빠와 블레뒤르 아저씨는 새벽 5시에 일어나서 6시에 출발하자고 했다. 나는 아무리 그래도 그건 너무 이르지 않냐고 했지만 아빠는 나에게 눈을 부릅뜨면서 어른들 말씀하시는 데 끼어드는 거 아니라고 했다. 조금 있다가 블레뒤르 아저씨와 아줌마는 내일의 피크닉 준비를 하러 자기네 집으로 돌아갔다.

엄마가 부엌에서 삶은 달걀과 샌드위치를 잔뜩 만드는 동안에 나는 내 방과 다락방을 뒤져서 필요한 물건들을 찾았다. 먼저 축구공을 두 개 챙겼다. 한 개는 멀쩡한 공이고, 다른 한 개는 연습할 때만 쓰는 바람 빠진 공이다. 혹시 필요할지 몰라서 낡은 테니스공도 세 개 챙겼다. 장롱 안을 보니까 돛이 없어져서 오랫동안 가지고 놀지 못했던 돛단배가 있었다. 돛이 없어도 어떻게 갖고 놀 수 있을 것 같아서 그것도 챙겼다. 침대 밑에는 모래놀이를 할 때 쓰는 양동이와 삽이 있었다. 우리가 놀러 가기로 한 강가에는 모래가 없지만, 진흙에는 벌레가 있으니까 더 재미있게 놀 수 있을 거다. 나는 뭔가 더 재미있는 게 없을까 해서 내 키가 안 닿는 장롱 위쪽의 물건들을 삽으로 밀어 떨어뜨렸다. 미니카 세 대하고 짐칸이 망가진 장난감 트럭이 나왔다. 장난감 트럭은 벌레를 운반할 때 아주 요긴할 거다. 체커 놀이판도 챙겼다. 그러면 비가 오더라도 차 안에서 재미있게 놀 수 있을 테니까.

엄마는 내가 방을 어질러놓는 걸 질색하기 때문에, 나는 필요없는 장난감은 모두 삽으로 밀어서 장롱 밑이랑 침대 밑에 쑤셔 넣었다. 그러고 나니 완벽했다. 엄마도 아주 기뻐할 거다.

나는 챙긴 물건들을 거실에 가져가느라 계단을 여러 번 오르락내리락했다. 그런 다음에는 내 자전거를 찾으러 다락방에 올라가야 했다. 바퀴 하나가 고장 나긴 했지만 아빠가 고쳐줄 수 있을 거다. 지난주에 아빠가 블레뒤르 아저씨를 놀려주느라 내 자전거를 타고 우스꽝스러운 짓을 하다 그만 바퀴 하나를 망가뜨렸는데, 나에게 꼭 고쳐준다고 약속했으니까. 블레뒤르 아저씨는 마지막에 아빠가 넘어졌을 때 말고는 별로 웃지도 않았는데, 자전거 바퀴만 완전히 못 쓰게 됐다.

내가 자전거를 가지고 거실로 내려오는데 엄마가 부엌에서 나왔다. 엄마는 내 물건들을 보고 눈이 휘둥그레졌다. 그러고는 마구 야단을 치면서 이 잡동사니는 뭐냐고, 당장 제자리에 갖다놓으라고, 안 그러면 전부 다 쓰레기통에 버릴 거라고 했다. 그래서 내일 피크닉에 필요한 것들이라고 했더니 엄마는 이렇게 말했다.

"마침 아빠가 오시는구나. 아빠가 어떻게 생각하실지 어디 한번 보자!"

하지만 아빠가 들어오니까 엄마는 아무 말도 못 하고 입만 떡 벌리고 있었다. 사실 아빠 모습은 거의 보이지도 않았다. 아빠가 새우 그물, 낚싯대 세 개, 고무장화, 테니스 라켓, 물고기 담는 바구니, 사진기, 접이의자 두 개를 한꺼번에 다 이고 있었기 때문이다.

엄마는 두 손을 번쩍 들고 부엌으로 다시 들어가버렸다. 아빠는 그런 엄마를 보고 나에게 물었다.

"너희 엄마 왜 저러냐?"

아빠는 양탄자에 늘어놓은 내 물건 옆에 아빠가 가져온 것들도 늘어놓았다. 정말 산더미 같다고 하지 않을 수 없었다.

우리는 일찍 잠자리에 들었다. 아빠가 내일은 새벽 5시에 일어나야 한다고, 농담이 아니라 그때 출발 준비가 안 된 사람은 안됐지만 피크닉에 갈 수 없다고 으름장을 놓았기 때문이다.

나는 피크닉 생각에 안달이 나서 잠을 설쳤다. 아빠가 한 말 때문에, 혹시 정말로 피크닉에 나를 안 데려갈까봐 조바심도 났다. 식당에 걸린 자명종 시계가 5시를 알리는 소리를 듣고 나는 벌떡 일어났다. 나는 엄마 아빠의 침실로 뛰어가서 외쳤다.

"나 준비 다 됐어요!"

아빠는 화들짝 놀라 자리에서 일어나더니 이상한 목소리로 말했다.

"누구야? 뭔데? 왜 그래? 불이라도 났어?"

조금 있다가 아빠는 눈을 부스스 뜨고 얼굴에 아무렇게나 흘러내린 머리칼 사이로 나를 바라보았다. 나는 새벽 5시가 됐으니 이제 출발해도 된다고 했다. 아빠는 베개에 얼굴을 파묻고 눈을 도로 감으면서 말했다.

"조금만, 오 분만 더, 아직은 시간이 있어. 서두를 것 없다."

아빠는 그러고서 도로 잠이 들었다. 하지만 나는 아빠를 흔들어 깨웠다. 아빠가 피크닉에 못 가게 되는 건 싫었기 때문이다! 게다가 아빠가 운전을 해야 하니까 아빠가 빠지면 곤란했다. 나는 불을 켰다. 그러자 엄마가 일어나서 나보고 세수를 하라고, 걱정할 것 없다고, 엄마가 알아서 아빠를 깨우겠다고 했다.

아빠가 차고에서 차를 꺼내는데 마침 블레뒤르 아저씨도 아저씨네 집 차고에서 차를 꺼내고 있었다. 아빠랑 아저씨 둘 다 안색이 별로 좋아 보이지 않았다. 두 사람 다 전혀 웃지도 않았고 눈은 잔뜩 부어 있었다. 그런 아빠와 아저씨를 보고서 엄마와 블레뒤르 아줌마는 자기들이 자동차 트렁크에 짐을 싣겠다고 했다. 그 말에 아빠와 블레뒤르 아저씨는 잠이 확 달아난 것 같았다.

"조심해! 내 낚싯대! 그러다 망가지겠어! 아냐, 그렇게 말고! 떨어진다, 떨어져!"

아빠가 고래고래 소리쳤다.

블레뒤르 아저씨는 아저씨대로 아줌마가 하마터면 사냥총으로 자동차를 긁을 뻔했다는 둥 트렁크를 망가뜨릴 뻔했다는 둥 잔소리를 했다.

"이런 건 남자들이 하게 둬. 하여간 여자들은 자동차 근처에만 갔다 하면 사고를 친다니까!"

아빠가 말했다.

"아무렴!"

블레뒤르 아저씨도 이번만큼은 아빠 말에 맞장구를 쳤다.

마침내 우리 모두 차에 탔다.

"내가 먼저 출발하겠네. 길을 아니까!"

블레뒤르 아저씨가 외쳤다.

"그런 소리 말게. 내가 자네를 졸졸 따라다니면서 자네 차에 넣
은 싸구려 기름 냄새나 맡을 사람으로 보여?"
아빠가 말했다.

"아, 그렇게 나오시겠다?"

아저씨가 대꾸했다.

"그래!"

아빠도 지지 않았다.

그 근사한 피크닉에 가지 못하게 된 건 너무 아쉽다. 아빠랑 아저씨가 동시에 출발을 하는 바람에 아빠 차와 아저씨 차가 부딪치고 말았던 것이다. 그리고 자동차를 수리하려면 족히 일주일은 걸릴 거라고 했다.

선생님은 아이스크림을 싫어해

　쉬는 시간이 되어 운동장으로 내려오는데 댕, 댕, 댕, 하는 작은 종소리가 들렸다. 학교 밖 길가에서 들려오는 종소리였다.

　우리는 모두 울타리로 달려갔다. 운동장과 길 사이에는 울타리가 있는데, 울타리에는 시커먼 철망이 달려 있어서 밖에 있는 사람들은 우리가 안에서 뭘 하는지 볼 수 없다. 우리는 울타리에 매달려서 바깥을 내다보았다. 작고 하얀 수레를 끄는 아이스크림 장수 아저씨가 보였다.

　"아저씨! 아이스크림 얼마예요?"

　조프루아가 물었다.

　"여러 가지야. 하나짜리 콘, 두 개짜리 콘, 세 개짜리 콘이 있고 작은 컵이랑 큰 컵도 있지."

아저씨는 이렇게 말하고 하나짜리 콘이 얼마인지 가르쳐주었다. 뤼퓌스는 두 개짜리 콘 값을 물어봤지만, 아저씨의 대답을 들을 겨를은 없었다. 부이옹 선생님이 우리에게로 마구 뛰어왔기 때문이다. 부이옹 선생님은 우리 학생주임이다.

"울타리에서 당장 내려오지 못해! 거기 올라가면 안 되는 걸 몰라?"

부이옹 선생님이 호통을 쳤다.

그러자 클로테르는 부이옹 선생님에게 밖에 아이스크림 장수가 와서 그런 거라고 설명해줬다. 정말 바보 같은 녀석이다.

"아이스크림 장수? 학교에서 아이스크림 먹으면 안 돼. 부모님 허락 받고 집에 가는 길에 사 먹는 건 상관없지만 학교에서는 안 돼. 알았어?"

부이옹 선생님이 말했다.

길에서 또다시 댕, 댕, 댕, 하고 종소리가 들렸다. 그러자 부이옹 선생님은 울타리에 올라가서 아저씨에게 가라고 했다.

"싫습니다. 지금 장난하는 줄 아세요? 내가 여기 있고 싶으면 있는 겁니다! 나에게 가라 마라 할 권리는 없어요. 도대체 댁이 뭔데 그러는 겁니까?"

아이스크림 장수 아저씨가 하는 말이 우리에게도 들렸다.

"마지막으로 하는 말인데, 내가 분명히 가라고 했습니다!"

부이옹 선생님이 고함을 쳤다.

"내가 안 가면 어쩔 거요? 나한테 나머지공부라도 시킬 겁니까? 학생주임 선생님들이라면 나도 좀 알죠! 나는 학생주임 따위 하나도 겁 안 난다고요!"

아저씨가 말했다.

부이옹 선생님은 얼굴이 시뻘게져서 울타리에서 내려왔다. 기분이 아주 나빠 보였다.

"너희들 모두 내 눈을 똑바로 들여다봐라. 두 번 말하지 않겠다. 쉬는 시간 중 학교 울타리에 올라가거나 아이스크림을 먹는 행위는 공식적으로 금지되어 있어! 교장 선생님께서 직접 그렇게 말씀하셨다. 그러니까 만약 이에 따르지 않는 학생이 적발되면 교장 선생님께 완전히 찍힐 게다! 잘 들었으면 이만! 이제 딴 데 가서 놀아."

부이옹 선생님은 우리에 이렇게 말하고는 울타리를 따라 걷기 시작했다. 밖에서 이따금 댕, 댕, 댕, 하는 종소리가 들렸다. 게다가 아이스크림 장수 아저씨는 이렇게 소리도 질렀다.

"맛있는 아이스크림! 군침 도는 아이스크림 왔어요! 아, 맛있다! 우리 아이스크림은 정말 맛있다니까!"

아저씨가 그렇게 소리를 지르면 부이옹 선생님은 더 화가 나는 것 같았다. 나는 부이옹 선생님만큼 아이스크림을 싫어하는 사람은 난생 처음 봤다.

"쳇! 어쨌든 난 그렇게까지 아이스크림이 먹고 싶진 않아."

외드가 말했다.

"난 먹고 싶어. 밥 먹은 후의 아이스크림은 정말 끝내주지!"

알세스트는 이렇게 말하고 땅이 꺼져라 한숨을 쉬더니 치즈빵을 두 개째 먹기 시작했다.

"그런데 아이스크림이 너무 비싸. 내 돈으론 한 개짜리 콘을 사기에도 모자라."

조아생이 말했다.

"내 돈으론 아이스크림콘을 여러 개 살 수 있는데. 두 개짜리 콘으로 해도 네 개는 살 수 있어."

조프루아가 말했다.

"멋지다! 그럼 다 해결됐네."

맥상이 말했다.

"뭐가 해결됐다는 거야?"

조프루아가 물었다.

"뭐긴, 아이스크림 말이지. 네가 아이스크림콘을 네 개 살 수 있다면서? 그러니까 하나는 네가 먹고 하나는 너랑 제일 친한 친구인 나에게 주면 되잖아. 그리고 나머지 두 개는 마지막 쉬는 시간에 너랑 나랑 또 먹는 거야."

맥상이 대답했다.

"아, 그래? 어째서 나는 아이스크림을 못 먹는다는 거야? 나도 조프루아랑 제일 친한 친구인데!"

조아생이 따졌다.

"선생, 무슨 말씀을! 조프루아와 제일 친한 친구는 바로 이 몸이오!"

내가 말했다.

"야, 웃기지 마. 조프루아도 학교에서 자기 친구는 오로지 한 명뿐이라는 걸 알고 있어. 그게 바로 나란 말이야!"

뤼퓌스가 소리쳤다.

"네가? 조프루아는 널 알지도 못할걸. 조프루아랑 제일 친한 친구는 바로 나야. 우리는 교실에서 한자리에 앉는단 말이야!"

외드가 말했다.

"그렇게 따지면, 버스에서 네 옆자리에 앉는 사람이 너랑 제일 친한 친구냐?"

뤼퓌스가 외드에게 따졌다.

"너 나한테 한 대 맞고 싶냐? 그러면 조프루아랑 제일 친한 친구가 누구인지 똑똑히 알 수 있겠지."

외드가 대꾸했다.

"너네 진짜 웃긴다. 내가 만약 두 개짜리 콘을 네 개 산다면 네 개 다 내가 먹을 거야. 거지 같은 너희들에게 내가 왜 아이스크림을 나눠주냐? 아이스크림을 먹고 싶으면 너희들 아빠에게 돈을 달라고 해!"

조프루아가 말했다.

그 말을 듣고 외드는 조프루아의 코에 주먹을 한 방 날렸다. 조프루아는 기분이 확 상했고, 둘은 치고받고 싸우기 시작했다. 우리는 모두 다 외드를 응원했다. 자기밖에 모르는 못된 조프루아 따위는 알 게 뭐람, 정말이지, 지가 뭐라고! 얼마 안 지나 부이옹 선생님이 또 달려왔다.

"무슨 일이냐?"

선생님이 물었다.

"저 자식들 때문이에요! 저 자식들이 내 아이스크림을 빼앗으려 했어요!"

조프루아가 소리를 질렀다.

"아니에요! 자기밖에 모르는 저 못된 자식이 두 개짜리 아이스크림콘을 네 개나 가지고 있으면서 제일 친한 친구들에게도 안 나눠줬어요!"

외드도 소리를 질렀다.

"두 개짜리 아이스크림콘? 네 개? 너희가 아이스크림을 샀단 말이냐? 그 아이스크림은 어디 있는데?"

부이옹 선생님이 울타리와 우리를 번갈아 보면서 물었다.

"아뇨, 선생님, 안 샀어요. 우린 아이스크림이 없어요. 선생님도 학교에서 아이스크림 먹으면 안 되는 거 알잖아요."

조아생이 대답했다.

부이옹 선생님은 두 번이나 손으로 얼굴을 쓸어내리더니 외드와 조프루아의 팔을 붙잡았다.

"아이스크림 타령은 듣고 싶지 않다! 너희 둘 다 벌이나 서!"

부이옹 선생님은 외드와 조프루아를 데리고 가버렸다. 밖에서는 또다시 댕, 댕, 댕, 종소리가 들렸다. 그러자 알세스트는 아직 빵을 삼키지도 않은 채 울타리로 뛰어가서는 이렇게 외쳤다.

"빨리요! 하나짜리 콘에 바닐라, 피스타치오, 딸기, 나무딸기요!"

"입에 든 거 튀어나오니까 살살 말해라. 그리고 한 가지 맛만 골라야지. 하나짜리 콘에는 한 가지 맛만 넣어준다."

아이스크림 장수 아저씨 목소리가 들렸다.

알세스트는 고민을 하더니 결국 초콜릿맛을 골랐다. 우리는 모두 알세스트를 구경하고 있었다. 얼마 후 초콜릿아이스크림을 든 아저씨의 손이 울타리 사이로 쑥 나타났다. 하지만 그 아이스크림을 받은 사람은 알세스트가 아니라 부이옹 선생님이었다.

"아하, 잡았다! 내가 저기서 지켜보고 있던 것도 몰랐구면? 내 눈을 속이기가 그렇게 호락호락할 줄 알아! 자, 저기 가서 벌서!"

부이옹 선생님이 외쳤다.

"엇! 내 돈! 내 돈!"

울타리 너머에서 아이스크림 장수 아저씨 목소리가 들렸다.

부이옹 선생님은 한 손에는 아이스크림을 들고 다른 손으로는 알세스트의 팔을 붙잡고 가버렸다. 댕, 댕, 댕, 종소리가 계속 들렸다. 조금 있으니까 아이스크림 장수 아저씨가 운동장으로 들어오는 모습이 보였다. 아저씨는 화가 머리끝까지 나 있었다!

"지금 여기서 뭐 하는 겁니까? 당장 나가시오! 안 그러면 경찰을

부르겠어요!"

부이옹 선생님이 고함을 쳤다.

"경찰? 경찰을 부를 사람은 나라고요! 암요, 내 아이스크림 값 내놔요! 시간 없어요! 다음 쉬는 시간에는 다른 학교에 가야 한다고요!"

아이스크림 장수 아저씨도 마구 고함을 질렀다.

잠시 후에 교장 선생님이 나왔다.

"왜 이렇게 소란을 피우고 있습니까?"

교장 선생님이 물었다.

"당신네 학생주임 때문이죠! 가엾은 애들에게는 아이스크림을 먹으면 안 된다고 해놓고서 자기는 먹겠다는군요. 그러면서 돈도 안 냈어요!"

아저씨가 소리를 질렀다.

"뭐라고요? 내가 아이스크림을 먹겠다고 했다고요?"

부이옹 선생님이 물었다.

"뻔뻔하기도 하지! 이 사람 손에 아직도 아이스크림이 들려 있지 않습니까. 초콜릿아이스크림이 녹아서 팔꿈치까지 줄줄 흘러내리잖아요. 그러면서 자기는 아이스크림을 안 먹는다고 발뺌을 하다니! 세상에, 이렇게 뻔뻔스러울 수가!"

아이스크림 장수 아저씨는 길길이 날뛰었다.

"뒤봉 선생님, 저 사람에게 돈을 주십시오."

교장 선생님이 말했다.

"하지만, 하지만 저는……."

부이옹 선생님이 더듬거렸다.

"당장 돈을 내요. 지금은 선생님하고 길게 말할 시간이 없습니다. 오늘 오후에 교장실로 오세요. 그때 다시 이야기합시다."

교장 선생님은 이렇게 말하고 가버렸다.

제일 끔찍한 일은 아무도 아이스크림을 못 먹었다는 거다. 부이옹 선생님은 아이스크림을 땅에 던지고 발로 몇 번이고 밟았다.

정말이지, 믿기지 않는다. 부이옹 선생님만큼 아이스크림을 싫어하는 사람은 난생 처음 봤다.

엄마 심부름

엄마가 나를 부르더니 이렇게 말했다.

"니콜라, 착하지. 식료품 가게에 가서 완두콩 통조림 두 개만 사 다줄래? 엄마가 지난주에 거기서 샀던 거랑 똑같은 걸로. 커피도 한 봉지 사 와. 식품점 아저씨가 어떤 건지 알 거야. 그리고 밀가루 1킬로그램도 부탁한다."

나는 아주 기분이 좋았다. 엄마를 돕는 것도 좋고 콩파니 아저씨 네 식료품 가게에 가는 것도 참 재미있으니까. 콩파니 아저씨는 아주 친절하고, 내가 가면 비스킷을 준다. 상자 바닥에 있던 부서진 비스킷이기는 하지만 맛은 끝내준다. 그래서 나는 바로 집을 나섰다. 엄마는 돈을 주면서 빨리 다녀오라고, 엄마가 부탁한 물건들을 맞게 사 와야 한다고 당부했다.

가는 길에 나는 잊어버리지 않으려고 속으로 되새겼다.

'완두콩 통조림 두 개, 엄마가 지난주에 샀던 거랑 똑같은 거, 밀가루 한 봉지, 아저씨가 안다고 했지, 커피 1킬로…….'

그런데 갑자기 누가 내 이름을 불렀다.

"니콜라! 니콜라!"

나는 뒤를 돌아보았다. 누구였냐고? 클로테르가 새 자전거를 타고 있었다. 클로테르는 나랑 같은 반 친구인데 우리 집하고 아주 가까운 곳에 산다. 클로테르는 참 착하지만 공부에서는 별로 운이 없어서 항상 꼴찌만 한다. 그렇기 때문에 클로테르가 새 자전거를 갖고 있는 모습을 보고 나는 깜짝 놀랐다. 더구나 수학 시험을 잘 봐서 아빠가 자전거를 사줬다는 말을 듣고는 더욱더 놀라고 말았다. 하지만 클로테르가 곧이어 설명하길, 이번 시험에서 20점 만점에 3점을 받았는데 지난번 시험보다 훨씬 잘 본 거라고 했다. 게다가 3점이면 클로테르가 지금까지 받았던 수학 시험 점수 중에서 제일 높은 점수란다. 그리고 클로테르는 이번에 꼴찌가 아니라 꼴찌에서 두 번째를 했다. 꼴찌를 한 애는 우리 반에 새로 전학 온 친구인데, 클로테르 답안지를 보고 베꼈다가 꼴찌를 하고 말았던 것이다.

클로테르의 자전거는 아주 근사했다. 전체가 노란색이고 제대로 구부러진 핸들도 달려 있었다. 클로테르는 나에게 한 번만 타보는 건 괜찮다고 했다. 그래서 나는 핸들을 잡았고, 클로테르는 짐받이에 앉아서 페달을 밟았다. 내가 클로테르에게 왜 경주용 자전거에 짐받이가 있는 거냐고 했더니, 클로테르는 바로 그렇기 때문에 이 자전거가 경주용(프랑스어로 '경주'라는 단어 course에는 '심부름'이나 '쇼핑'이라는 뜻도 있다. ―옮긴이)이라고 했다. 짐받이가 있어서 엄마 심부름을 할 때 요긴하다는 것이다. 그 말을 들으니까 나도 엄마 심부름을 하던 중이었다는 게 생각나서 클로테르에게 이만 가봐야겠다고 얘기했다. 클로테르는 자전거를 타고 가버렸다.

나는 사야 할 물건들을 잊어버렸을까봐 겁이 났다. 그래서 작은 목소리로 자꾸 되뇌었다.

"완두콩 통조림 한 개, 커피 두 봉지, 엄마가 지난주에 샀던 거랑 똑같은 거, 밀가루 1킬로그램, 아저씨가 어떤 건지 안다고 했어."

잊어버리지 않기 위해서 자꾸 소리 내어 말하는 건 꽤 괜찮은 방법이다.

길모퉁이에 자동차가 한 대 서 있었다. 어떤 아저씨가 타이어를 가는 중이었다. 나는 그 광경을 구경하다가 아저씨에게 타이어가 펑크 난 거냐고 물어봤다. 아저씨는 그렇다고 대꾸하기는 했지만, 별로 말을 하고 싶지 않은 눈치였다. 나도 안다. 우리 아빠도 그런 상황에서는 말을 별로 하고 싶어하지 않으니까. 그래서 나는 아저씨 뒤에 서서 방해가 되지 않도록 아무 말 없이 구경만 했다. 그렇지만 가만 보니 아저씨는 타이어 교환용 잭을 삐뚤게 설치하고 있었다. 그것도 모르면서 아저씨가 자꾸만 나를 돌아봐서 난 도대체 왜 저럴까 싶었다. 엄마가 사람들 호기심은 못 말리는 법이라고 했는데, 그 말이 정말 맞다. 그런데 갑자기 쿵! 소리가 나면서 잭이 미끄러졌고 자동차는 밑으로 주저앉았다. 자동차 트렁크에 가득 차 있던 병들은 길에 떨어지면서 깨져버렸다. 나는 역시 아저씨에게 미

리 말해줄 걸 그랬다는 생각이 들었다.

"조심하세요, 깨진 병 조각 때문에 타이어가 또 터질지도 몰라요."

나는 이번엔 아저씨에게 말해줬다.

아저씨는 내가 한마디도 안 하고 있었을 때는 열심히 뒤돌아보더니, 정작 내가 말을 해주니까 돌아보지도 않고 대꾸했다. 나는 아저씨의 시뻘게진 목덜미밖에 볼 수 없었다.

"넌 할 일이 없어서 여기 있는 거냐?"

아저씨 말을 듣고서야 나는 부리나케 달리기 시작했다. 엄마가 지난주에 산 거랑 똑같은 커피 두 봉지하고, 콩파니 아저씨가 어떤 건지 안다는 완두콩 통조림 두 개를 사 가야 한다는 게 생각났기 때문이다. 두 봉지에 두 개, 2가 두 번 나오니까 외우기도 쉽다. 난 잊어버리지 말아야 할 것들은 항상 체계적으로 연관을 지어서 외운다. 나는 넘어지지 않도록 조심하면서 길을 건너려고 했다. 바로 그때 우리 이웃에 사는 블레뒤르 아저씨와 마주쳤다.

"꼬마 니콜라로구나. 우리 총각, 그동안 잘 지냈나?"

아저씨는 이렇게 말하면서 내 손을 잡았다. 나 혼자 길을 건너는 건 위험하다고, 나처럼 어린애 혼자 길을 건너게 하다니 엄마 아빠가 너무 조심성이 없다고 하면서 말이다. 그런데 정작 아저씨는 나에게 말을 하느라 커다란 트럭이 다가오는 걸 못 봤다. 트럭 운전사 아저씨는 급하게 브레이크를 밟고는 우리를 피해 방향을 이리저리 틀었다. 블레뒤르 아저씨는 껑충껑충 뛰어서 길을 건넜고, 나는 아저씨에게 손을 잡혔기 때문에 따라가는 수밖에 없었다.

트럭 운전사 아저씨는 차창으로 고개를 내밀고 블레뒤르 아저씨에게 지금 제정신이냐고 했다. 블레뒤르 아저씨는 운전할 줄 모르면 남들을 좀 의식이라도 하라고, 그러면 남들에게 피해는 덜 줄 수 있다고 대꾸했다. 그러자 운전사 아저씨는 지금 당장 그 충고를 받아들이겠다고, 블레뒤르 아저씨의 귀로 레이스를 짜보겠다고 했다.(프랑스어로 '레이스를 짠다'는 표현은 '남을 의식해 행동한다'는 의미로도 쓰인다. ─옮긴이) 나는 아저씨가 하는 말이 너무 재미있어서 소리 내어 웃었다. 하지만 블레뒤르 아저씨는 그 말이 재미있지 않았는지 남자라면 차에서 내려오라고 했고, 운전사 아저씨는 바로 트럭에서 내렸다. 물론 블레뒤르 아저씨는 트럭 운전사 아저씨가 남자라는 걸 알고 있었을 거다. 하지만 그 운전사 아저씨가 그렇게 몸집이 큰 남자인 줄은 미처 몰랐을 거 같다. 어쨌든 간에 나는 운전사 아저씨 덩치에 깜짝 놀랐다. 블레뒤르 아저씨는 주춤주춤 뒷걸음질을 하면서 "괜찮아, 괜찮아."라고 했다. 그러다가 보도 가장자리에 발뒤꿈치가 부딪쳐서 그만 주저앉고 말았다. 운전사 아저씨는 블레뒤르 아저씨 멱살을 잡아 일으키면서 눈을 잼으로 붙이고 다니는 거냐, 눈깔을 똑바로 뜨지 못하면 길을 건너지도 말라고 했다. 잼이라는 말을 들으니까 심부름 생각이 났다. 나는 운전사 아저씨와 블레뒤르 아저씨가 하는 얘기를 끝까지 듣고 싶었지만, 엄마가 지난주에 샀던 거랑 똑같은 잼 두 병을 사기 위해 얼른 뛰어갔다.

이제 콩파니 아저씨네 식료품 가게에 거의 다 와서 너무 서두르지 않아도 될 것 같았다. 마침 알세스트가 눈에 띄었다. 알세스트는 내 친구인데 아주 뚱뚱하고 먹을 것을 입에 달고 산다. 알세스트는 자기네 집 창문가에 서 있었다. 알세스트네 집은 식료품 가게와 돼지고기 가게 중간쯤에 있다. 알세스트는 식료품 가게와 돼지고기 가게에 가까이 살아서 아주 좋아한다. 게다가 알세스트네 집 뒤쪽에는 식당도 있다. 그래서 바람 방향만 잘 맞으면 온갖 맛있는 요리 냄새를 다 맡을 수 있다. 어쩌면 그래서 알세스트가 항상 배가 고픈 건지도 모르겠다.

알세스트는 나보고 자기네 집으로 오라고 했다. 엄마가 컬러 사진이 잔뜩 들어 있는 근사한 책을 샀다는 것이다. 그래서 나는 알세스트네 집에 갔다. 그런데 정작 책을 보고는 좀 실망했다. 알세스트가 근사하다고 했던 책은 요리책이었다. 하지만 알세스트가 그 책을 너무 좋아하는 것 같아서 안 좋은 말은 하나도 안 했다. 심지어 그 책에 나온 암평아리 요리, 사과수플레, 곤들매기 요리에 관심이 있는 척하기까지 했다. 알세스트는 손가락으로 사진을 이것저것 가리키면서 침을 꿀꺽 삼켰다. 나는 그만 가고 싶었지만, 알세스트가 자꾸 다른 요리 사진을 보여줘서 그럴 수 없었다. 다행히도 어느새 책은 마지막 장에 이르렀다. 거기에는 후식으로 먹는 자발리오네를 어떻게 만드는지 나와 있었는데, 꽤 그럴싸해 보였다. 하지만 시간이 너무 많이 지나서 엄마가 화낼 것 같다는 생각에 나는 얼른 알세스트에게 작별인사를 했다. 알세스트는 요리책을 맨 처음부터 다시 보는 데 정신이 팔려서 내 인사는 듣지도 않았다.

나는 콩파니 아저씨네 식료품 가게에 들어갔다. 다행히도 손님들이 없어서 기다릴 필요는 없었다. 좀 늦은 시각이었기 때문이다.

하지만 막상 콩파니 아저씨에게 무엇을 달라고 해야 하는지 생각

이 나지 않았다. 그저 엄마가 지난주에 샀던 것과 똑같은 무엇이라는 것만 기억났다. 알세스트가 그놈의 요리 이야기를 늘어놓는 바람에 머릿속이 뒤죽박죽이 되었던 것이다.

다행히도 콩파니 아저씨는 기억력이 좋았다. 아저씨는 지난주에 엄마가 빨랫비누를 두 상자 사갔다고 했다. 나는 빨랫비누 두 상자를 받아서 얼른 집으로 뛰어왔다. 오는 길에 타이어 가는 아저씨를 다시 만났지만 구경도 안 했다. 아저씨는 아까와는 다른쪽 타이어를 교체하고 있었다. 내가 미리 말을 해주었건만, 타이어가 깨진 병 조각에 또 펑크 났나 보다.

엄마는 기분이 좋지 않았고 내가 늦게 왔다며 혼을 냈다. 그건 사실이니까 엄마가 뭐라고 해도 할 말이 없다. 하지만 내가 이해할 수 없는 건, 엄마가 빨랫비누 두 상자는 필요하지도 않다고 했다는 사실이다.

엄마 마음이 바뀐 걸 내가 어떻게 하라고, 그건 내 잘못이 아니란 말이다!

투우 놀이

우리는 쉬는 시간에 내려오면서 무엇을 하고 놀까 생각했다. 알세스트의 축구공은 지난 학기 말에 압수당해서 없었다.

"투우 놀이할까?"

조프루아가 말했다.

"그게 뭔데?"

알세스트가 물었다.

그러자 조프루아는 자기가 끝내주게 멋있는 영화를 봤다고, 에스파냐에서 찍은 영화였는데 정말 재미있었다고 했다. 투우는 축구처럼 커다란 경기장에서 하는 에스파냐 스포츠인데, 황소와 근사하게 옷을 차려입은 투우사들이 나온다고 한다. 소는 눈앞에서 붉은것이 왔다갔다하면 신경질이 나기 때문에, 투우사들이 붉은 천을

288

날쌔게 흔들면 그리로 달려든다. 맨 나중에 대장 투우사가 칼을 뽑아 황소를 죽이면, 경기장에 온 사람들은 전부 일어나서 신나게 소리를 지르며 엄청 즐거워한다는 것이다.

나도 에스파냐에 대한 영화를 본 적이 있다. 나는 투우 놀이를 하는 건 정말 근사한 아이디어라고 했다.

"하지만 우리는 공이 없는데!"

알세스트가 말했다.

"바보 자식, 공 따위는 필요없어! 말했잖아, 투우는 소랑 하는 거야!"

조프루아가 대답했다.

"누가 바보라는 거야?"

알세스트가 물었다.

"너 말이야."

조프루아가 대꾸했다.

"좋아, 일단 내가 버터빵을 다 먹고 나서 보자. 너 각오해."

알세스트가 말했다.

내가 전에 말했는지 모르지만, 알세스트는 항상 먹을 것을 달고 사는 뚱뚱한 친구이다. 쉬는 시간에 먹을 버터빵을 엄청 많이 가져오고 그걸 다 먹을 때까지는 절대로 친구와 싸우지 않는다.

"에스파냐가 어디 있는 거야?"

클로테르가 물었다.

우리는 모두 폭소를 터뜨렸다. 우리 반 꼴찌 아니랄까봐 아는 게 아무것도 없다. 그런 녀석인데도 집에 텔레비전이 있댄다! 우리는 클로테르에게 에스파냐는 지도에서 프랑스 바로 아래쪽에 붙어 있는 나라라고 설명해주었다. 하지만 클로테르는 우리가 웃어대는 바람에 기분이 확 상해버렸다.

"내가 에스파냐가 어디 있는지 모르는 건 사실이지만 소는 본 적 있어. 여름에 피서 가서 봤단 말이야. 소가 있는 풀밭에는 들어가면 안 된다고 했어. 소는 진짜 사납거든. 하지만 나는 털끝만치도 겁내지 않았어."

클로테르가 말했다.

"좋아, 그럼 네가 소를 해. 나는 물론 대장 투우사를 할 거야. 엄청 근사한 옷을 입고 번쩍번쩍하는 금덩이를 잔뜩 달 거야. 무릎까지 딱 붙는 바지에 하얀 양말을 신어야지. 그리고 나는 엄청 키가 크고 날씬해."

조프루아가 말했다.

맨 처음에 투우 놀이를 하자고 한 사람이 조프루아였기 때문에 우리는 아무도 반대하지 않았다.

"그럼 나는 심판을 볼래."

조아생이 말했다.

"머리가 어떻게 됐냐? 심판은 내가 해야지. 나한테 호루라기가 있잖아!"

뤼퓌스가 말했다.

그 말이 맞기는 하다! 뤼퓌스 아빠는 경찰관이라서 뤼퓌스에게 오래된 호루라기를 하나 주었다. 그때부터 우리가 놀 때는 뤼퓌스가 항상 심판을 본다.

"그건 이유가 안 돼! 호루라기가 있다고 해서 항상 너만 심판을 하는 게 어디 있어! 난 이제 지긋지긋해! 그리고 잘 들어, 내가 심판 볼 때는 너의 그 거지 같은 호루라기 따위 필요없어!"

조아생은 이렇게 외치고는 입으로 "삐익, 삐익—." 소리를 내기 시작했다. 진짜 호루라기 소리랑 똑같았다.

"이 바보들아! 심판이 왜 있어! 투우사가 소를 죽이면 그걸로 끝나는 거야. 그게 다라고!"

조프루아가 큰 소리로 말했다.

"그럼 처음부터 누가 이길지 다 아는 거야? 그런 시시한 놀이가 어디 있어! 나 참, 너희들 진짜 웃긴다!"

맥상이 말했다.

"네가 대장 투우사를 하면 나는? 나는 뭐를 해?"

내가 조프루아에게 물었다.

"너는 말 타는 사람을 해. 말을 타고 창으로 소를 공격하는 거야. 대장 투우사만큼 멋있는 옷을 입지는 못하지만 그래도 아주 중요한 역할이야."

조프루아가 말했다.

"말을 타고 창으로 공격하는 건 좋아. 하지만 네가 나보다 멋있는 옷을 입는 건 싫거든! 아무렴, 진짜 웃기고 있어!"

내가 말했다.

그러자 조프루아는 좋다, 그러면 둘 다 똑같이 멋있는 옷을 입는 걸로 하자, 하지만 진짜 투우에서는 그러는 게 아니다, 라고 했다. 정말이지 도대체 이게 뭐냐고, 조프루아가 아무리 부자 아빠를 됐다고 해도 만날 그 녀석만 남들보다 근사하게 빼입으란 법이 어디 있냐고!

"그리고 내 말은 하얀색으로 할 거야!"

내가 말했다.

"나는 그 하얀 말을 하고 싶어."

외드가 말했다.

외드는 좋은 친구다. 그리고 힘도 아주 세니까 분명히 튼튼하고 좋은 말을 할 수 있을 거다.

"그럼 나는? 나도 하얀 말 할래!"

클로테르가 말했다.

"안 돼! 너는 소란 말이야. 그리고 소는 검은색이야. 너 어디서 하얀 소 본 적 있어? 네가 피서 가서 봤다는 그 소는 흰색이던?"

조프루아가 외쳤다.

"야, 너 웃긴다! 그럼 외드는 하얀 말을 해도 되고 나는 검은 소를 해야만 한다고? 나 참, 누구 마음대로! 바보천치 같은 녀석이 하얀 말을 하면 나도 똑같이 하얀 말을 할 수 있어!"

클로테르가 말했다.

"너 내 주먹으로 한 대 맞고 싶어?"

외드가 을렀다.

외드는 정말로 클로테르 코에 주먹을 날렸다. 나는 벌써 외드의 어깨에 올라타고 있었기 때문에 하마터면 떨어질 뻔했다. 나는 손가락을 권총 모양으로 만들고 클로테르를 겨냥한 채 "빵! 빵!"하고 외쳤다. 클로테르는 외드를 발로 걸어찼다.

"그 빵! 빵!은 뭐야? 이 바보야, 너는 창으로 싸우는 거야! 넌 지금 카우보이가 아니라 말을 탄 투우사라고!"

조프루아가 외쳤다.

"내가 카우보이를 하고 싶다면 어쩔 건데?"

나도 질세라 소리를 질렀다.

정말이지, 조프루아 녀석이 늘 이래라저래라 하는 거에 짜증이

확 났다.

그러자 호루라기 소리가 들렸다. 뤼퓌스가 호루라기를 불었던 것이다.

"반칙! 반칙!"

뤼퓌스는 소리를 질러댔다.

"삐익! 삐익! 아닙니다! 아니에요! 심판은 나란 말입니다! 삐익!"

조아생이 호루라기 소리를 내면서 외쳤다.

그러자 뤼퓌스는 조아생을 한 대 갈겼고, 조아생도 받은 만큼 뤼퓌스에게 되돌려주었다. 외드와 클로테르가 바닥에서 데굴데굴 구르며 주먹질을 해대는 바람에 나는 그만 말에서 떨어지고 말았다. 그걸 보고 맥상이 깔깔깔 웃어서 나도 녀석을 호되게 후려쳤다. 조프루아는 몸을 숙이고 클로테르의 얼굴 앞에서 손수건을 흔들어댔다. 녀석은 계속 소리를 질렀다.

"소야! 소야!"

나는 진짜 소랑 하는 투우도 그럴지 궁금했다. 왜냐하면 조프루아의 손수건은 빨간색도 아니었고, 게다가 엄청나게 꼬질꼬질했기 때문이다. 잠시 후 알세스트가 조프루아에게 달려들면서 소리를 질렀다.

"이제 해보자! 누가 바보라고?"

알세스트는 빵을 엄청 빠르게 먹어치운 게 틀림없었다. 나는 알세스트가 그렇게 빨리 싸울 준비를 할 거라고는 꿈에도 생각지 못했다.

우리가 모두 신나게 놀고 있는데 무샤비에르 선생님이 마구 달려왔다. 무샤비에르 선생님은 우리 학교 학생주임 중 한 명인데 아직 그 선생님에게는 재미있는 별명을 못 붙여줬다.

"이 야만인 같은 녀석들! 허구한 날 이 모양이지! 이제 정말 선생님도 지겨워지려고 한다! 너희 모두 벌 받을 줄 알아라! 싸움은 그만둬! 자, 그만! 이제 줄을 서! 선생님이 벌써 쉬는 시간 끝나는 종을 쳤잖아!"

무샤비에르 선생님은 고래고래 소리를 질렀다.

그래서 우리는 줄을 서기 시작했다. 조프루아는 화가 머리끝까지 났다.

"너희하고는 절대로 머리 쓰는 어려운 놀이 안 할 거야! 너희는 다 바보야! 전부 다!"

조프루아가 한 말은 절대 옳지 않다. 그 증거로, 우리가 교실로 걸어가는 동안에 나는 부이옹 선생님—또 다른 학생주임—과 무샤비에르 선생님이 주고받는 이야기를 들었단 말이다.

"도대체 무슨 일이 있었습니까?"

부이옹 선생님이 물었더니 무샤비에르 선생님은 이렇게 대답했다.

"진짜 투우장이 따로 없었다니까요!"

Histoires inédites du Petit Nicolas : vol. 2

나 홀로 기차 여행

배관공 아저씨

오래전부터 우리 집 부엌 개수대 밑에서 물이 샌다. 엄마는 배관공 아저씨에게 전화를 여러 번 했다. 나중에는 아빠도 전화를 했다. 아저씨는 시간이 나는 대로 한번 들르겠다고 해놓고 코빼기도 보이지 않았다. 그래서 엄마는 아빠더러 직접 고쳐보면 어떻겠느냐고 했다. 아빠는 그럴 수 없다고, 아빠가 배관공인 줄 아느냐고, 괜히 멀쩡한 부분까지 망가뜨릴까봐 겁이 난다고 했다. 엄마는 아빠 말이 옳을지도 모르겠다고 했다. 그러자 아빠는 어쨌든 한번 해보겠다고 나섰는데 수리는커녕 손가락만 다쳤다. 그래서 엄마는 배관공 아저씨가 올 때까지 개수대 파이프에 걸레를 둘둘 말아놓고 그 밑에는 양동이를 받쳐놓았다. 양동이에 물이 가득 차면 개수대에 버렸는데, 점점 더 자주 양동이를 비워줘야만 했다.

오늘 학교를 나오면서 나는 기분이 아주 좋았다. 토요일 오후에 학교가 끝나고 집에 가는 건 언제나 기분 좋은 일이다. 다음 날이 일요일이기 때문이다. 기분이 좋았던 또 다른 이유는, 엄마 아빠가 오늘 오후에 차를 마시러 오라고 말벵 아저씨와 아줌마를 초대했기 때문이다. 말벵 아저씨는 아빠랑 같은 사무실에서 일하는 동료인데 아빠하고 아주 친하다. 아빠는 그 아저씨랑 둘이 사무실에서 어떤 재미난 장난을 쳤는지 우리에게 자주 얘기해준다. 나는 우리 집에 손님들이 차 마시러 오는 게 참 좋다. 그러면 엄마가 맛있는 것들을 잔뜩 해주기 때문이다.

나는 마구 달려서 집에 도착했다. 말벵 아저씨와 아줌마는 아직 오지 않았다. 엄마는 거실에 다과상을 차리는 중이었다. 상 위에는 딸기파이가 있었다. 아빠가 말했다.

"초인종이 울리면 아빠가 문을 열게. 말벵에게 장난 좀 쳐야겠어."

"무슨 장난이요? 무슨 장난이요?"

내가 물었다.

"아빠가 레인코트를 입을 거야. 그러고는 문을 열어주면서 말벵 아저씨랑 아줌마에게 이렇게 말하는 거야. '깜짝이야! 아니 무슨 일로? 차를 마시러 오기로 한 날은 오늘이 아닌데…… 이런! 이런! 이것 참 큰일이구먼, 보시다시피 나는 외출을 하려던 참인데' 라고 말이야."

나는 손뼉을 치면서 한바탕 웃었다. 아빠는 정말 끝내주는 아이디어를 낸다. 아빠랑 같이 있으면 얼마나 신나고 재미있는지 아무도 모를 거다. 식당에 있던 엄마도 미소를 지으면서 말했다.

"내가 아들을 둘 키운다니까. 둘 중에 누가 더 장난꾸러기인지 모르겠어!"

조금 있으니까 초인종이 울렸다. 아빠는 안락의자에 걸쳐두었던 레인코트를 얼른 입었다. 나는 너무 흥분되어서 막 웃으면서 양탄자 위를 폴짝폴짝 뛰었다. 아빠가 짐짓 심각한 척하면서 현관문을 열었더니 거기에는 배관공 아저씨가 서 있었다.

"수리하러 왔습니다. 물이 샌다는 집이 여기 맞지요?"

배관공 아저씨가 물었다.

"네, 맞습니다. 오늘 오실 줄은 몰랐네요."

아빠는 놀라서 어쩔 줄 몰라했다.

"그러신 것 같군요. 어디 외출하시나 봐요. 다른 날 다시 오지요."

아저씨가 말했다.

"아니요, 아니요, 외출 안 합니다. 손님을 기다리고 있던 참인걸요."

아빠가 말했다.

"그렇다면 물이 정말 심각하게 새는가 보군요?"

배관공 아저씨가 아빠의 레인코트를 바라보며 물었다.

아빠는 배관공 아저씨를 집 안으로 들이고 레인코트를 벗었다. 아빠가 아저씨에게 물이 새는 곳은 부엌이라고 말하는데 다시 초인종이 울렸다.

"잠깐 실례하겠습니다."

"그러십시오."

아빠가 문을 열었다. 이번에는 말뻥 아저씨와 아줌마가 맞았다. 말뻥 아저씨는 얼굴에 커다란 수염을 달고 킬킬 웃으면서 이렇게 말했다.

"이런 제길, 석탄 배달시킨 집이 여기 맞수?"

아빠는 말뻥 아저씨와 아줌마를 거실로 맞아들였다. 말뻥 아저씨는 배관공 아저씨를 보더니 웃음을 딱 그치고 얼른 수염을 뗐다. 아빠, 엄마, 말뻥 아저씨와 아줌마, 배관공 아저씨는 서로 악수를 나누었다. 말뻥 아저씨와 아줌마는 나에게 뽀뽀를 해주었다. 아빠는 배관공 아저씨를 가리키며 말했다.

"수리를 하러 오셨어. 우리 집에 물이 좀 새서."

"아! 그렇군요."

말뻥 아줌마가 말했다.

"자, 이리 오세요, 물 새는 곳을 보여드릴게요."

엄마가 배관공 아저씨에게 말했다.

배관공 아저씨와 나는 엄마를 따라 부엌으로 들어갔다. 엄마는 개수대 밑 파이프를 보여주었다.

"여기서 물이 새요."

배관공 아저씨와 나는 고개를 숙였다. 아저씨는 엄마가 감아둔 걸레를 벗기고 파이프를 살펴보았다. 그러고는 손가락으로 코를 문지르면서 입을 열었다.

"쯧쯧! 도대체 누가 이걸 설치했습니까?"

"우리가 처음 이사 왔을 때부터 이랬어요. 하지만 한 달 전까지만

해도 아무 문제 없었는데요."

"쯧쯧! 물론 한참 있다가 문제가 터지고서야 나를 불렀겠지요······ 이거 해놓은 꼬락서니 좀 보쇼! 내가 다 창피하네! 이래서는 버틸 수가 없어요. 항상 이런 식이죠. 견적을 좀 줄여보겠다고 일을 이따위로 하다니, 정말 프로 의식이 없어요. 그러니까 금방이됐든 나중이 됐든, 언젠가는 물이 새고 마는 겁니다. 그 망가진 걸고쳐야 하는 사람은 나고요! 보세요, 아주머니, 내가 요즘 건설 현장에도 나가고 있는데요, 거기서 배관 일을 하죠. 바로 어제도 내가 건축가를 찾아가서 한마디 했습니다. '레브리에 씨, 그 건축가 이름이에요, 나도 견적대로 일을 하고 싶습니다. 하지만 그러니만큼 미리 말을 해두고 싶어요. 가설에 대한 책임은 내가 질 수 없어요. 이래서는 얼마 못 갈 테니까요!'라고 말입니다. 아주머니도 아시겠습니까······?"

배관공 아저씨가 말했다.

"네, 그럼요, 그런데 지금은 양해를 좀 구해야겠네요. 손님들이와 계셔서 내가 가봐야겠는데······."

엄마가 말했다.

"그럼요, 그러셔야죠."

아저씨가 말했다.

나는 부엌에 배관공 아저씨와 같이 있었다. 아저씨는 파이프를 만져보면서 "쯧쯧쯧." 소리를 엄청 많이 냈다. 조금 있다가 아저씨는 고개를 돌리더니 나를 물끄러미 바라보면서 물었다.

"꼬마야, 넌 이름이 뭐니?"

"니콜라예요."

"그래, 니콜라, 수도 배관 일에 관심 있니?"

"네, 아저씨."

"학교에서 공부는 잘해?"

"그럼요."

내 말은 사실이다. 이번 달에 문법에서 6등을 했으니까. 조금 있다가 아빠가 부엌으로 들어왔다.

"니콜라, 아저씨 방해하면 안 된다. 아저씨 일하시게 나와라."

아빠가 말했다.

"아닙니다, 괜찮아요. 이 아이는 나를 전혀 방해하지 않았어요. 우리는 아주 친해졌답니다. 그렇지, 니콜라? 사실은 나한테도 이 애랑 비슷한 또래의 아들이 있거든요. 얼마나 영악한 녀석인지, 쯧쯧! 우리 아들 이름은 테오도르입니다. 그 애 할아버지 이름을 따서 붙인 거죠. 정말 꼬마 악마가 따로 없다니까요…… 아, 하지만 우리가 테오도르 이야기를 하자고 여기 있는 건 아니죠. 안 그렇습니까?"

아저씨가 그렇게 말하면서 웃자 아빠도 따라 웃었다.

"물 새는 건 좀 어떤가요?"

아빠가 물었다.

"아까 부인께도 말씀을 드렸지만 배관 가설을 아예 다시 해야 합니다. 솔직히 말씀드리자면 이건 일을 했다고 볼 수도 없는 수준이에요. 하지만 비용이 걱정되신다면 당분간 쓰실 수 있게 약간 손만 봐드릴 수도 있습니다. 그래도 걸레와 양동이로 버티는 것보다는 훨

씬 쓸 만할 겁니다. 안 그렇습니까?"

아저씨가 말했다.

"그래요, 바로 그겁니다. 약간 손만 봐주세요…… 오래 걸릴까
요?"

아빠가 물었다.

"아, 두세 시간이면 됩니다. 그 정도면 끝납니다."

아저씨가 말했다.

"좋습니다. 자, 니콜라, 아저씨 일하시게 나와라."

아빠가 말했다.

"하지만 오늘 당장 일을 할 수는 없습니다. 연장도 안 가져오고 조수도 안 데려왔거든요. 오늘은 그냥 상태를 보러 온 겁니다. 나중에 다시 오지요. 어디 보자…… 내일은 일요일이니까 안 되고, 월요일은 제가 쉬는 날이고…… 어디 보자, 화요일은…… 건설 현장에 나가봐야 하는 날이군요. 그럼 수요일 아니면 목요일. 어쨌든 다음주가 지나기 전에는 다시 오겠습니다. 그동안에는 수도를 잠가놓지요. 계속 틀어놓으면 더 망가질 위험이 있거든요…… 꼬마야, 파이프 만지지 마라."

아저씨가 말했다.

"니콜라! 내가 여기 있지 말라고 했지! 그리고 너 분명히 해야 할 숙제도 있을 텐데! 당장 네 방으로 올라가!"

아빠는 이상하게 갑자기 화를 내면서 버럭 소리를 질렀다.

"그렇지만 난 아직 간식도 안 먹었어요. 숙제는 내일 아침까지 할 거예요."

내가 말했다.

"당장 올라가지 못해!"

아빠는 호통을 쳤다. 그랬더니 배관공 아저씨가 말했다.

"잘하시는 겁니다. 애들은 엄격하게 다뤄야 해요. 나도 선생처럼 우리 아들 테오도르에게 엄하게 합니다. 사내아이들은 따끔하게 하지 않으면 허구한 날 게으름만 부린다니까요, 쯧쯧쯧!"

만년필

오늘 아침 조프루아가 학교 운동장에 뛰어들어오다 멈춰 서서는 우리를 보고 소리를 질렀다.

"얘들아! 얘들아! 내가 뭐 가져왔는지 봐!"

웃기는 얘기지만, 조프루아는 학교에 뭘 가져올 때마다 제 발로 우리에게 오는 법이 없다. 꼭 운동장 입구에 딱 멈춰 서서는 우리 보고 "얘들아! 얘들아! 내가 뭐 가져왔는지 봐!" 하고 소리를 지르는 거다. 어쨌든 우리는 조프루아에게 달려갔다. 조프루아는 만년 필을 들고 있었다.

"우리 아빠가 준 거야."

조프루아가 말했다.

조프루아의 아빠는 엄청난 부자라서 항상 별의별 것을 다 사준다.

"아빠가 나보고 공부를 더 잘하라고 격려하는 뜻에서 만년필을 선물해준 거야."

조프루아가 설명했다.

"그래서 격려가 되던?"

클로테르가 물었다.

"아직은 몰라. 엊저녁에 받은 거니까."

조프루아의 만년필은 아주 근사했다. 빨간색 만년필인데 가운데랑 가장자리에 금테가 둘러져 있었다. 조프루아는 만년필에 잉크를 어떻게 채우는지 보여주면서 이렇게 말했다.

"그리고 말이야, 이거 펜촉은 금이야."

그 말에 우리는 모두 킬킬대고 웃었다. 정말이지 조프루아는 거짓말도 잘 한다. 되는 대로 지껄이는 녀석이다. 하지만 조프루아는 우리가 웃어서 기분이 확 상했다.

"봐봐. 펜촉이 노랗고 반짝반짝 빛나잖아. 이게 금이 아니면 뭐야?"

조프루아가 우리에게 펜촉을 보여주면서 말했다.

"나 참, 그렇다고 금이냐? 우리 엄마는 아빠에게 노랗고 반짝반짝하는 넥타이를 선물했어. 하지만 그 넥타이는 금이 아니었단 말이야. 게다가 우리 아빠가 그 넥타이를 안 매고 다니겠다고 해서 엄마가 얼마나 난리를 피웠는데. 정말 근사한 넥타이였는데 참 안된 일이지."

뤼퓌스가 말했다.

"너희 아빠 넥타이 이야기로 짜증나게 하지 마! 그리고 내 만년필 펜촉은 금으로 된 거 맞아!"

조프루아가 말했다.

"어디 좀 보자."

조아생이 만년필을 달라고 손을 내밀었지만 조프루아는 주지 않았다.

"만년필을 갖고 싶으면 너희 아빠한테 가서 하나 사달라고 해."

조프루아가 대꾸했다.

"너 우리 아빠가 어쩌고저쩌고했지? 다시 한 번 말해봐."

갑자기 뤼퓌스가 끼어들었다.

조프루아는 깜짝 놀라서 뤼퓌스를 바라보았다.

"너희 아빠? 내가 너희 아빠에 대해 뭐라고 했는데?"

조프루아가 말했다.

"방금 그랬잖아. 넥타이가 어쩌고저쩌고……."

뤼퓌스가 대꾸했다.

"아, 맞다! 너희 아빠 넥타이 이야기로 짜증나게 하지 말라고 했지."

조프루아가 말했다.

그러자 뤼퓌스는 조프루아의 따귀를 때렸다. 조프루아가 싫어하는 것이 하나 있다면 그건 바로 따귀를 얻어맞는 일이다.

"원한다면 네가 뤼퓌스랑 싸우는 동안에 내가 만년필을 맡아줄게."

알세스트가 조프루아에게 말했다.

그래서 조프루아는 알세스트에게 만년필을 맡기고, 옆에서 기다리고 있던 뤼퓌스와 함께 주먹다짐을 하러 갔다.

알세스트는 펜촉을 보려고 뚜껑을 열었다. 그러자 조아생이 알세스트에게 말했다.

"나도 좀 보자."

"만년필을 갖고 싶으면 조프루아가 말한 대로 해. 너희 아빠한테 가서 하나 사달라고 하라고."

알세스트가 대꾸했다.

그래도 조아생은 만년필을 낚아채려고 했다. 알세스트는 무방비 상태로 있었던 데다가 언제나처럼 버터빵을 먹느라 손이 미끌미끌했기 때문에 그만 만년필을 떨어뜨리고 말았다. 만년필은 땅바닥에 펜촉부터 부딪쳐서 픽! 소리가 났다. 하여간 쉽게 미끄러지는 물건은 절대 알세스트에게 주면 안 된다.

"내 만년필!"

조프루아가 비명을 지르면서 달려왔다.

"뭐야, 너 지금 기권하는 거야?"

뤼퓌스가 조프루아에게 물었다.

하지만 조프루아 귀에는 그 말이 들리지 않았다. 조프루아는 알세스트를 밀쳤다.

"이 바보야, 왜 내 만년필을 땅에다 던졌어?"

조프루아가 고래고래 소리를 질렀다.

알세스트는 화가 잔뜩 나서 만년필을 세게 걷어찼다.

"자, 거지 같은 네 만년필을 내가 어떻게 하나 보라구!"

만년필은 맥상 바로 앞에 떨어졌지만, 맥상은 만년필을 나에게 걷어찼다.

"패스! 여기로 패스!"

외드가 소리를 질렀다. 그래서 나는 외드에게 만년필을 패스했다. 그런데 뤼퓌스는 화가 나서 마구 소리를 지르며 나에게 다가왔다.

"그렇게 하는 게 어디 있어! 넌 게임에서 빠져!"

뤼퓌스는 나를 아주 제대로 웃겼다. 녀석과는 항상 이런 식이다. 축구도 잘 못하는 주제에 항상 다른 사람들이 잘못했다고 우긴다. 하지만 이러쿵저러쿵 따질 시간이 없었다. 조프루아가 하도 소리를 빽빽 질러댔기 때문에 올 것이 오고야 말았던 것이다. 과연 부이옹 선생님이 득달같이 달려왔다. 하여간 조프루아는 바보다!

부이옹은 우리 학생주임인데, 이 선생님한테는 장난이 안 통한다.

"여기 도대체 무슨 일이지?"

부이옹 선생님이 물었다.

"전부 다 치사하고 못된 놈들이에요! 자기들에게 금 펜촉이 없으니까 시샘하는 거예요!"

조프루아가 길길이 뛰면서 소리를 질렀다.

"너도 없잖아! 거짓말쟁이!"

뤼퓌스가 소리를 질렀다.

"다시 한 번 말해봐, 내 만년필 펜촉이 금이 아니라고!"

조프루아가 질세라 따졌다.

부이옹 선생님은 깜짝 놀라서 우리를 번갈아 보더니 버럭 호통을 쳤다.

"조용히 해!"

그래서 우리는 모두 입을 다물었다. 부이옹 선생님 말을 안 들으면 분명히 난리가 난다.

"좋아, 모두 다 내 눈을 똑바로 봐라. 너희가 야만인처럼 난리 피우는 것도, 말도 안 되는 소리를 지껄이는 것도 이제 선생님은 아

314

주 지긋지긋하다. 조프루아, 좀 진정하고 차분하게 무슨 일이 있었는지 이야기해봐."

부이옹 선생님이 말했다.

그래서 조프루아는 만년필 이야기를 했다. 그리고 우리가 모두 녀석을 샘낸다고, 우리 아빠들은 절대로 조프루아 아빠처럼 아들을 격려하기 위해 그렇게 근사한 만년필을 사주지 않는다고, 그것 참 고소하다고, 그 만년필 펜촉은 진짜 금으로 된 거라고, 그 만년필은 우리 학교에서 가장 멋있는 만년필이라고 했다. 부이옹 선생님은 조프루아에게 알았으니까 마음을 가라앉히라고 했다. 그러고는 우리에게 당장 친구 만년필을 내놓으라고, 그런 식으로 행동하다니 부끄러운 줄 알라고, 우리가 아주 싹수 노란 녀석들이라고 했다.

"자, 조프루아, 여기 네 만년필."

조아생이 만년필을 건넸다.

조프루아는 만년필을 받으려고 했다. 하지만 부이옹 선생님은 이렇게 말했다.

"아니, 이 만년필은 내가 가져간다. 오늘 수업 끝날 때까지 만년필은 압수야. 어차피 지저분한 너희 손에 맡기는 것보다는 선생님 주머니에 넣어두는 게 나을 거다. 이 야만인 같은 녀석들아!"

그래서 조아생은 부이옹 선생님에게 만년필을 넘겨주었다. 조금 있다가 부이옹 선생님은 자기 손가락이 완전히 잉크투성이가 된 것을 보았다. 부이옹 선생님은 잠시 고민하는 듯하더니 말했다.

"조프루아, 이제 모든 게 잘 해결됐으니까 그냥 너에게 만년필을 돌려주겠다. 하지만 얌전하게 굴겠다고 약속해라."

"선생님만 괜찮다면 학교 끝날 때까지 좀 맡아주세요. 그것도 나쁜 생각은 아닌 것 같아요. 왜냐하면……."

조프루아가 말했다.

"조프루아! 네 만년필 가져가!"

부이옹 선생님이 버럭 고함을 질렀다.

그래서 조프루아는 만년필을 받아 왔다. 만년필이 잉크 범벅이어서 조프루아는 소매로 만년필을 닦았다. 사람마다 말하기 나름이겠지만, 조프루아는 아주아주 깔끔을 떠는 녀석이기 때문이다. 그러고 나서도 조프루아는 우리에게 삐쳐 있었다. 부이옹 선생님이 손을 씻고 교실로 올라가라고 종을 칠 때까지도 말이다.

담임 선생님은 우리에게 공책을 꺼내서 받아쓰기를 하라고 했다. 그러자 조프루아는 아주 의기양양하게 만년필을 꺼냈다. 그런데 우리는 모두 깜짝 놀라고 말았다. 왜냐하면, 아마 믿기지 않겠지만 조프루아의 그 잘난 만년필은 금 펜촉이 있으나 마나 했던 것이다. 그

만년필로는 글씨를 전혀 쓸 수 없었다!

조프루아가 방과 후에 집에 가면서 우리에게 말한 대로였다.

"요즘 물건들은 항상 이 모양이야. 손만 댔다 하면 망가지고 만다니까."

빨간 수염

알세스트가 오늘 우리 집에 놀러 왔다. 참 좋았다. 알세스트는 나랑 친구이고 우리 둘은 죽이 아주 잘 맞는다. 알세스트는 축구공을 안고 주머니에는 잼 바른 빵 두 개를 넣어가지고 왔다. 녀석은 먹는 걸 무지 좋아해서 외출할 때면 꼭 비상식량을 챙긴다.

"정원에서 얌전하게 놀아라. 너무 시끄럽게 하지 말고. 아빠는 피곤하셔서 좀 쉬어야 해."

엄마가 우리 둘에게 말했다.

"그럴게요. 축구를 하면서 소리 지르지 않도록 조심할게요. 니콜라가 속임수만 쓰지 않으면요."

알세스트가 말했다.

"안 돼, 안 돼, 안 돼! 축구는 하지 마. 또 유리창을 박살내려고?

다른 놀이를 생각해보렴. 뭔가 좀 조용한 놀이 말이야."

엄마는 이렇게 말하고 가버렸다.

"어쩌지? 축구를 못 하면 뭘 하고 놀아?"

알세스트가 말했다.

"해적놀이는 어때?"

내가 말했다.

"해적놀이? 그건 어떻게 하는 건데?"

알세스트가 물었다.

그래서 나는 '빨간 수염' 놀이를 하자고 말했다. 빨간 수염은 내가 신문에서 보았던 이야기인데, 끝내주게 재미있다. 옛날에 해적 일당이 있었는데, 그 두목은 수염이 빨간색이라서 모두들 빨간 수염이라고 불렀다. 빨간 수염은 항상 엄청나게 많은 적들과 싸운다. 하지만 빨간 수염에게는 다 식은 죽 먹기라서 언제나 승리한다. 그리고 항상 부하들에게 "오 히! 가자, 얘들아!"라든가 "돛을 올려라!"라고 구령을 붙인다. 빨간 수염은 충성스러운 부하들이 엄청 많아서 해적선으로 적들의 배를 들이받는 공격도 서슴지 않는다. 그런 것도 빨간 수염에게는 다 장난 같기 때문에 적들은 아주 기분 나빠한다. 하지만 적들은 모두 나쁜 놈들이니까 아주 고소하고 잘된 일이다. 알세스트는 해적놀이를 하는 건 정말 좋은 아이디어라고 했다.

"하지만 배는? 배는 어디 있어?"

알세스트가 물었다.

나는 알세스트에게 정원에 있는 나무 주위를 배로 삼자고 했다.

나무를 돛대라고 생각하고서 거기에 돛을 달기도 하고 적들을 매달기도 하는 거다. 그리고 배 이름은 그 신문 기사에서 봤던 대로 '검은 매'라고 하기로 했다. 우리는 대포가 없었기 때문에 축구공을 대포 삼아서 "빵! 빵!" 하고 쏘기로 했다.

"네가 얘기한 것 같은 해적놀이를 하기에는 사람 수가 너무 적어. 충성스러운 부하를 할 친구들이 부족해."

알세스트가 말했다.

그래서 나는 알세스트에게 지금 우리가 놀기에는 오히려 수가 너무 많지 않은 게 낫다고, 사람이 많으면 모두 다 서로 두목을 하겠다고 할 거라고, 그랬다가는 시끄럽게 하지 않고 얌전히 놀기는커녕 싸움판이 벌어질 거라고, 그러면 우리 아빠가 깨서 기분 나빠할 거라고 했다. 알세스트는 내 말이 옳다고 하면서, 자기가 두 번째 잼 바른 빵을 다 먹고 나면 바로 놀이를 시작하자고 했다.

알세스트는 빵을 다 먹고 호주머니 안쪽에 묻어 있던 잼까지 빨아먹었다. 나는 알세스트에게 말했다.

"자, 그럼 나는 끝이 뾰족한 검은 모자를 쓰고 커다란 웃옷을 걸치는 거야. 두꺼운 허리띠를 하고 칼을 차고 여기까지 올라오는 장화를 신는 거야. 그리고 나는 빨간 수염이 났어. 너는 네가 입고 싶은 대로 입어도 돼. 하지만 너도 샥, 샥, 샥, 휘두를 칼은 있어야 해. 네가 우리 배에 접근해봐. 그러면 나는 충성스러운 부하들에게 '오히! 가자, 얘들아!'라고 외칠 거야. 그러면 부하들이 돛을 올리는 거야. 이제 한다?"

하지만 알세스트는 꿈쩍도 하지 않았다. 녀석은 아직도 호주머니에 손을 찔러 넣고 안쪽에 남은 잼을 찾고 있었다. 알세스트가 물었다.

"그런데 왜 네가 빨간 수염이야?"

"왜긴, 내가 해적 두목 빨간 수염이니까. 무슨 이유가 더 필요해?"

내가 대꾸했다.

"너 머리가 어떻게 됐냐? 어째서 내가 아니라 네가 빨간 수염이냐고?"

알세스트가 따졌다.

"네가 빨간 수염을 해? 야, 웃기지 마!"

나는 이렇게 말하고 정말로 웃음을 터뜨렸다. 알세스트는 기분이 상해서 자기가 빨간 수염을 안 하면 나하고 해적놀이를 하지 않겠다고, 그리고 평생 나랑 말도 안 하겠다고 했다.

친구들이 제일 싫을 때는 녀석들이 도무지 놀이를 할 줄 모를 때다. 정말이지, 이게 뭐냐고!

"여기는 우리 집 정원이야. 그러니까 내가 빨간 수염이야. 네가 놀기 싫다면 할 수 없지, 나 혼자 노는 수밖에!"

나는 그렇게 말하고 마구 소리를 질렀다.

"오 히! 가자, 애들아! 돛을 올려라!"

나는 나무 주위를 뱅글뱅글 돌면서 괜히 재미있는 척했다. 알세스트에게 녀석이 얼마나 바보인지 똑똑히 보여주기 위해서 말이다! 그랬더니 알세스트도 막 뛰어다니면서 뒤를 돌아보고 소리를 질렀다.

"오 히! 충성스런 부하들아! 나는 빨간 수염이다! 이제 저 배에

부딪쳐라! 공격이다! 돛을 올려라! 샥, 샥, 샥!"

"그런 게 어디 있어! 어디 있냐고! 넌 빨간 수염 아니야. 그리고
내 배에 올라올 권리도 없어!"

내가 소리를 질렀다.

"아, 안 된다고? 그럼 내가 잘난 네 배에서 어떻게 하나 봐라!"

알세스트는 그렇게 말하고 나무를 발로 걷어찼다. 나는 알세스
트의 따귀를 때렸다. 내 손에 잼이 잔뜩 묻었다. 우리는 치고받으며
싸웠고, 알세스트는 계속 소리를 질렀다.

"너는 빨간 수염이 아니야! 너는 빨간 수염이 아니야! 빨간 수염은 나란 말이야!"

알세스트 녀석, 장난이 아니었다. 누가 쉬는 시간에 알세스트의 샌드위치를 밟았을 때 이후로 녀석이 그렇게 화를 내는 모습은 처음 봤다.

조금 있으니까 아빠가 왔다. 아빠도 아주 기분이 안 좋아 보였다.

"당장 그만두지 못해? 이 깡패 같은 녀석들! 이게 얌전하게 노는 거야? 너희들 고함소리에 온 동네가 떠나가겠다! 이번에는 또 무슨 일이야?"

아빠는 무섭게 호통을 쳤다.

"다 니콜라 때문이에요. 자기가 빨간 수염이라고 그러잖아요. 말도 안 돼요!"

알세스트가 말했다.

"말이 안 되긴 뭐가 안 돼! 맞잖아! 나는 빨간 수염이야!"

내가 소리쳤다.

"너 지금 너희 아빠가 옆에 있다고 그러는 거지. 그것만 아니면 둘 중에 누가 빨간 수염인지 똑똑히 가릴 수 있을 텐데!"

알세스트가 대꾸했다.

"그래, 그게 마음에 안 들면 내 배에서 내리란 말이야. 너하고 너의 그 잘난 부하들하고 모두!"

내가 말했다.

"아, 좋아. 우리는 떠날 거야. 우리가 네놈의 잘난 배에 어디 다시 오나 봐라!"

알세스트는 이렇게 말하고 가다가, 자기 축구공을 가지러 다시 돌아왔다. 녀석이 말했다.

"내 대포도 가져갈 거야. 정말 웃기고 있어!"

알세스트가 우리 집 정원에서 나가자 나는 정말 신난다고, 내가 알세스트를 '검은 매'호에 발붙이게나 할까보냐고, 알세스트의 대포 따위는 필요없다고, 우리 사이는 영원히 끝났다고 소리를 질렀다. 그러고 나서 나는 이제 같이 놀 상대가 없었기 때문에 집 안으로 들어갔다. 아빠는 눈이 휘둥그레져서 정원 나무 옆에 한참이나 멍하니 서 있었다. 조금 있으니까 아빠도 집 안으로 들어와서 엄마에게 아스피린을 좀 달라고 했다. 요즘 우리 아빠는 아주 이상한 것 같다.

다음 날은 내가 알세스트네 집에 놀러 갔다. 알세스트가 한 말이 딱 맞았다.

"어른들은 참 이해하기가 힘들다니까."

나 홀로 기차 여행

엄마 아빠는 여간 난처하지 않았다. 우리는 내일 아침에 메메의 집으로 떠나려고 했었다. 메메는 우리 집에서 아주 먼 곳에 사는데, 거기 가서 사흘 있다가 오기로 했던 거다. 그런데 도로테 이모가 전화를 해서, 몸이 너무 아프니까 아빠랑 엄마가 와줬으면 좋겠다고 했다. 도로테 이모도 아주 멀리 산다. 우리 가족 중에서 멀리 떨어져서 살지 않는 사람은 아빠랑 엄마랑 나뿐이다.

"어떻게 할까? 도로테 언니가 우리를 너무 보고 싶어한다는데……특히 니콜라가 보고 싶겠지……."

엄마가 말했다.

"어떻게 하기는, 다시 전화해서 못 간다고 하는 수밖에. 감기가 뭐 대수로운 병이라고. 폐렴이라고 하지만 처형 말은 믿을 게 못 되잖아. 그냥 감기라고."

아빠가 말했다.

"하지만 그럴 수는 없어. 내가 도로테 언니를 잘 아는데, 우리가
안 가면 분명히 한바탕 난리를 피울 거야. 게다가 언니는 가엾게도
혼자잖아……"

"무슨! 처형이 왜 혼자야! 친구들이 있잖아. 우리끼리 하는 말이
지만, 난 항상 어떻게 그 성질머리를 하고서도 친구가 있는지 신기
했다고."

"지금 우리가 가족들 성격을 두고 왈가왈부할 때는 아니잖아. 문
제는 우리가 언니 집에 못 가겠다고 말할 수가 없는 이 사태라고."

"좋아, 그럼 처형을 보러 가지. 당신도 알다시피 나야 뭐 장모님
을 뵈러 가든 처형을 보러 가든……"

"아, 그래, 알지. 만약 전화를 한 사람이 외젠 도련님이었다면 당
신은 피곤에 절어서 수십 리 길을 달려가야 한대도 마다하지 않았
겠지. 하지만 문제는 그게 아니고…… 니콜라를 어떻게 하지? 니콜
라는 그 집에 가면 재미가 없을 거야. 당신도 도로테 언니가 어떤지
알잖아. 특히 아플 때면 더하지. 조그만 소음도 못 참는 데다가 애
들이라고 봐주는 법도 없잖아. 그렇다고 해서 니콜라 혼자 집에 둘
수도 없고…… 누구한테 맡기지? 아, 당신이 블레뒤르 씨랑 싸우지
만 않았어도…… 그래도 내가 한번 부탁하러 가볼까?"

"블레뒤르에게 부탁을 해? 내 눈에 흙이 들어가기 전에는 안 돼!
지금 용서를 구하러 와야 할 사람은 그 친구라고! 농담하는 줄 알
아?"

엄마는 땅이 꺼져라 한숨을 쉬었다. 아빠는 턱을 문지르면서 나를 바라보고 다시 엄마를 바라보았다. 그러고는 이렇게 말했다.

"나에게 좋은 생각이 있어. 하지만 니콜라가 찬성을 해야 해."

"뭔데요?"

나와 엄마가 아빠에게 물었다.

"그러니까 이거야. 니콜라 혼자 장모님 댁에 가는 거야."

아빠가 말했다.

"혼자? 어떻게 애 혼자?"

엄마가 비명을 지르듯이 말했다.

"아주 쉬워. 내일 아침에 우리가 애를 기차에 태워주는 거야. 차장에게 잘 좀 부탁한다고 말을 해두는 거지. 그러고는 장모님에게 전화를 해서 니콜라가 역에 도착하자마자 데리고 가시라고 하는 거야. 장모님 댁까지는 기차를 갈아탈 필요도 없고 한 번에 쭉 가잖아. 그리고 니콜라도 이제 다 컸어. 안 그러냐, 니콜라?"

아빠가 말했다.

"네, 맞아요!"

내가 소리를 질렀다.

"말도 안 돼!"

엄마가 또 소리를 질렀다.

"아, 그렇지 않아요. 엄마, 허락해주세요, 제발요!"

내가 큰 소리로 말했다.

"안 돼, 안 돼, 절대 안 돼!"

엄마가 말했다.

"그럼 어떻게 하겠다는 거야?"

아빠가 말했다.

"허락해주세요, 허락해달라고요! 나 혼자 메메네 집에 가고 싶어요! 혼자서 메메네 집에 가고 싶어요!"

나는 엄마 아빠에게 졸라대면서 거실을 마구 뛰어다녔다. 학교 친구들에게 나 혼자 기차 탔다는 이야기를 할 수 있다면 정말 끝내줄 것이다. 녀석들은 내 이야기를 듣고 아주 부러워하겠지, 아무렴!

"하지만 니콜라는 아직 너무 어려."

엄마가 말했다.

"아니에요, 난 이제 어리지 않아요!"

내가 외쳤다.

"당신도 잊지 않았잖아. 이 애가 엄마 아빠 없이 여름방학 캠프에도 갔었다는 거."

아빠가 말했다.

"그때는 애 혼자가 아니었잖아. 수십 명의 아이들이 함께 간 거였고, 교관 선생님들도 여럿 있었다고…… 그리고 올 때는 어떻게 할 건데?"

엄마가 말했다.

"돌아올 때야 문제될 게 없지. 처형 집에서 차로 장모님 댁까지 가는 거야. 거기서 니콜라를 데리고 우리 세 식구가 함께 집으로 돌아오면 되지."

아빠가 말했다.

"멋지다! 근사해요!"

나는 램프가 놓여 있는 작은 테이블 주위를 뱅글뱅글 뛰어다니면서 소리를 질렀다. 엄마는 결국 알았다고, 메메에게 전화를 걸어보겠다고, 만약 메메가 좋다고 하면 그때 가서 생각해보자고 했다.

엄마는 메메에게 전화를 걸어서 도로테 이모 이야기를 하고, 나를 메메에게 맡겨야 한다고 했다.

"지금으로서는 그 방법밖에 없어요, 엄마. 우리가 어떻게든 해보려고 했는데…… 아, 그럼요, 저도 니콜라가 너무 어리다는 거 알죠…… 네, 네…… 알아요…… 엄마, 제 말씀 좀 들어보세요…… 엄마, 제 이야기 안 들으실 거예요……? 그럼요, 그럼요, 아무것도 아니에요. 아마 엄마 말씀이 옳을 거예요. 저기요, 엄마가 싫다고 하면 우리는 약속한 대로 도로테 언니에게 못 가는 거죠. 우리도 못 가고 니콜라도……."

조바심이 나서 견딜 수 없었다. 나는 손짓발짓을 해가며 엄마 주위를 깡충깡충 뛰어다녔다. 드디어 엄마 입에서 이런 말이 나왔다.

"네, 알았어요. 우리가 니콜라를 8시 27분 기차에 태울게요…… 아, 그럼요, 차장에게 다 말해놓을 거예요…… 바로 그거예요…… 일요일에 우리가 데리러 갈 거고요…… 엄마도 안녕히 계세요…… 아, 그럼요! 그럼요!"

엄마는 전화를 끊더니, 나를 물끄러미 바라보고 말했다.

"니콜라, 메메가 좋다고 하셨어. 너 혼자 기차를 타고 갈 거야. 그런데 엄마는 걱정이 되어 죽겠구나."

엄마가 내일은 아침 일찍 일어나야 하니까 어서 밥부터 먹고 자야 한다고 했다. 하지만 나는 배가 하나도 고프지 않았다. 저녁을 먹는 동안에 우리 식구는 한마디도 하지 않았다. 조금 있다 아빠가 나에게 물었다.

"그래도 좀 겁나지 않니?"

나는 힘차게 도리질을 했다.

"하긴 그렇지. 우리 니콜라는 남자니까. 남자는 겁내지 않는 거야. 모든 게 다 잘될 거다. 자, 이제 올라가 푹 자렴, 우리 모험가 선생님!"

아빠가 말했다.

나는 식탁에서 일어나 전화기로 다가갔다. 엄마가 나에게 물었다.

"니콜라, 너 뭐 하는 거니?"

"음, 알세스트에게 전화해서 이야기해주려고요."

내가 대답했다.

"네 친구 알세스트는 그냥 내버려둬. 나중에 돌아와서도 얼마든지 모험담을 들려줄 수 있을 테니까. 이제 가서 자라. 내일은 아주 피곤한 하루가 될 테니까!"

아빠가 웃으면서 말했다.

나는 잠을 자러 올라갔다. 너무 긴장되었다. 목구멍에 뭔가 덩어리가 걸린 듯했다. 혼자 기차 타고 여행을 가는 건 너무너무 좋지만 그래도 혹시 내려야 할 역을 지나친다면, 혹시 메메가 역에서 나를 기다리고 있지 않으면 어떻게 하지? 그래서 나는 잠이 오지 않았다. 조금 있으니까 내 방의 불이 켜지고 엄마가 나에게 다가와 몸을 숙이더니 이렇게 말했다.

"게으름뱅이는 일어나세요! 벌써 늦었구나. 기차 놓치고 싶지 않으면 얼른 서둘러."

차를 타고 역까지 가면서 엄마는 나에게 이런저런 주의를 주었다. 엄마는 기차에서 내릴 때 특히 주의해야 한다고, 모르는 사람들하고 말을 하면 안 된다고, 객차에서 내릴 때는 차분하게 굴라고,

메메 집에 도착하자마자 도로테 이모 집으로 전화를 하라고 했다.

"애 좀 가만히 내버려둬. 혼자서도 얼마든지 잘해낼 거야. 그렇지, 니콜라?"

아빠가 말했다. 나는 그렇다는 뜻으로 고개를 끄덕였다.

역에서 아빠는 내 기차표를 샀다. 엄마는 나에게 기차에서 읽을 잡지를 고르라고 했다. 나는 아빠 손을 꼭 쥐었다. 아직도 목구멍에 이상한 덩어리가 걸린 듯 답답했다. 조금 있으니까 메메네 집에 가고 싶은 생각마저 사라졌다. 플랫폼에는 사람들이 엄청 많았다. 아빠는 차장 아저씨를 보고 나에 대해 이야기하러 갔다. 잠시 후에 아빠와 차장 아저씨가 우리에게로 왔다.

"이 아이가 우리 손님입니까? 걱정하지 마세요. 제가 잘 보살피겠습니다. 목적지까지 아무 탈 없이 전달될 겁니다. 우리는 이런 일에 익숙하니까요."

아저씨는 껄껄 웃으면서 말했다. 차장 아저씨는 손으로 내 머리칼을 쓸어주고는 어떤 아줌마에게 가더니 이 기차가 8시 27분 기차 맞다고, 확실하다고 했다.

"자, 잘 들었지, 니콜라? 메메네 집 있는 역에서 내리는 거 잊으면 안 돼. 객차 복도에서 막 돌아다니지 말고, 모르는 사람하고는 절대 말하지 마라. 객차에서 내릴 때 조심하는 것 잊지 말고, 도착하자마자 도로테 이모 집으로 꼭 전화해야 한다……."

엄마가 말했다.

"그런 이야기는 벌써 다 했잖아. 니콜라, 이제 기차에 타자."

아빠가 말했다.

우리는 객차에 올랐다. 어떤 칸에 오니까 아빠가 여기가 내 자리라고, 창가에 앉으면 된다고 했다.

"잘됐구나. 여기 앉으면 차창 밖으로 소를 구경할 수 있을 거야."

아빠가 말했다.

아빠는 짐칸 그물에다가 내 가방을 얹었고 엄마는 잡지와 빵, 초콜릿, 바나나가 든 봉지를 주었다. 엄마는 나에게 메메네 집에 가는 역에 잘 내려야 한다고, 모르는 사람들하고 말하면 안 된다고, 객차에서 내릴 때 조심하라고, 그리고 무엇보다도 도착하자마자 도로테 이모네 집으로 전화를 해야 한다고 했다.

"이제 출발 시간이 됐네. 여행 잘 해라, 우리 아들, 이제 다 큰 아들."

아빠가 말했다.

"아! 내 말 들어봐요. 이건 정신 나간 짓이야. 내가 블레뒤르 씨에게 부탁할걸⋯⋯."

엄마가 말했다.

"갑시다, 가자고. 이제 기차가 출발해!"

아빠가 말했다.

나는 기차를 타고 여행하고 싶은 마음이 싹 가셨다. 내가 원하는 건 아빠 엄마랑 같이 도로테 이모 집에 가는 거였다. 엄마와 아빠는 나에게 뽀뽀를 쉴 새 없이 해댔고, 엄마는 다시 나에게 이런저런 주의를 주었지만 나는 듣고 있지 않았다. 아빠는 엄마 팔을 붙잡고 둘이 함께 가버렸다. 잠시 후에 아빠 엄마가 플랫폼에 서 있는 게 보였다. 아빠는 나에게 활짝 웃어 보였지만, 두 사람 다 전혀

즐거워 보이지 않았다. 기차가 움직이기 시작하자 나는 정말로 울고 싶었다.

객차에는 사람이 아주 많았다. 하지만 나는 차마 그 사람들을 쳐다볼 수가 없었다. 나는 얼굴을 창문에 딱 붙이고 잡지와 빵, 바나나, 초콜릿이 든 봉지를 꼭 움켜쥐었다. 혹시 깜박 잠이 들어서 메메네 집이 있는 역을 놓칠까봐 겁이 났다. 우리 칸에 있는 사람들은 아무도 말을 하지 않았다. 문이 열리더니 차장 아저씨가 차표 검사를 하러 들어왔다. 차장 아저씨가 나에게 말했다.

"그래, 우리 꼬마는 괜찮은가? 자, 걱정하지 마라. 내려야 할 때가 되면 내가 알아서 데리러 오마. 알았지?"

그런 다음 안타깝게도 차장 아저씨는 가버렸다. 나는 아저씨가 나를 데리러 오는 걸 잊어버릴까봐 더럭 겁이 났다. 같은 칸에 탄 손님들이 나를 쳐다보았다. 개중 몇몇 사람들은 웃고 있었다. 특히 어떤 뚱뚱한 아줌마가 많이 웃었다. 나는 고개를 돌리고 창밖을 바라보았다. 공장이 많이 보였고 전선이 계속 올라갔다 내려갔다 했다. 도로테 이모 집에 전화를 해서 엄마 아빠랑 통화한 다음에 알세스트에게도 전화를 해도 되는지 메메에게 물어봐야겠다.

그러고는 또 공장이랑 역이랑 집이랑 밭이 한참 보였다. 사람들이 보지 않는 틈에 나는 간식 봉지를 좌석 밑에 던져버렸다. 전혀 배가 고프지 않았다. 종이가 찢어져서 손에 초콜릿이 잔뜩 묻었다. 나는 잡지 하나로 손을 닦고 나서 그것도 좌석 밑에 밀어 넣었다. 메메가 만약 역에 나오지 않았으면 어떻게 해야 할까 생각해보았다. 우리 기차는 아주 시끄러운 소리를 내는 어떤 다리를 지나갔다.

내가 아는 다리였다. 빨리 복도에 나가 차장 아저씨를 불러서 나한
테 역에 도착했다는 걸 알려주라고 재촉하고 싶었다. 그런데 잠시
후에 정말로 아저씨가 우리 칸에 와서는 말하는 게 아닌가.

"이제 거의 다 왔구나, 얘야! 내가 가방을 내려주마. 움직이지 마
라."

아저씨는 내 가방을 들고 객차 문 있는 데까지 날라다주었다. 열
차의 속도가 느려지더니 드디어 역에 도착했다. 그리고 플랫폼에서

나는 봤다! 아, 정말 신났다! 메메가 아주 걱정스러운 표정으로 기차를 쳐다보고 있었다.

"내 새끼! 우리 귀염둥이! 우리 손주! 우리 강아지!"

메메는 나에게 마구 뽀뽀를 하면서 말했다.

"할미가 얼마나 걱정했는지 몰라! 정말 자랑스럽다! 우리 손주가 이제 다 커서 혼자 기차도 타고. 이 가엾은 것이 얼마나 겁이 났을까!"

"아니에요, 겁 안 났어요."

나는 이렇게 말했다. 그러고 나서 우리는 역에서 나왔다. 메메가 나에게 손을 내밀었고, 나는 메메가 길 건너는 것을 도와드렸다.

눈 오는 날

오늘 오후 수학 시간이었다. 담임 선생님은 칠판에 문제를 쓰고 있었다. 담임 선생님이 등을 돌리고 있는 틈을 타서 우리는 이야기도 하고, 쪽지를 돌리기도 하고, 인상 쓰는 장난도 친다. 선생님은 뒤도 돌아보지 않고 열심히 칠판에 글씨를 쓰면서, 우리에게 장난치지 말고 얌전하게 굴라고 말을 하곤 한다. 하지만 주의해야 한다. 가끔은 우리가 전혀 예상도 못 했을 때에 선생님이 갑자기 뒤를 돌아보기 때문이다. 그때 장난치다가 딱! 걸리는 사람은 학교에 남아야 한다.

우리는 서로 신호를 보내면서 쪽지를 쓰거나 필통으로 자동차 놀이를 하고 있었다. 놀지 않는 사람은 쿨쿨 자고 있던 클로테르와 공책에 문제를 베끼느라 여념이 없던 아냥 녀석뿐이었다. 그런데 창가 자리에 앉은 뤼퓌스가 갑자기 조그만 소리로 말했다.

"눈 온다! 이야, 얘들아! 눈이 와! 전달!"

"조용히 못 하겠니!"

분필로 딱딱 소리를 내면서 칠판에 글씨를 쓰던 선생님이 말했다.

"야, 알세스트! 저것 봐! 눈 와!"

나는 알세스트에게 속삭였다. 알세스트는 맥상에게 전달을 했고, 맥상은 조아생에게 신호를 보냈으며, 조아생은 조프루아를 팔꿈치로 쿡 찌르면서 속닥거렸다. 조프루아는 다시 외드에게 알렸고, 외드는 클로테르를 깨웠으며, 클로테르는 선생님이 자기에게 질문을 한 줄 알고 벌떡 일어나서 칠판 앞으로 나갔다.

선생님이 갑자기 뒤를 돌아보았다.

"너희 정말 안 되겠구나! 선생님이 등만 돌렸다 하면 딴짓거리지! 너희 모두 벌을 받아야 정신을 차릴 것 같구나. 지금은 쉬는 시간이 아니고 운동장에⋯⋯."

선생님은 이렇게 말하면서 분필로 창밖을 가리키다가 갑자기 눈이 동그래졌다.

"어머나! 눈이 오네!"

그 말에 우리는 전부 다 자리에서 일어나 눈을 보러 창가로 달려갔다. 올해 눈이 내리는 건 처음이었다. 나는 눈이 정말 멋지다고 생각한다. 눈은 비보다 훨씬 더 신나고 재미있다. 특히 눈싸움을 하면 정말 끝내준다.

"자, 얘들아, 돌아다니지 말고 전부 자리에 앉아. 선생님 말씀 들어야지. 이 문제를 적고 답을 내봐."

선생님이 말했다.

"저는 벌써 다 적었어요, 선생님!"

아냥이 말했다.

아냥은 눈이 오는 걸 보려고 자리에서 일어나지도 않았다. 정말 이상한 녀석이다.

우리가 학교에서 나올 때는 정말 근사했다! 눈은 더 이상 내리지 않았지만 사방은 온통 하얀색이었다. 길, 지붕, 나무, 자동차까지 전부 다 새하얗게 되었다.

"꼭 설탕 같아!"

알세스트는 이렇게 말하면서 눈을 잔뜩 입에 쑤셔 넣었다.

"애들아, 놀자! 가자!"

외드가 소리를 질렀다. 그러고는 몸을 숙이고 눈을 모으더니 픽!
눈뭉치를 조프루아에게 던졌다. 우리는 모두 다 눈을 뭉쳐서 신나
게 눈싸움을 벌이기 시작했다.

"조심해! 내 안경! 난 안경 꼈단 말이야!"

아냥이 소리쳤다.

외드가 조프루아에게 던진 눈뭉치는 아냥의 책가방에 정통으로
맞았다. 아냥은 마구 뛰어서 도망갔다.

우리는 계속 신나게 놀았다. 물론 부모님들은 우리가 길에서 노
는 걸 싫어한다. 하지만 학교 앞은 위험하지 않다. 운전사들은 모
두 아주 조심하고 우리가 지나가도록 길을 비켜주니까. 특히 경찰
관 아저씨가 있을 때는 더 그렇다. 그 경찰관 아저씨는 아주 친절한
데다가 뤼퓌스네 아빠랑 친구 사이다. 뤼퓌스네 아빠도 경찰관이다.

"애들아! 애들아! 우리 눈사람 만들까? 그림에서 본 것 같은 눈
사람!"

클로테르가 소리를 질렀다.

"바보야, 그러기에는 눈이 너무 적잖아!"

맥상이 말했다.

"아니야, 눈은 충분해. 그리고 난 바보가 아니……!"

클로테르는 이렇게 외쳤지만, 하고 싶은 말을 다 하지는 못했다.
얼굴에 정통으로 커다란 눈뭉치를 맞았기 때문이다. 눈을 던진 사
람은 조아생이었다. 조아생은 외드처럼 세게 던지진 못하지만 목표
를 정확하게 잘 맞춘다.

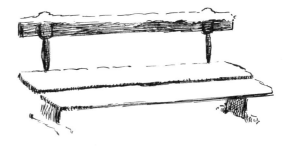

잠시 후에 클로테르는 조아생을 쫓아다니면서 눈을 뭉칠 새도 없이 마구잡이로 던졌다. 외드는 내 목덜미에다가 눈을 집어넣었는데, 정말 무시무시하게 차가웠다. 알세스트와 조프루아는 길 한가운데에 마주 서서 서로 얼굴을 향해 마구 눈뭉치를 던졌다. 둘 다 눈을 뭉치느라 바빠서 계속 고개를 숙이고만 있었기 때문에 아주 우스꽝스러워 보였다. 나는 주머니에 눈을 잔뜩 넣고 외드를 잡으러 뛰어다녔다. 그때 운전하던 어떤 아저씨가 갑자기 차를 세우고 경찰관 아저씨에게 말했다.

"이것 보세요, 이 장난질 언제 끝납니까? 나는 지금 바쁘다고요!"

"얘들아, 얘들아, 너희 집으로 돌아가라. 시간이 늦었어. 뤼퓌스, 아빠에게 내가 저녁에 게임하는 거 좋다고 했다고 전해다오."

경찰관 아저씨가 말했다.

그래서 우리는 헤어졌다. 경찰관 아저씨는 바쁘다고 한 아저씨에게 보도 가까이 차를 세우라고, 신분증을 좀 봐야겠다고 했다.

우리는 보도를 마구 내달리면서 계속 서로에게 눈을 던졌다. 그러다가 집에 도착했다. 나는 집 안으로 뛰어들어가면서 소리쳤다.

"엄마, 봤어요? 눈 와요!"

엄마는 손을 닦으면서 부엌에서 나오다가 나를 보고는 고래고래 소리를 질렀다.

"니콜라! 네 꼴이 그게 뭐니! 홀딱 젖었잖아! 너 또 기관지염 앓고 싶어? 당장 가서 옷 갈아입지 못해!"

"엄마, 하지만 옷은 안 갈아입어도 돼요. 어차피 정원에서 또 놀 거란 말이에요. 그리고 눈사람도 만들 거예요. 눈사람이 얼마나 근사한데요. 진짜 근사하다고요!"

하지만 엄마는 내 말을 더 이상 들으려고도 하지 않았다. 엄마는 내가 집에 늦게 들어오면 엄마 기분이 안 좋다고, 게다가 바깥은 이미 어둑어둑해졌고 날씨도 춥다고, 숙제도 해야 하지 않냐고, 엄마가 한번 말하면 군말 없이 따랐으면 좋겠다고, 나 때문에 엄마는 죽을 지경이라고 했다.

나는 한번 울어볼까 했지만, 엄마는 눈을 부릅뜨면서 가서 숙제나 하라고 했다. 그래서 내 방에 올라가서 옷을 갈아입고 수학 문제를 풀기 시작했다. 나는 서둘러서 숙제를 끝냈다. 기차가 한 시간에 327432.26킬로미터나 달릴 수 있다는 답이 나와서 좀 놀라기는 했지만 원래 수학 문제에서는 말도 안 되는 게 수두룩하니까 상관없다. 그러고는 부엌으로 빨리 뛰어내려갔다.

"다 했어요, 엄마! 숙제 다 끝냈어요! 이제 나가서 눈사람 만들어도 되죠?"

내가 외쳤다.

"니콜라, 정신 나갔니! 이렇게 추운데 나가긴 어딜 나가! 아빠도 오셨잖아. 곧 다 함께 저녁 먹을 거야."

엄마가 말했다.

"또 무슨 일이야?"

아빠가 물었다.

"당신 아드님이 정원에서 놀고 싶으시대."

엄마가 말했다.

"귀가 떨어져 나갈 정도로 추운데? 당신 아드님, 정신 나간 거 아냐?"

아빠가 말했다.

"귀는 떨어져 나가지 않아요! 날씨가 얼마나 끝내주는데! 눈도 왔고 나가서 놀고 싶어요. 그리고 난 정신 나가지 않았어요!"

내가 소리를 질렀다.

아빠와 엄마는 웃음을 터뜨렸다. 아빠는 내 머리를 쓰다듬어주면서 말했다.

"그래 맞다. 어린아이들에게는 눈이 최고지. 아빠도 너만 할 때는 눈을 참 좋아했단다. 하지만 엄마 말씀이 옳아. 지금은 밖에 나가서 놀 시간이 아니잖니. 그러니까 너도 어떻게 해야 하는지 알지? 내일 아침에 네가 학교 가기 전에, 그리고 아빠가 회사 가기 전에 우리 같이 정원에서 신나게 눈싸움을 하자꾸나."

"약속하는 거죠? 진짜로?"

내가 물었다.

"그래, 약속. 약속했다!"

아빠가 말했다.

우리는 모두 즐겁게 웃으며 저녁을 먹으러 갔다.

하지만 아침에 일어나서 창밖을 바라보니 눈은 남아 있지 않았다. 눈은 하나도 없고 있는 거라곤 진흙탕뿐이었다. 이건 정말 해도 해도 너무했다! 항상 이런 식이다. 나보고 말 잘 들으면 눈싸움을 하게 해준다고 하더니, 나중에 가면 아무것도 없다!

내가 식당에 들어서니까 엄마 아빠는 흠칫 말을 멈추고 나를 쳐다봤다. 둘 다 아주 난처해하는 표정이었다. 아빠는 회사에 늦었다면서 빨리 가봐야겠다고 했다.

점심때 엄마는 나에게 후식으로 초콜릿케이크를 만들어주었다. 그리고 아빠는 저절로 움직이는 근사한 전기 자동차를 선물로 줬다.

찍습니다!

아빠랑 나는 정원에서 낙엽을 줍고 있었다. 아빠는 낙엽을 어떻게 주워야 하는지 말해줬고, 나는 아빠가 시키는 대로 했다. 그때 블레뒤르 아저씨가 블레뒤르 아줌마와 함께 카메라를 가지고 왔다. 블레뒤르 아저씨는 우리 이웃이고, 블레뒤르 아줌마는 그 아저씨 부인이다. 카메라는 블레뒤르 아저씨가 얼마 전에 산 거라고 했다.

"자네는 자기 돈 주고 이런 카메라 못 사지, 안 그래?"

블레뒤르 아저씨가 아빠에게 말했다.

"사고 싶으면 얼마든지 사겠지. 하지만 나라면 좀 더 성능이 좋은 카메라를 사겠네."

아빠가 대꾸했다.

"자네 낯짝에 한번 후려쳐줄까? 그러면 이 카메라가 성능이 좋은

지 안 좋은지 알 수 있겠나? 이건 삼중렌즈 카메라라고!"

블레뒤르 아저씨가 말했다.

"두 사람이 또 티격태격할 거면 난 그만 가겠어요."

블레뒤르 아줌마는 이렇게 말하고 그 자리를 떴다.

"당신 부인 왜 저러나?"

아빠가 물었다.

"신경 쓰지 마. 내 카메라로 영화나 찍어보세."

블레뒤르 아저씨가 말했다.

"와, 좋아요!"

내가 말했다.

그건 정말 멋진 생각이었다. 나는 영화를 참 좋아한다.

"그래, 진짜 웃기는 코미디 영화를 만드는 거야. 아주 재기발랄
한 영화를."

아저씨가 말했다.

나는 내 방에 올라가서 마분지로 만든 고깔모자와 수염 달린 가
짜 코와 안경을 찾았다. 클로테르의 생일에 썼던 건데, 내가 잘 보관
해뒀다. 다시 정원에 나왔더니 블레뒤르 아저씨는 내가 아주 그럴
싸하게 변장을 했다고 하면서 한쪽 무릎을 구부린 채 카메라를 얼
굴에 갖다 댔다. 아저씨는 나에게 카메라 쪽으로 가까이 와보라고
했다. 우리는 모두 아주 신이 났다.

"이제 가짜 코는 떼어내고 인상을 써보렴. 알지? 늘 하던 대로 뺨
을 부풀리고 인상 쓰는 거."

아빠가 말했다.

그래서 나는 볼에 바람을 잔뜩 넣고 인상을 썼다. 그런 다음에 손가락으로 입을 양쪽으로 잡아당기고 혓바닥을 쑥 내밀었다. 블레뒤르 아저씨와 아빠는 아주 좋아했다. 하긴, 인상 쓰는 거 하나는 내가 자신 있다. 그리고 누가 인상을 써보라고 하면 아주 기분이 좋다. 학교에서는, 더구나 교실에서는 그렇게 인상을 쓰고 장난치면 야단맞을 때도 있기 때문이다.

"최고다, 최고! 자, 이제 자네 차례일세."

블레뒤르 아저씨가 아빠에게 말했다.

"좋아. 그럼 나는 차고에서 차를 좀 빼야겠네. 내가 운전대를 잡은 모습을 찍어주게. 마치 운전을 하고 있는 것처럼 말이야."

아빠가 말했다.

"그건 별로 재미있을 거 같지 않은데. 그러지 말고 자네 바지 좀 걷어봐."

블레뒤르 아저씨가 말했다.

"뭐야? 자네 제정신인가?"

"왜 내가 제정신이 아니라는 거지?"

"설마 내가 자네의 그 잘난 영화를 위해 망가질 거라고 생각하나?"

"아! 알았네! 선생께서는 확실히 돋보이고 싶으시다? 분장이라도 하고 싶으시다? 나에게 자기 얼굴이 잘 나오는 각도도 일러주시겠지? 알랭 들롱 뺨치는 배우 행세를 하시겠지?"

"알랭 들롱 뺨을 칠지 어떨지는 모르지만, 이런 식으로 나오면 자네 넙데데한 낯짝을 한 대 후려갈길 수밖에!"

"선생, 어디 한번 해보시지요!"

아빠와 블레뒤르 아저씨는 서로 밀치고 티격태격했다. 아빠랑 아저씨는 원래 장난으로 자주 그런다. 하지만 이번에는 그게 여간 속을 태우는 게 아니었다. 나는 계속 영화를 찍고 싶었단 말이다.

"아! 그래요, 아빠. 바지를 걷어봐요. 그럼 코미디 영화에 나오는 사람들처럼 진짜 우스울 거예요. 아빠, 해봐요!"

내가 말했다.

아빠는 블레뒤르 아저씨의 멱살을 놓고 잠깐 생각에 잠겼다. 그러고 나서 사실 자기가 코미디에 재능이 좀 있다고, 만약 엄마랑 결혼을 하지 않았으면 분명히 희극배우로서 눈부신 경력을 쌓았을 거라고, 아빠가 아주 어렸을 때에 생트클레르 청소년회관에서 연극을 했었는데 그때도 인기가 장난이 아니었다고 했다.

아빠는 바짓단을 무릎까지 걷어붙이고 발을 양쪽으로 벌린 채

353

블레뒤르 아저씨를 향해 걸어갔다. 아빠 모습이 너무 웃겨서 나는 풀밭에 주저앉아 배를 잡고 웃었다. 블레뒤르 아저씨도 배꼽이 빠져라 웃어댔다.

"잠깐, 니콜라, 아빠에게 고깔모자하고 수염 달린 가짜 코하고 안경 줘봐."

아빠가 나에게 말했다.

그건 어렵지 않았다. 나는 얼마나 웃었는지 배가 막 아팠다! 우리 아빠는 정말 끝내준다.

"자, 이제 니콜라와 자네를 한 화면에 담아볼까?"

블레뒤르 아저씨가 말했다.

아빠는 그거 참 좋은 생각이라고 했다. 나는 아빠 옆으로 갔다. 아빠는 사팔뜨기 눈을 하고 요렇게 조렇게 인상을 써보자고 했다.

"환상적이야! 이렇게 그로테스크한 장면은 난생 처음 봤어!"

블레뒤르 아저씨가 외쳤다.

"여보, 볼썽사나운 광대놀음은 집 안에서 하는 게 더 나을 것 같지 않아?"

엄마의 말에 우리는 사팔뜨기 흉내를 즉시 그만두었다. 엄마는 시장을 보고 집으로 들어오는 참이었는데 기분이 안 좋아 보였다.

"여러분에게 말해두자면, 이웃 사람들이 전부 다 창문으로 여러분을 구경하고 있거든요? 그게 더 재미있다면 잘된 일이지만, 나까지 우스운 여자 되는 건 사양이에요."

엄마는 이렇게 덧붙였다.

블레뒤르 아저씨는 엄마가 한 말이 그렇게 재미있는지 엄청 웃었

다. 하지만 아빠는 얼굴이 시뻘게져서 얼른 바짓단을 도로 내리고 고깔모자와 수염 달린 가짜 코와 안경을 벗었다. 나한테도 얼른 입에서 손가락 떼고 인상 쓰지 말라고 했다. 엄마는 한숨을 쉬면서 집으로 들어갔다.

"좋아, 이제 내가 자네를 찍어주지. 블레뒤르 자네도 영화에 출연해야 할 거 아닌가."

아빠가 말했다.

"물론이지."

블레뒤르 아저씨가 말했다.

아저씨는 카메라를 아빠에게 건네주고 울타리 쪽으로 가더니 팔꿈치를 괴고 한 손은 바지 주머니에 찔러 넣었다. 아저씨는 그 자세에서 고개만 약간 돌린 채 살짝 미소를 지으며 말했다.

"자, 찍어."

"그게 뭐야? 자네도 뭔가 재미있는 걸 해야지. 웃옷을 뒤집어 입고 안짱다리로 걸어오면 어때?"

아빠가 말했다.

"절대 그럴 수는 없지. 나도 자네 부인 말마따나 우스운 사람이 되는 건 사양하겠어."

블레뒤르 아저씨가 대꾸했다.

"이거 참 놀라운 소리를 다 듣겠구먼! 그렇다면 가서 옷이나 갈아입게. 난 자네를 찍어주지 않을 거니까!"

아빠가 소리를 질렀다.

"아, 그래! 그렇다면 자네는 내가 찍은 영화를 볼 생각도 하지 마.

하여간 남 잘되는 꼴은 못 본다니까!"

블레뒤르 아저씨가 말했다.

나는 울음을 터뜨렸다. 그건 정말 너무하다고, 나는 영화를 꼭 보고 싶다고 했다. 그러자 아빠가 말했다.

"됐어, 됐어, 그래, 이제 울지 마라. 우리가 자기밖에 모르는 저 나쁜 아저씨를 찍어주자."

아빠는 블레뒤르 아저씨를 찍었다. 아저씨는 계속 똑같은 방향으로 고개를 틀면서 살짝 미소를 지어 보였다.

그런데, 우리는 영화를 보지 못했다! 블레뒤르 아저씨 말로는 카메라에 이상이 있어서 찍은 게 하나도 안 나왔다고 했다. 하지만 나중에 듣기로는 블레뒤르 아줌마가 그 영화를 봤는데 진짜 웃겼다고, 하지만 블레뒤르 아저씨는 자기가 너무 뚱뚱하게 나와서 기분 나빠했다고 우리 엄마에게 말했단다.

　블레뒤르 아저씨가 우리 아빠한테 호되게 맞은 것도 아마 그 일 때문인 것 같다.

메메에게 드리는 깜짝 선물

오늘 나는 엄마와 함께 메메 집에 며칠 지내러 가기로 했다. 엄청 기분이 좋았다. 나는 메메를 참 좋아한다. 메메가 사탕이랑 케이크를 얼마나 많이 주는지 나중에는 꼭 배탈이 나곤 한다. 정말 신난다!

아빠는 회사 일이 너무 많아서 우리랑 같이 갈 수 없었다. 내 생각에 아빠는 메메네 집에 가는 걸 그다지 좋아하지 않는 것 같다. 하긴, 메메는 자주 우리 아빠에게 언성을 높이면서 아빠가 성격이 안 좋다고, 엄마가 잘 참아주는 거라고 말하곤 하니까. 아빠는 남들에게 그런 말 듣는 걸 아주 싫어한다.

아빠는 우리를 역까지 데려다주었다. 거기서 특급열차를 타면 메메네 집까지 간다. 메메네 집은 엄청 멀다. 기차를 타고 몇 시간이나 가야 한다. 그래서 엄마는 메메네 집에 갈 때는 항상 삶은 달걀과 바나나를 준비해간다. 한번은 카망베르 치즈도 가져갔는데 같은 칸에 탔던 사람들이 냄새 난다고 불평을 해서 한바탕 난리가 났다. 카망베르 치즈가 얼마나 맛있는지도 모르고!

차 안에서 아빠는 우리에게 잔소리를 잔뜩 했다. 우리보고 열차표를 잃어버리면 안 된다고, 짐 잃어버리지 않게 조심하라고 했다. 나보고는 엄마 말씀 잘 들으라고, 그리고 어쨌거나 메메 말씀도 잘 들어야 한다고 했다.

역에 도착하자 아빠는 가방 두 개를 들었고 우리는 아빠를 따라갔다. 플랫폼 들어가는 입구에서 아빠는 열차표를 꺼내라고 했는데, 엄마한테는 열차표가 없었다.

"잘하는 짓이군! 어떻게 항상 이러는지 모르겠어."

아빠가 말했다.

그래서 내가 열차표를 갖고 있는 사람은 아빠라고 가르쳐줬다. 아빠는 나를 물끄러미 보더니 그제야 엄마가 차표를 잃어버릴까 봐 아빠가 가지고 있겠다고 우겼던 것을 기억해냈다. 아빠는 부리나케 지갑이랑 주머니를 뒤지기 시작했다. 하지만 아빠에게도 차표는 없었다.

"여기서 가방 가지고 기다리고 있어. 내가 가서 찾아볼게. 분명히 차에 두고 내렸을 거야!"

아빠는 이렇게 말하고 가버렸다. 엄마랑 나는 아빠를 기다렸지만 아빠는 좀체 돌아오지 않았다. 엄마는 약간 짜증이 난 것 같았다. 출발 시각이 거의 다 되었고, 그날 메메네 동네에 가는 특급열차는 한 대밖에 없었기 때문이다.

"가서 아빠 찾아봐. 아빠한테 빨리 좀 오시라고 해. 사람들 틈에서 길 잃어버리면 안 된다!"

엄마가 나에게 말했다. 그래서 엄마는 가방이랑 삶은 달걀이랑 바나나를 지키고 있기로 하고 나는 아빠를 찾으러 마구 뛰어갔다. 사람들 사이에서 길을 잃지는 않았지만, 잡지 가게 앞에서는 잠깐 서서 구경을 했다. 그 가게에는 잡지가 엄청 많았다. 나는 내게 돈이 있다면 이 중에서 뭘 살까 생각하면서 잡지 표지들을 구경했다. 가게 아줌마가 나한테 잡지를 막 꺼내서 뒤적인다고 화를 내지만 않았어도 아마 그 가게에 한참을 더 있었을 거다.

나는 다시 아빠를 찾으러 갔다. 하지만 잡지 구경을 하느라 시간을 너무 많이 보냈는지, 우리 차에 가보니까 아빠는 벌써 가고 없었다. 나는 사방을 둘러보았다. 경찰관 아저씨가 나한테 와서 뭘 잃어버렸느냐고 물었다. 그래서 아빠를 찾는 중이라고 했다.

"너희 아빠가 아까 자동차 안을 뒤집어엎다시피 하면서 씩씩대던 사람인가 보구나. 그러고 나서 '아! 아까 내가 차표를 손에 들고 있었지!' 하던데."

경찰관 아저씨가 말했다.

나는 우리 아빠가 분명하다고 했다. 그러자 경찰관 아저씨는 아까 아빠가 역으로 막 뛰어갔다고 했다.

나는 엄마가 가방을 지키기로 한 곳으로 돌아갔다. 그런데 엄마가 아니라 아빠가 가방을 지키고 있었다.

"아, 너 왔구나! 어디 갔는지 걱정했잖아! 엄마는 너 찾으러 갔

는데!"

아빠가 비명을 지르듯이 말했다.

우리는 기다렸지만 엄마는 돌아오지 않았다. 나는 잡지 가게 근처로 가보자는 말은 차마 꺼내지 못했다.

"내가 여기서 가방 지킬게요. 아빠는 엄마 찾으러 가세요."

나는 이렇게 말했다.

하지만 아빠는 그건 안 된다고 했다. 그러다간 시간만 잡아먹는다고, 사람이 너무 많아서 길을 잃어버리고 헤매게 될 거라고, 엄마랑 나는 너무 조심성이 없어서 그나마 아빠가 여기 있는 게 천만다행이라고 했다. 아빠 기분이 안 좋아 보여서 나는 아무 대꾸도 하지 않았다. 조금 있으니까 엄마가 돌아오는게 보였다.

"가자, 니콜라!"

아빠가 가방을 들면서 말했다. 그런데 누군가의 목소리가 들렸다.

"이봐요, 이제 막가자는 겁니까? 주인이 버젓이 보고 있는데 가방을 도둑질해요?"

아빠는 뒤를 돌아보았다. 수염이 잔뜩 난 뚱뚱한 아저씨가 아빠에게 눈을 부라리고 있었다. 아빠가 착각해서 그 아저씨 가방 중 하나를 들었던 것이다.

"죄송합니다, 제가 실수했네요."

아빠는 아저씨 가방을 내려놓고서 겸연쩍게 웃었다. 하지만 그 아저씨는 조금도 웃지 않고 이렇게 말했다.

"말은 그렇게 하겠지."

"이봐요, 내가 어째서 당신 가방을 훔치겠어요? 뭐 그리 잘난 가방이라고!"

아빠가 말했다.

"내 잘난 가방으로 낯짝 한 대 맞아보고 싶소?"

아저씨가 대꾸했다.

"아, 그래요? 그렇게 나오시겠다?"

아빠가 말했다.

하지만 엄마가 도착해서는 아빠에게 지금 한가하게 수다 떨 때가 아니라고, 기차가 이제 곧 출발한다고 했다. 뚱뚱한 아저씨는 자기 가방을 들더니 텁수룩한 수염 속에서 뭐라고 구시렁대면서 저쪽으로 가버렸다.

아빠가 직원에게 차표를 보여준 다음에 우리는 플랫폼으로 들어갔다. 그런데 엄마가 가방 두 개 중 하나밖에 없다는 걸 알아차렸다. 나는 아빠에게 말했다.

"내가 가방 찾아올게요. 아빠가 아까 그 뚱뚱한 아저씨랑 말하면서 가방을 내려놨었어요."

나는 마구 뛰어갔지만 가방은 찾지 못했다. 정말 큰일이었다. 그 가방에 삶은 달걀과 바나나가 들어 있는데 말이다. 사방을 둘러보고 있는데 아빠가 나를 찾으러 왔다. 아빠는 화가 잔뜩 나서는 내 손을 잡았다.

"아빠가 그렇게 제멋대로 다니지 말라고 했지. 가방은 안됐지만 할 수 없다. 이러다간 기차 놓치겠어!"

우리는 다시 플랫폼 입구로 돌아왔다. 직원 아저씨가 우리보고 차표를 보여달라고 했다. 아빠는 내 차표를 보여줬다. 하지만 우리

가 들어가려는 순간, 그 아저씨가 아빠 가슴팍에 손을 대면서 막
아 세웠다.

　"손님 차표도 보여주셔야지요."

　아저씨가 말했다.

　"아까 내고 들어갔잖아요. 플랫폼까지 들어가는 표 말이에요."

　아빠가 말했다.

　"플랫폼 표는 우리가 받아둡니다. 그게 규정이니까요. 하지만 손님 표는 받은 기억이 없습니다. 그리고 플랫폼 표가 없으면 플랫폼에 못 들어갑니다. 그게 규정이에요!"

나는 아빠에게 돈을 주면 내가 플랫폼 표를 사다주겠다고 했다. 하지만 아빠는 나 혼자 플랫폼에 들어가서 엄마를 만나라고, 거기서 꼼짝 말고 기다리고 있으라고 했다. 아빠는 장난하는 게 아니었다!

나는 엄마하고 기차 옆에서 기다렸다.

"도대체 왜 이리 꾸물거리는 거야? 도대체 이 사람 뭐 하고 있는 거야?"

엄마는 계속 불평했다.

드디어 아빠가 숨을 헐떡이면서 들어왔다.

"둘만 보내려니 정말 보통 일이 아니네. 나 없었으면 어떻게 할 뻔했어?"

우리는 기차에 올랐다. 사람이 아주 많았다. 아빠도 우리와 함께

기차에 올라갔다. 우리 좌석을 찾아주고 하나 남은 가방―삶은 달걀과 바나나가 들어 있지 않은 가방―을 짐칸에 실어주려고 말이다. 나는 엄마 아빠보다 앞장서서 복도를 뛰어다니며 좌석들을 구경했다.

"여기요, 여기 두 자리 비었어요!"

나는 좌석을 찾고 아빠에게 말했다.

아빠는 조금 망설였다. 왜냐하면 같은 칸에 아까 그 수염이 텁수룩하고 뚱뚱한 아저씨가 앉아 있었기 때문이다. 그래도 아빠는 그 칸으로 들어갔다. 아빠가 가방을 짐칸에 싣느라 끙끙대는 동안에 나는 엄마에게 삶은 달걀이랑 바나나를 잃어버렸으니 이제 가는 동안 뭘 먹느냐고 물어보았다. 엄마는 내 말이 맞다고 하면서 플랫폼에 내려서 샌드위치를 사 오겠다고 했다.

나는 복도에 나와서 엄마를 기다렸다. 아빠는 가방이 열리면서 뚱뚱한 아저씨 위로 쏟아진 물건들을 다시 정리하느라 바빴다. 그런데 문득 엄마가 나에게 소시지샌드위치를 사줬으면 좋겠다는 생각이 들었다. 씹으면 소시지 껍질이 톡톡 터져서, 햄샌드위치보다 더 먹는 재미가 있으니까.

나는 혹시 엄마가 그 생각을 못 하면 어떻게 하나 걱정이 됐다. 그래서 기차에서 내려 먹을 것과 음료를 파는 수레 앞에서 엄마를 찾았다. 내가 내리기를 정말 잘했다. 엄마는 소시지샌드위치는 안 사고 햄샌드위치랑 치즈샌드위치만 샀으니까 말이다. 나는 엄마에게 샌드위치를 바꿔달라고 했고, 엄마는 샌드위치 파는 아저씨에게 바꿔줄 수 있냐고 물었다. 그 아저씨는 참 불친절했다. 아저씨는

바꿔주는 건 고사하고, 엄마가 딸랑 네 개를 사면서 1만 프랑짜리 지폐를 냈는데 지금 그 지폐를 거슬러줄 수 있을지도 잘 모르겠다고, 시간이 너무 없다고 했다. 그러자 엄마는 손님에게 이래도 되느냐고, 손님이 바꿔달라면 당연히 바꿔줘야 하는 거 아니냐고 했다. 우리가 그러고 있는데 기차가 출발했다.

플랫폼에서 우리는 기차에 탄 아빠가 창밖으로 고개를 내밀고 있는 모습을 보았다. 아빠는 뭐라고 소리를 질렀지만, 기차가 너무 빨리 움직여서 우리한테는 하나도 안 들렸다. 아빠 옆에는 수염이 텁수룩한 뚱뚱보 아저씨가 낄낄대고 웃고 있었다. 아빠가 온 걸 보면 메메가 얼마나 놀랄까!

한밤중의 케이크

나는 엄마 아빠가 저녁 먹고 나서 집으로 손님을 부르는 날이 참 좋다. 첫째, 그러면 엄마 아빠가 집에 있기 때문이고 둘째, 다음 날 아침까지 케이크가 남아 있기 때문이다. 하지만 초콜릿케이크는 안 남을 때도 많다.

반면에 내가 별로 안 좋아하는 일은 손님들이 왔을 때 나보고 일찍 자라고 하는 거다. 아니나 다를까, 오늘 밤도 그랬다.

"침대에 가서 자렴. 엄마 말 들어야지."

엄마가 나에게 말했다.

"안 그러면 아빠가 혼내줄 거다."

아빠도 옆에서 거들었다.

도대체 엄마 아빠가 왜 그러는지 모르겠다. 나는 항상 아주 말 잘 듣는 아이인데 말이다.

내가 잠자리에 들자 엄마는 뽀뽀를 해주면서 잘 자라고, 괜히 이상한 핑계 대면서 또 일어나지 말라고 했다. 그래서 나는 늘 하던 대로 책을 좀 읽다가 자도 되느냐고 물었다. 엄마는 그건 괜찮다고, 손님들이 올 때까지 책을 보다가 자라고 했다. 나는 책을 펼쳤다. 도끼를 들고 깃털을 꽂은 인디언들이 엄청 많이 나오는 책인데, 그 인디언들은 우리가 여름이면 해변에 치는 것 같은 텐트에서 산다. 항상 텐트에서 살면 끝내주게 신날 거다. 조금 있으니까 아래층에서 초인종 울리는 소리가 나더니 모두들 소리 지르고 웃고 한바탕 시끌벅적했다. 엄마는 내 방에 라플람 아줌마를 데리고 올라왔다. 라플람 아줌마는 엄청 뚱뚱하다. 나는 그 아줌마가 온 이상 내일 아침까지 케이크가 남기는 글렀다고 생각했다. 하지만 라플람 아줌마는 엄청 다정하고 친절하다.

"어머, 어머! 애가 니콜라라고? 너무 귀여워서 깨물어 먹고 싶을 정도네!"

라플람 아줌마가 말했다. 아줌마는 고개를 숙이고 나에게 뽀뽀를 마구 퍼부었다. 나는 그렇게 뽀뽀를 당하는 건 별로 좋아하지 않는다.

"자, 이제 니콜라는 코 자야지. 괜히 침대에서 일어나거나 시끄럽게 굴지 않을 거지?"

엄마가 말했다.

나는 "네." 하고 대답했다. 라플람 아줌마는 나에게 또 뽀뽀를 하고는 애가 어쩌면 이렇게 착하냐고, 정말 너무 귀엽다고 하면서 엄

마랑 같이 내 방에서 나갔다.

　그런데 문제가 있었다. 창문과 문을 꼭꼭 닫고 자려니까 방이 너무 더웠다. 나는 엄마를 불렀다.

　"엄마! 엄마! 엄마!"

　엄마가 올 때까지 계속 그렇게 불렀다. 엄마는 별로 기분이 안 좋은 얼굴로 올라왔다. 내가 엄마에게 창문을 열어도 되느냐고 물었더니, 엄마는 눈을 동그랗게 뜨면서 나 혼자 창문도 못 여느냐고 했다. 그래서 나는 열 수야 있지만 엄마가 나보고 침대에서 일어나면 안 된대서 그렇다고 대답했다.

　"니콜라, 엄마 한 번만 더 부르면 다음엔 아빠가 오실 거다. 아빠는 그냥 넘어가시지 않을걸! 그러니까 이젠 엄마 부르는 소리 안 들리기를 바란다. 그럼 잘 자라!"

엄마는 이렇게 말하고서 창문을 열어놓고 나갔다. 그런데 이제 나는 목이 말랐다.

밤에 목이 마르면 큰일이다. 그러면 마실 것들이 자꾸만 생각난다. 보통은 아빠를 부르면 금방 와준다. 아빠가 깊이 잠들었을 때만 빼놓고 말이다. 요즘은 습관이 돼서, 내가 부르면 아빠가 아예 물을 한 잔 가지고 온다. 하지만 지금은 엄마가 했던 말도 있고 하니까 아빠를 부르지 않는 게 나을 것 같았다. 아무도 귀찮게 하지 말고 내가 직접 부엌에 물을 가지러 가는 게 상책이라는 생각이 들었다.

나는 계단을 내려갔다. 거실 앞을 지나가면서 보니까 모두들 카드놀이를 하고 있었다. 나는 부엌에 들어갔다가 엄마와 마주쳤다.

"니콜라! 너 여기서 뭐 해?"

엄마가 너무 크게 소리를 지르는 바람에 나는 더럭 겁이 나서 울음을 터뜨렸다.

"게다가 맨발로 계단을 내려오다니! 또 병이 나서 엄마 속 썩이려고!"

엄마가 소리쳤다. 그러자 라플람 아줌마가 뛰어왔다.

"뭐야, 니콜라구나!"

아줌마는 이렇게 말하고 나를 꼭 안아줬다. 아줌마는 나에게 뭐 속상한 일이 있느냐고 물었다. 나는 그런 게 아니라고, 그냥 목이 말라서 물을 마시러 온 거라고 했다. 아줌마는 나에게 뽀뽀를 했다. 엄마는 나에게 물을 한 잔 주었고, 나는 간식용 탁자에 놓인 케이크를 구경하면서 물을 마셨다.

"우리 귀염둥이, 케이크 좋아하니?"

라플람 아줌마가 물었다.

"아, 그럼요, 아줌마. 특히 여기 초콜릿하고 크림이 있는 커다란 케이크가 좋아요."

내가 대답했다.

아줌마는 재미있다는 듯이 깔깔 웃으면서 아줌마랑 나랑 입맛이 비슷하다고 했다. 아줌마는 엄마에게 나한테도 케이크를 하나 주면 안 되냐고 했다.

"안 돼. 이 시간에 단걸 먹으면 편히 못 자고 나쁜 꿈이나 꾼단 말이야."

엄마가 말했다.

"뭘 그래, 오늘 밤은 안 그럴 거야. 안 그러니, 니콜라?"

아줌마가 내게 말했다.

나는 당연히 안 그럴 거라고 했다. 엄마는 무슨 말을 하려고 했
지만, 그때 아빠가 거실에서 부르는 소리가 났다.

"거기서 뭐 하는 거야? 카드놀이 할 거야, 말 거야?"

"금방 가!"

엄마는 큰 소리로 대답하고는 나에게 케이크를 하나 가지고 올라
가서 자라고 했다.

나는 방에서 내 몫의 케이크를 먹었다. 정말 맛있었다. 밥 먹기
전이랑 밥 먹은 후에 뭘 먹는 건 참 좋다. 나는 손을 씻으러 갔다.
초콜릿과 크림이 너무 많이 묻었기 때문이다. 그런 다음 다시 내 방
에 자러 왔다. 하지만 손을 씻고 나서 수도꼭지를 잠갔는지 생각

이 안 나서 다시 일어났다. 수도꼭지가 잘 잠긴 것을 확인하고 오다가 복도에서 라플람 아저씨를 만났다. 그 아저씨는 라플람 아줌마의 남편이다.

"뭐야, 니콜라구나!"

우와, 아저씨도 아줌마랑 똑같이 말했다! 아저씨는 나를 안아들고 거실로 데려갔다.

"내가 누구를 데려왔게?"

라플람 아저씨가 말했다.

엄마랑 아빠가 동시에 벌떡 일어났다.

"니콜라! 자네 이 녀석 어디서 만났어?"

아빠는 화가 나서 씩씩거렸다.

"어, 어, 그게, 여기 집 안에서."

라플람 아저씨가 대답했다.

"어휴, 귀여워, 강아지 같아. 니콜라가 뭘 바라는지 내가 알지. 너 케이크 한 조각 더 먹고 싶어서 그러지? 아니야?"

라플람 아줌마는 이렇게 말하면서 맛있는 크림이 든 분홍색 케이크를 나에게 주었다.

아빠는 라플람 아저씨 품에서 나를 낚아채고는 "가서 자!"라고 했다. 아빠는 전혀 웃을 생각이 없어 보였다.

해변에서 인디언들이 나를 마구 쫓아왔다. 인디언들은 도끼로 나를 해치려고 했다. 그중에서 깃털을 온몸에 단 뚱뚱한 인디언이 나를 붙잡고 마구 흔들었다. 나는 울면서 소리를 질렀다. 퍼뜩 잠에서 깨어보니 아빠가 잠옷 바람으로 나를 보고 있었다.

"그럼 그렇지. 그렇게 케이크를 꾸역꾸역 먹었으니 탈이 안 나!"

아빠가 말했다.

나는 엄마 아빠랑 같이 자면 안 되느냐고, 인디언이 너무 무서워서 혼자 못 자겠다고 했다. 바보 같기는 하지만, 엄마 아빠랑 같이 누워 있어도 겁이 났다. 아픈 게 다 가시고 나서야 겨우 잠이 들었다.

엄마는 집에 손님이 오면 신경 쓸 게 한두 가지가 아니라고 그랬다. 나도 엄마 말에 동의한다. 손님이 오고 난 다음 날은 우리 세 식구 모두 피곤해서 파김치가 되니까!

유리창 아저씨

우리 학생주임 부이옹 선생님이 쉬는 시간 끝나는 종을 쳤을 때였다. 공이 골대에서 벗어난다 싶더니, 쨍그랑! 창문을 깨고 안으로 들어갔다. 유리가 끼워져 있던 창문에서 교장 선생님이 시뻘게진 얼굴을 쑥 내밀었다.

하지만 난 친구들에게 분명히 말했다. 교장실 창문 앞을 골대로 삼지 말자고 그렇게 이야기했는데! 만약 양호실 창문 앞을 골대로 했으면 분명히 조금은 덜 혼났을 거다.

"뒤봉 선생님! 학생들 줄 세우세요! 내가 당장 내려갈 테니까!"

교장 선생님이 소리쳤다.

다른 반 아이들은 모두 교실로 들어가고 우리만 운동장에 남았다. 교장 선생님이 나왔다. 그런데 교장 선생님은 무슨 기분 좋은 일이라도 있는 사람처럼 손바닥을 비비는 게 아닌가. 비록 눈썹은 찡그리고 있었지만, 입가에는 함박웃음이 걸려 있었다.

"아! 뒤봉 선생님, 내 방 창유리를 깨뜨린 야만인 같은 학생이 누구인지 지목할 수 있습니까?"

"저, 그게 말이죠. 저는 큰 애들을 지켜보는 중이었기 때문에……."

부이옹 선생님이 말했다.

부이옹은 우리가 뒤봉 선생님에게 붙여준 재미난 별명이다.

"괜찮아요! 괜찮습니다! 내가 조사하면 다 나와요. 범인을 꼭 찾을 겁니다. 그것도 눈 깜짝할 사이에!"

교장 선생님이 말했다.

"선생님, 공을 던진 사람은 전데요."

조프루아가 말했다.

"그러니?"

교장 선생님은 범인이 너무 빨리 밝혀져서 좀 실망하는 눈치였다.

나도 교장 선생님이 조사하는 걸 봤으면 더 재미있었을 거다. 클로테르네 집에서 본 텔레비전 드라마의 탐정은 범인을 항상 찾아내는데, 그 탐정처럼 조사를 한다면! 지난번 저녁에 텔레비전을 봤을 때는, 그 카페 주인이 범인일 줄은 정말 꿈에도 몰랐다. 이다음에 내가 어른이 되어서 혹시 비행기 조종사가 되는 데 실패한다면 그때는 탐정이 되겠다.

"네, 저예요. 공을 드리블하다가 슛을 한다는 게 방향이 잘 안 맞아서요."

조프루아가 말했다.

"너 웃긴다. 슛을 한 사람은 나잖아! 내가 너한테서 공을 빼앗았는데 넌 보지도 못했잖아!"

클로테르가 외쳤다.

"왜 이래! 무슨 소리야! 공을 빼앗은 사람은 맥상이었어. 맥상이 긴 패스로 나에게 공을 넘겼잖아. 그래서 내가 30미터짜리 슛을 쏜 거야!"

조아생이 말했다.

"30미터짜리! 너 머리가 어떻게 됐냐? 내가 봤는데 너는 공이 골대로 날아갈 때 알세스트에게 샌드위치 한 조각만 달라고 조르는 중이었어!"

내가 말했다.

"니콜라, 네가 그런 말 할 자격이 있냐! 넌 반칙했다고! 내가 호루라기를 불어서 경기에서 퇴장당했잖아!"

뤼퓌스가 말했다.

"너 한 대 맞고 싶냐?"

내가 뤼퓌스에게 말했다.

"조용히!"

교장 선생님이 버럭 고함을 질렀다.

"그리고 일단 공이 제 거예요. 외드를 골대로 삼은 것도 저고요."

조프루아가 말했다.

"골대? 무슨 골대? 공은 가로대 위로 넘어갔어, 이 바보야!"

외드가 외쳤다.

"바보는 너 아냐? 가로대는 무슨 가로대? 가로대가 어디 있어? 진짜 그런 게 있다고 해도 창문이 어디 있는지 좀 봐! 내 슛이 저기 까지 못 간다는 거야? 그래? 말해봐, 저기가 그렇게 높아?"

조프루아도 지지 않고 소리를 질렀다.

"조용히 해!"

교장 선생님이 다시 언성을 높였다.

교장 선생님이 아주 화가 많이 난 것 같았기 때문에 우리는 이제 장난할 때가 아니라고 생각했다. 그래서 모두들 입을 꼭 다물었다.

그렇지만 내 생각에는 외드 말이 옳다. 외드가 나랑 같은 편이라 서 하는 말이 아니라, 진짜 골대는 없었다. 교장 선생님은 손으로 얼굴을 쓸어내리더니 말했다.

"좋아! 그러면 이제 조프루아가 범인이라는 걸 알았다. 조프루아 가 스스로 자기 죄를 밝혔으니까 벌은 내리지 않겠다. 하지만 범인 은 이번 일을 교훈 삼기 위해서 뭔가 해야겠지. 너희들 '유리 깬 놈 이 뭐 한다'는 속담 들어봤지? 자, 조프루아, 유리 깬 놈은 어떻게 해야 하지?"

조프루아는 멍하니 입을 벌렸다가 도로 다물고는 우리를 돌아 보았다.

"뭐야? 너희들 이런 속담도 모르냐? 도대체 수업 시간에 뭘 배 우는 거야?"

교장 선생님이 말했다.

"지금 우리는 루이 11세에 대해 배워요."

아냥이 말했다.

녀석은 팔을 등 뒤로 모으고 그동안 외운 것을 줄줄줄 쏟아냈다.

"루이 11세는 1423년에 태어나서 1483년에 죽었는데 위대한 왕이었습니다. 아주 잔인한 왕이기도 해서 정적들을 감옥에 많이 집어넣었습니다. 우리는 루이 11세에게……."

"됐다, 됐어! '유리 깬 놈이 돈 낸다'는 속담도 모르냐, 이 무식한 불한당 같은 녀석들! 너희는 전부 감옥에서 눈을 감게 될 거다! 자, 조프루아, 그럼 네가 어떻게 해야 하는지 알겠지!"

교장 선생님이 호통을 쳤다.

그러자 조프루아는 주머니에서 자기 아빠가 준 지갑을 꺼냈다. 조프루아의 아빠는 엄청나게 부자라서 아들에게 별의별 것을 다 사준다. 내 친구들 중에서 지갑을 가진 사람은 조프루아뿐이다. 조프루아는 동전뿐만 아니라 지폐도 있으니까 지갑을 갖고 다니는 건 당연하다. 하지만 그 때문에 초콜릿빵을 살 때 한바탕 난리를 치르곤 한다. 빵집 아줌마가 큰돈을 잔돈으로 바꿔주려 하지 않기 때문이다.

"얼마면 돼요?"

조프루아가 물었다.

"지갑 당장 집어넣지 못해! 점심 먹으러 집에 가면 부모님께 유리창 갈아 끼우는 사람을 학교로 보내달라고 말씀드려. 오늘 오후 안에 유리를 끼워야 한다고 해. 네가 무슨 잘못을 저질렀는지 부모님이 아시면 별로 좋아하시지는 않겠지만, 그래도 너희를 제대로 교육시키려면 부모님도 그 정도는 감당하셔야지. 뒤봉 선생님! 이 애들 교실로 올려 보내세요!"

교장 선생님이 큰 소리로 말했다.

오후에 조프루아와 마주쳤을 때 우리는 오늘 유리창 아저씨가 오는지, 엄마 아빠한테 혼은 나지 않았는지 물어보았다. 조프루아는 유리창 아저씨가 학교로 올 거고 자기는 전혀 혼나지 않았다고 했다. 조프루아의 엄마 아빠는 스키장에 놀러 갔기 때문에 가정부 아주머니가 모든 일을 책임지고 있다는 것이었다.

쉬는 시간에 우리는 유리창 갈아 끼우는 아저씨가 교장실 창가에서 일하는 모습을 보았다. 그 아저씨는 줄곧 휘파람을 불어대며 능숙하게 일했다. 조금 있다가 교장 선생님이 운동장에 나와서 조프루아에게 말했다.

"네가 생각 없이 찧고 까불어서 어떤 결과가 일어났는지 봐라. 부모님은 너 때문에 유리창값을 내셔야 하고 네 잘못으로 더욱더 허리띠를 졸라매셔야 할 테지. 그러니까 부모님께 아무리 감사해도 모자랄 거다. 조프루아, 조심해라. 너는 안 좋은 방향으로 나아가고 있어. 그 방향으로 계속 나가면 결국 감옥밖에 갈 데가 없다! 그게 다가 아니다. 네가 저지른 잘못 때문에 이 아저씨도 얼마나 성가시겠냐. 네가 창문을 망가뜨리는 바람에 이 아저씨는 갖은 애를 쓰면서 창문을 수리하셔야 해. 어떠냐, 조프루아, 뭐 할 말 있냐?"

"선생님, 제 공을 도로 받을 수 있을까요? 선생님, 공 돌려주실 거예요?"

조프루아가 말했다.

교장 선생님은 눈을 동그랗게 뜨고 조프루아를 바라보며 몇 번이나 입을 벌렸다 다물었다 하더니 그냥 가버렸다. 내 생각에 공을 도로 찾기는 글러먹었다.

하지만 유리창 아저씨는 정말 좋은 사람이었다. 아저씨는 조프루아 때문에 고생한다고 불만을 품지 않았다. 심지어 학교가 끝나고 우리가 나올 때까지 교문에서 기다리고 있었다. 아저씨는 완전 새

공을 조프루아에게 줬다. 그러고는 자기 이름과 주소가 적힌 명함을 우리 모두에게 한 장씩 나눠줬다.

아저씨는 휘파람을 불면서 떠났다.

바비큐 파티

아빠가 기분 좋은 얼굴로 커다란 꾸러미를 안은 채 차에서 내렸
다.

"이거야, 이제 필요한 건 다 갖췄어. 내일은 정원에서 바비큐 파
티를 하는 거야."

아빠가 말했다.

"바비큐가 뭔데요?"

내가 물었다.

그러자 엄마는 바비큐는 야외에서 고기를 구워 먹는 도구라고
설명해줬다. 탁 트인 곳에서 고기를 먹고 싶은 사람들이 쓰는 거
란다.

"그럼 피크닉 같은 거예요?"

내가 물었다.

"거의 비슷하지."

아빠가 말했다.

그래서 나는 아주 신이 났다. 나는 피크닉이 정말 좋다.

다음 날 아침에 아빠는 안내 책자를 보면서 정원에 바비큐를 설치하기 시작했다. 아빠는 구깃구깃 주름 잡힌 천조각을 댄 엄마의 빨간색 앞치마를 두르고 있었는데 진짜 웃겼다. 엄마는 접이식 탁자와 의자 다섯 개를 가지고 나왔다. 아빠가 이웃에 사는 블레뒤르 아저씨와 아줌마를 바비큐 파티에 초대했기 때문이다. 아빠가 말했다.

"블레뒤르가 내 바비큐를 봐야 해. 약이 좀 오르겠지."

아빠와 블레뒤르 아저씨는 서로 약 올리는 재미로 산다. 그런데 잠시 후 아빠가 바비큐 장치에 손가락을 찔리고 말았다. 엄마는 아빠에게 좀 도와주겠다고 했다.

"아니야, 다른 사람 도움은 필요없어. 당신은 상이나 차려. 샐러드를 준비하고 고기만 가져다주면 돼. 니콜라, 너는 차고에 가서 장작을 좀 가져오렴. 다락방에서 오래된 신문지도 가져오고. 나는 지하실에 석탄을 찾으러 가볼 테니까."

우리가 다시 정원으로 나왔더니, 블레뒤르 아저씨와 아줌마가 벌써 와 있었다.

"뭐야, 달랑 몸만 왔어?"

아빠가 물었다.

"그럼, 당연하지!"

블레뒤르 아저씨가 말했다.

"아! 좀 놀랐는걸. 그래도 포도주 한 병이나 케이크 정도는 들고 올 줄 알았는데."

아빠가 말했다.

"자기가 먹을 걸 자기가 가져와야 하는 줄은 몰랐구면."

블레뒤르 아저씨가 말했다.

"여보, 이러기야? 아까 나하고 약속했잖아……."

블레뒤르 아줌마가 아저씨에게 눈치를 주었다.

"저 친구가 먼저 시작한 거야!"

아저씨가 대꾸했다.

"장작이 전부 다 축축하게 젖어 있어요."

내가 말했다.

"그것 봐, 차고에서 세차 좀 하지 말라니까."

엄마가 아빠에게 말했다.

그 말을 듣고 블레뒤르 아저씨는 좋다고 웃어댔다.

아빠는 장작이 젖든 말든 그런 건 대수롭지 않다고, 종이와 석탄이 있으니까 불은 얼마든지 멋지게 피울 수 있다고 했다. 그런데 블레뒤르 아저씨가 갑자기 소리를 지르는가 싶더니 배꼽이 빠져라 웃어댔다. 어찌나 웃어대는지 얼굴이 시뻘게지고 사레가 들려 기침을 할 정도였다. 아저씨가 겨우 웃음을 멈추자 아빠는 도대체 왜 그러느냐고 물었다.

"자네 앞치마 때문이지! 아까는 왜 저걸 못 봤을까! 자네가 가정을 수호하는 요정이라도 되나, 웃음거리가 되고 싶어 용을 쓰는

구먼!"

아저씨는 이렇게 말하고 또 웃음을 터뜨렸다. 블레뒤르 아줌마가 아저씨에게 다가가서 낮은 목소리로 뭐라고 했다. 그동안 아빠는 바비큐 장치에 석탄과 종이를 잔뜩 쑤셔 넣으면서 조그만 목소리로 혼자서 구시렁댔다.

"그런 식으로는 절대 불 안 붙을걸."

블레뒤르 아저씨가 말했다.

"자네 도움이 필요하면 내가 알아서 부를 걸세."

아빠가 대꾸했다.

내 생각에 아빠는 아까 그 앞치마 건 때문에 기분이 나쁜 것 같았다.

조금 있다가 아빠는 주머니를 뒤지더니 이렇게 물었다.

"블레뒤르, 자네 성냥 있나?"

"드디어 날 부르는 건가?"

"그래, 불렀네."

아빠와 블레뒤르 아저씨는 서로 밀치고 티격태격했다. 아빠랑 아저씨는 허구한 날 그런 장난을 친다. 하지만 엄마는 두 사람 다 그만두라고 하면서 시간이 너무 지체됐고 다들 배가 고프다고 했다.

불을 붙이기는 쉽지 않았다. 종이는 너무 빨리 탔고, 석탄은 아무 도움도 안 됐다. 블레뒤르 아저씨는 아빠에게 이래라저래라 잔소리를 많이 했지만 아빠는 바비큐 기구가 자기 거라고, 자기 물건을 어떻게 쓰는 건지는 자기가 더 잘 안다고 했다. 잠시 후 아빠는 불에다가 입김을 후 불었는데, 그러는 바람에 종이 탄 재가 날리면

서 온통 아빠 얼굴에 들러붙고 말았다. 아빠는 앞치마로 얼굴을 닦았다. 하지만 앞치마도 이미 석탄가루가 잔뜩 묻어 있었기 때문에 아빠 얼굴은 완전히 시커메졌다. 정말 웃겼지만, 아빠는 기분이 안 좋아 보였다.

"여보, 가서 좀 씻어."

엄마가 말했다.

"내버려둬! 나 좀 내버려두라고! 내버려두란 말 못 알아들어? 난 바비큐 파티를 하면서 여유를 즐기고 싶어. 그러니까 내 마음대로 하게 신경 쓰지 마! 신경 쓰지 말라고!"

아빠가 시커먼 얼굴에 눈이 시뻘겋게 충혈이 되어서 어찌나 버럭버럭 소리를 지르는지 나는 그만 겁이 나서 울음을 터뜨렸다.

"뭐야, 도대체 왜 그래? 내가 뭘 어쨌는데?"

아빠가 말했다.

엄마는 아빠에게 빨리 가서 얼굴을 씻고 좀 진정하라고 했다. 아빠가 돌아왔더니 블레뒤르 아저씨가 바비큐 기구에 불을 피워놓았다.

"이렇게 하는 거야!"

블레뒤르 아저씨는 아주 의기양양해서 말했다.

아빠는 기분이 안 좋아 보였다. 내 생각에 아빠는 블레뒤르 아저씨가 피워놓은 불을 도로 꺼뜨리고 싶은 것 같았다.

"자네가 내 바비큐 건드리는 거 별로 기분 안 좋거든. 그리고 불도 그리 잘 붙은 게 아니야. 연기가 많이 나잖아."

아빠가 말했다.

잠시 후에 엄마가 고기를 가져왔다. 아빠는 바비큐에 고기를 올려놓았다. 엄청 좋은 냄새가 나기는 했지만 연기가 너무 많이 올라왔다.

"이래서야 앉아서 고기를 먹을 수 없겠어. 연기가 너무 심해."

엄마가 기침을 하면서 말했다.

"여기서 먹어야 해."

아빠가 대답했다.

그런데 갑자기 아빠가 비명을 질렀다. 엄마는 아빠를 욕실로 데려가서 손에다가 화상 연고를 발라주었다. 블레뒤르 아저씨는 나무에 얼굴을 붙이고 마치 몰래 우는 사람처럼 몸을 들썩였다. 하지만 사실은 웃느라 그런 거였다.

아빠와 엄마가 나오자 블레뒤르 아줌마는 탁자를 다른 데로 옮기면 어떻겠느냐고 했다. 아빠와 블레뒤르 아저씨가 탁자를 들고

옮겼는데, 다 잘되는가 싶더니 그만 다리 하나가 접히면서 탁자에 올려놓았던 것들이 몽땅 풀밭으로 엎어지고 말았다. 깨진 물건은 없었지만 전부 흙이 묻어 지저분해졌다. 특히 샐러드는 도저히 먹을 수 없게 됐다. 엄마랑 블레뒤르 아줌마는 물건을 전부 다 부엌으로 가져가서 씻었다.

"이것 봐, 난리법석을 치르느라 자네 고기 익는 것도 못 봤군. 고기가 다 타겠어."

블레뒤르 아저씨가 말했다.

그래서 아빠가 고기를 보러 가는데, 그때 갑자기 누가 고함을 쳤다.

"이제 작작 좀 하쇼! 뭐 하는 겁니까!"

쿠르트플라크 아저씨가 정원 울타리 너머에서 소리를 지르고 있었다. 그 아저씨도 우리 이웃이지만 우리 아빠랑 안 친하다. 그리고 만날 화만 낸다.

"당신 집에서 피우는 그 망할 놈의 연기 때문에 질식할 지경입니다! 당장 그 짓거리를 그만두지 못해요!"

아저씨가 외쳤다. 그러자 아빠가 울타리 쪽으로 가서 말했다.

"여긴 우리 집입니다. 내가 우리 집에서 연기를 피우든 말든 그건 내 마음이라고요. 싫으면 숨을 쉬지 말든가요!"

"민원을 제기할 겁니다. 내가 아는 사람들도 좀 있거든요!"

"그러시구려. 내 친구는 당신이 그래봤자 눈썹 하나 깜짝 안 할 걸요. 민원 제기하세요, 경찰도 부르시고요, 그래봤자 내 친구는 코웃음만 칠 겁니다."

블레뒤르 아저씨가 말했다.

"홍! 내버려둬, 블레뒤르. 별일 없을 거야."

아빠가 말했다.

"아니야, 이보게, 그냥 넘어갈 게 아니야. 이봐요, 당신, 내 친구 말을 알아들었습니까? 내 친구가……"

블레뒤르 아저씨는 정말로 화가 난다는 듯이 말했다.

"됐어, 블레뒤르!"

아빠가 소리를 질렀다.

그러자 엄마는 고기가 전부 다 탔다고, 하나도 먹을 수 없게 됐다고 소리를 질렀다. 하지만 다 좋게 끝났다. 바비큐 파티는 진짜 피크닉이 되어버렸던 것이다. 엄마는 우리에게 샌드위치와 삶은 달걀과 바나나를 나눠주었다. 그때 비가 오기 시작해서 우리는 모두 집 안으로 뛰어들어갔다.

최신형 냉장고

목요일에 점심을 먹자마자 아저씨들이 와서 트럭에서 냉장고를 내렸다. 아빠는 그걸 보고 마구 소리를 질렀다.

"블레뒤르! 블레뒤르! 얼른 와봐!"

블레뒤르 아저씨는 우리 이웃이다. 아저씨는 목에다가 냅킨을 두른 채 얼른 뛰어나왔다. 엄청 우스꽝스러운 모습이었다.

"무슨 일이야? 무슨 일 났어?"

아저씨가 물었다.

"새 냉장고를 샀어. 특대형으로!"

아빠가 아저씨에게 말해줬다.

"그 말 하려고 밥 먹는 사람을 일부러 불러낸 거야? 가엾은 친구 같으니, 자네 완전히 제정신이 아니구먼!"

"부엌으로 와봐. 포장 푸는 걸 볼 수 있을 테니까. 아주 멋진 냉장고야! 엄청 크다고!"

"됐어, 아예 냉장고에 들어가 살지 그러나. 그리고 물을 가득 채우는 거야. 자네가 꽁꽁 얼어붙으면 그때 와서 봐주지!"

"샘이 나니까 그러는 거지? 하지만 뭐 괜찮네. 오늘 퇴근하면 자네에게 아페리티프 한잔 대접하지. 자네가 원하는 만큼 얼음을 듬뿍 넣어서!"

그 말에 블레뒤르 아저씨는 어깨를 으쓱해 보이더니 집으로 가버렸다.

아저씨들은 냉장고를 포장한 종이를 다 벗겨내고 나서—아빠가 말한 대로 엄청 컸다—어떻게 작동시켜야 하는지, 안에 음식은 어떻게 넣어야 하는지, 얼음은 어떻게 꺼내는지 사용방법을 설명해줬다. 조금 있다가 아빠는 아저씨들과 함께 나가면서 엄마하고 나에게 오늘은 다른 날보다 일찍 퇴근하도록 노력하겠다고 말했다.

냉장고는 안에 불도 켜졌다. 정말로 근사했다. 엄마는 나에게 그 불은 냉장고 문을 열 때만 들어오는 거라고 설명해줬다. 그러고는 냉장고에 먹을거리들을 정리해놓고, 가게에 물건 살 게 있다면서 옷을 갈아입으러 갔다. 엄마는 나 혼자 집에 있기 싫으면 알세스트에게 전화해서 놀러 오라고 해도 된다고 했다. 알세스트는 아주 좋은 학교 친구다. 알세스트랑 있으면 항상 재미있다. 알세스트가 오자 엄마가 말했다.

"어쩌면 조금 늦을지도 몰라. 그래서 부엌 탁자에다가 버터빵을 준비해놓았단다. 재미있게 놀고, 말썽 피우지 마라!"

엄마는 나에게 뽀뽀를 했다. 그러고는 알세스트의 볼을 살짝 두드렸다가, 손을 닦고 밖으로 나갔다.

"우리 뭐 하고 놀까?"

알세스트가 물었다.

"우리 집 새 냉장고 구경해봐."

내가 말했다.

"너희 집 뭐?"

알세스트가 되물었다.

"새 냉장고. 아이스박스 같은 건데 안에 불도 들어와."

내가 대답했다.

"돼지고기 가게에 있는 것 같은 냉장고?"

알세스트가 물었다.

알세스트는 나와 함께 부엌으로 갔다. 나는 냉장고 문을 열었다.

문은 아주 쉽게 열렸다. 알세스트는 입이 딱 벌어졌다.

"이야! 진짜 끝내준다! 먹을 게 이렇게 많아!"

"너 불 봤어?"

내가 물었다.

"봤어, 여기 달걀도 봤고 초콜릿케이크 조각도 봤고!"

알세스트가 말했다.

"그리고 진짜 근사한 건, 냉장고 문을 닫으면 불이 저절로 꺼진다는 거야."

내가 설명했다.

"그리고 저거, 저거는 고기구이 아니니?"

알세스트가 물었다.

"봤어? 이 냉장고 문은 거의 저절로 닫히는 거나 마찬가지야!"

나는 말하면서 문을 살짝 밀었다. 그러자 탁! 소리를 내면서 문

이 도로 닫혔다. 마치 아빠 자동차 문하고도 비슷했다. 하지만 아빠가 앉는 쪽 문은 그렇게 안 닫힌다. 저번에 교통사고가 난 다음부터 그렇게 됐는데, 경찰관 말로는 아빠 과실이라지만 아빠가 보기에 그 사고는 분명히 상대방 과실이었다고 했다.

알세스트는 자기도 문을 열었다 닫았다 해보고 싶다고 했다. 알세스트가 냉장고 문을 열었다. 내가 문을 밀었다. 탁! 알세스트가 다시 문을 열었다. 아주 재미있었다. 그러고 나자 알세스트가 배고프다고 해서, 우리는 엄마가 탁자 위에 준비해둔 버터빵을 먹었다. 그런 다음 알세스트는 자기가 미니카를 가져왔다고, 내 방 바닥에 앉아서 자동차 경주 놀이를 하면 어떠냐고 했다. 하지만 나는 냉장고 구경을 더 하고 싶었다.

우리는 자동차 경주를 엄청 많이 했다. 양탄자에 책을 늘어놓고 교통사고 놀이도 했다. 그런 다음엔 전기 기차 레일을 설치하고 기관차와 나에게 아직 남은 객차—바퀴가 다 붙어 있는 것만—를 연결해서 놓았다. 그 기차는 이제 전기로 움직이지 않는다. 저번에 아빠가 내 전기 기차를 가지고 놀다가 갑자기 번쩍하면서 불꽃이 일어난 다음부터 그렇게 됐다. 하지만 우리는 기관차를 손으로 밀면서 "칙칙폭폭!" 소리도 내고 "모두 열차에 타세요!"라고 외치면서 아주 재미있게 놀았다. 그러다가 알세스트가 말했다.

"있잖아, 너희 집 냉장고에 있는 초콜릿케이크를 조금 뜯어먹어도 괜찮을 거 같지 않니?"

우리는 부엌으로 내려갔다. 냉장고 문을 열 필요도 없었다. 아까 우리가 문을 열어놓은 채 방으로 갔기 때문이다. 우리는 각자 케이크를 조금씩 손가락으로 뜯어서 먹고, 고기구이에 떨어진 케이크 부스러기는 내 손수건으로 닦았다.

그러고 나니까 알세스트가 또 물었다.

"냉장고 불을 끄려면 어떻게 해야 해?"

"응, 냉장고 문을 닫으면 돼."

"그런데 냉장고 문을 연 채로 불만 끄고 싶으면?"

"글쎄, 그건 나도 몰라. 뭔가 방법이 있을 텐데."

우리는 그 방법을 찾아보았다. 하지만 우리로서는 어쩔 수 없었다. 문을 열었다 하면 반짝! 하고 어김없이 불이 들어왔다. 자꾸 그러니까 슬슬 신경질이 나려고 했다. 그렇지만 나는 결국 방법을 찾았다.

"전기 기차랑 똑같은 거야. 코드를 뽑으면 불이 꺼지겠지!"

내가 말했다.

"어디 한번 보자!"

알세스트가 말했다.

나는 냉장고 코드를 뽑았다. 그러고 나서 냉장고 문을 열었더니 불이 들어오지 않았다.

"작전 성공이네."

알세스트가 말했다.

조금 있으니까 현관에서 엄마가 들어오는 소리가 났다. 우리는 냉장고 문을 닫고 부엌에서 나왔다. 부엌에서 내가 노는 걸—더구나 알세스트와 함께—엄마가 보면 분명히 안 좋아할 것 같아서 말이다.

"그래, 얘들아, 재미있게 놀았니?"

엄마가 우리에게 물었다.

우리는 그렇다고 했다. 알세스트는 엄마에게 버터빵을 맛있게 잘 먹었다고, 이제 간식을 먹으러 집에 가봐야겠다고 했다. 알세스트가 돌아가자 엄마는 나에게 새로 사 온 스웨터를 입어보라고 했다. 스웨터는 그럭저럭 괜찮았다. 소매가 너무 길고 허릿단에 작은 오리 그림이 잔뜩 들어가 있기는 했지만 말이다. 친구들이 그 오리를 보면 보나마나 또 한바탕 싸움을 할 일이 생길 거다. 조금 있다가 나는 도로 내 방에 올라가서 놀았다.

아빠가 회사에서 돌아왔다. 아까 냉장고 불을 꺼놓은 게 기억이 났다. 나는 얼른 부엌으로 달려가서 냉장고 코드를 다시 꽂은 다음에 아빠에게 가서 뽀뽀를 했다. 아빠는 블레뒤르 아저씨랑 같이 있었다.

"아! 블레뒤르, 이리 와. 내가 이 신형 냉장고에서 얼음 꺼내는 법을 가르쳐줄게."

하지만 아빠는 냉장고 문을 열어보고 기분이 확 상했다.

"이게 뭐야, 이럴 수도 있나! 물이 얼기는커녕 차가워지지도 않았잖아! 제일 세게 해놨는데도 이럴 수가! 게다가 이 버터! 버터가 다 녹았어!"

아빠가 외쳤다.

부엌 개수대에 기대어 있던 블레뒤르 아저씨는 너무 심하게 웃다가 딸꾹질까지 했다. 아빠는 냉장고를 산 곳에 전화를 걸어서 마구 소리를 질러댔다. 내일 아침 당장 냉장고를 수리하거나 교환해주지 않으면 쓴맛을 보게 될 거라고 말이다. 아빠는 정말 화가 많이 났다.

아빠가 그러는 것도 당연하다. 정말이지, 이게 뭐냐고. 아무리 문을 열 때 조그만 불이 예쁘게 켜진대도, 얼음도 안 어는 냉장고를 어디 쓰라고, 나 참!

페탕크 놀이

조프루아는 부자 아빠를 둔 친구다. 개네 아빠는 항상 별의별 것을 다 사준다. 오늘 아침에도 조프루아는 커다란 상자를 안고 학교에 왔다. 우리는 그게 뭐냐고 물어봤지만 조프루아는 비밀을 좋아하는 녀석이라서—그래서 정말 짜증난다!—쉬는 시간 전에는 절대 가르쳐줄 수 없다고 했다.

쉬는 시간이 되자 조프루아는 상자를 열었다. 그 안에는 페탕크 공이 가득 들어 있었다. 파란색, 노란색, 빨간색, 초록색 나무공들이었다. 물론 표적 공도 있었다. 엄청 근사했다!

"이것 봐, 우리 두 팀으로 나눠서 시합하자. 나는 외드랑 한편 먹고 빨간 공을 할 거야."

조프루아가 말했다.

"이보셔, 왜 그래야 하는데?"

뤼퓌스가 물었다.

"왜냐하면 이 페탕크 공은 다 내 거니까. 그러니까 내가 외드랑 한편을 먹겠다고."

조프루아가 대답했다.

"외드를 어쩌든 그건 관심 없어. 내가 알고 싶은 건 왜 네가 빨간 공을 하느냐라고. 어디 좀 말씀해주시지?"

뤼퓌스가 말했다.

뤼퓌스 말이 옳다. 외드는 축구를 할 때는 같은 편이 되는 게 좋다. 녀석은 힘이 아주 세기 때문에 공을 잡았다 하면 절대 남에게 빼앗기지 않는다. 하지만 페탕크 놀이(표적 공을 던져두고 다른 공을 표적 공 가까이 던져 우열을 가리는 경기. —옮긴이)나 구슬치기를 한다면 사정이 다르다. 그럴 때는 나처럼 기술이 좋은 사람이 더 유리하다. 하지만 외드는 뤼퓌스가 한 말이 마음에 들지 않았나 보다.

"코를 한 대 후려쳐줄까? 그건 관심 있어?"

외드가 뤼퓌스에게 물었다.

"그거 참 괜찮네, 아무렴!"

조아생이 낄낄대면서 말했다.

뤼퓌스가 조아생을 때렸기 때문에 조아생은 웃음을 멈추었다. 하지만 둘은 미처 싸울 겨를도 없었다. 무샤비에르 선생님이 우리에게로 뛰어왔기 때문이다. 무샤비에르 선생님에 대해서는 이미 한두 번 이야기한 것 같은데, 진짜 학생주임인 부이옹 선생님을 도와서 우리를 감독하는 선생님이다.

"또 무슨 일이냐? 정말 어디로 튈지 알 수 없는 녀석들이라니까. 조금만 허튼짓해도 몽땅 벌세울 테니까 그리 알아라!"

무샤비에르 선생님이 말했다.

"선생님, 아니에요, 우린 아무 짓도 안 했어요. 우리는 페탕크 놀이를 할 거예요, 그것뿐이라고요."

조프루아가 말했다.

무샤비에르 선생님은 페탕크 공과 조프루아를 번갈아 보다가, 다시 완전 새것인 페탕크 공을 보고 조프루아에게 말했다.

"누가 너한테 학교에 페탕크 공을 가져와도 된다고 했지, 응?"

"왜요, 뭐가 어때서요? 페탕크 놀이는 아무도 다치게 하지 않아요. 선생님, 왜 그러세요!"

조프루아가 말했다.

무샤비에르 선생님은 우리는 무슨 일을 하든지 꼭 말썽을 일으킨다고, 선생님은 이제 우리 때문에 골치 썩기 싫다고 했다. 그래서 우리는 모두 소리를 질렀다.

"왜요, 선생님! 봐주세요!"

하지만 무샤비에르 선생님은 손가락과 고개를 내저으며 안 된다고 했다. 그때 부이옹 선생님이 왔다.

"뭐 골치 아픈 일이라도 있습니까, 무샤비에르 선생?"

부이옹 선생님이 물었다.

"아직까지는 괜찮습니다. 하지만 이 말썽쟁이 녀석들이 문제를 일으킬 게 뻔해서요. 지금 페탕크 놀이를 하겠다고 이 난립니다!"

무샤비에르 선생님이 말했다.

"아! 페탕크 놀이를 하겠다? 뭐, 그러면 하게 해주지요. 무샤비에르 선생, 내가 어떤 사람인지 잘 알지요? 내가 보장하겠는데, 비록 싹수가 노란 녀석들이지만 페탕크 놀이를 하든 말든 별 문제는 일으키지 않을 겁니다!"

부이옹 선생님은 이렇게 말하고 저쪽으로 갔다.

무샤비에르 선생님은 부이옹 선생님의 뒷모습을 멀거니 바라보다가 우리에게 말했다.

"좋아, 페탕크 놀이 해도 된다. 하지만 너희도 부이옹…… 아니 뒤봉 선생님 하시는 말씀 잘 들었겠지! 선생님 말씀 명심해라, 이만!"

무샤비에르 선생님은 자기보다 조금 어린 애를 때리고 있던 형을 뜯어말리려고 뛰어갔다. 그리고 우리는 페탕크 놀이를 계속했다.

"그런데 너 왜 나 때렸어?"

조아생이 뤼퓌스에게 물었다.

"조프루아가 빨간 공을 하는 건 옳지 않으니까. 그런 건 제비를 뽑아서 결정해야지."

뤼퓌스가 말했다.

조아생을 비롯해서 우리 모두는 뤼퓌스 말에 찬성했다. 정말이지, 뭐냐고! 자기가 뭐라도 된다고, 조프루아 녀석, 정말 웃기지도 않는다!

"제비뽑기는 하지 않을 거야. 빨간 공은 내 거니까. 그게 싫으면 페탕크 놀이 안 하면 되잖아. 나 혼자 외드하고 놀면 돼. 우리 둘이 빨간 공을 하나씩 갖고 놀 거야."

조프루아가 말했다.

"아, 그래, 그러셔! 너희 둘만 놀아! 바보 둘이서 잘해봐라!"

뤼퓌스가 외쳤다.

"그럼 난 파란색 공 할래."

맥상이 말했다.

그래서 알세스트와 나는 노란색 공, 뤼퓌스와 클로테르는 초록색 공, 조아생과 맥상이 파란색 공을 맡았다. 팀은 별 문제 없이 나뉘었다. 쉬는 시간은 짧고 괜히 싸우다가 페탕크 놀이 할 시간을 다 날리면 그건 바보 같은 짓이라는 걸 우리 모두 잘 알고 있었기 때문이다. 시간을 절약하기 위해서 외드가 팀을 갈랐고, 모든 게 다 잘 해결됐다.

"좋아, 내가 표적 공을 던진다!"

조프루아가 말했다.

"아니, 내가 던질 거야."

외드가 말했다.

"하지만 우리 둘은 같은 편이잖아!"

조프루아가 말했다.

"너 나랑 같은 편 하고 싶으면 표적 공을 나한테 넘겨!"

외드가 소리를 질렀다.

외드는 표적 공을 엄청 멀리 던졌다. 페탕크 놀이가 아니라 사냥꾼 공놀이라도 하듯이 말이다. 그런 다음 자기 공을 던졌는데, 이번에는 그렇게 멀리 가지 못했다.

"표적 공이 너무 멀리 갔다."

외드가 말했다.

외드는 자기 공을 찾으러 가고 싶어했지만, 클로테르가 만약 그러면 아무도 외드하고 말도 안 하게 될 거라고 했다. 외드는 좋다고, 알았다고, 하지만 우리는 전부 다 게임도 잘 못하는 좀생이 같은 녀석들이라고 했다.

내 공은 자리를 아주 잘 잡았다. 뤼퓌스는 얼간이처럼 이상한 데 공을 보냈다. 맥상이 던진 공은 거의 표적 공 근처까지 갔다. 굉장했다!

"좋아, 맞히기."

조프루아가 말했다.

"아냐, 표적 공 근처로 보내기만 해."

외드가 말했다.

"저 바보가 보낸 공이 표적 공 옆까지 갔는데 나보고 어디다가 공을 보내라는 거야?"

조프루아가 소리를 질렀다.

"네가 맞히기를 해서 맞을 리가 없잖아. 그럼 우리는 공을 다 잃게 돼. 만약 너 때문에 우리 편이 지면 네 코에 주먹맛을 보게 될줄 알아."

외드가 말했다.

"너 지금 누구보고 바보라는 거야?"

맥상이 조프루아에게 따졌다.

맥상은 조프루아하고 치고받고 싸웠다. 서로 따귀와 발길질을 주거니 받거니 하고 있는데 무샤비에르 선생님이 화를 내면서 뛰어왔다.

"그만! 그만! 당장 그만둬!"

무샤비에르 선생님이 소리를 질렀다. 선생님 목소리가 꼭 우리 엄마가 나한테 화낼 때 목소리 같았다.

"무슨 일이죠? 왜 이렇게 소란스럽습니까?"

부이옹 선생님도 달려왔다.

"저 야만인 같은 녀석들이 페탕크 놀이를 하면 말썽을 일으킬 거라고 제가 말씀드렸잖아요!"

무샤비에르 선생님이 언성을 높였다.

"골치 아픈 일은 없을 겁니다. 하지만 일단 무슨 일이 일어난 건지 설명을 해줘야 내가 해결해줄 수 있을 텐데요."

부이옹 선생님이 말했다.

"이게 다 조프루아 때문이에요! 내가 공을 보내라고 했는데 굳이 자기가 맞히겠다고 했어요!"

외드가 소리를 질렀다.

"공을 보내? 아니야, 아니지! 그때는 맞히기를 해야지!"

부이옹 선생님이 말했다.

"야! 너 들었지? 들었지?"

조프루아가 외드에게 마구 따졌다.

"둘 다 조용히 해!"

무샤비에르 선생님이 소리를 질렀다.

"뒤봉 선생님, 선생님 뜻을 거역하려는 건 아니지만 제 생각에 그 경우에는 공을 보내는 게 맞는 것 같습니다. 맞히기를 하기에는 표적 공이 너무 멀잖아요. 게다가 이건 나무공인데…… 보세요, 저도 휴가 때는 페탕크 놀이를……."

무샤비에르 선생님이 다시 말했다.

"이봐요, 이봐요, 무샤비에르 선생, 정말 진담으로 그런 말을 하는 겁니까? 여기서는 맞히기를 하는 수밖에 없다는 걸 몰라서 그러는 거냐고요! 여기서 맞히기를 안 하면 점수를 잃는 건 확실하

잖아요!"

부이옹 선생님이 말했다.

"저 공을 어떻게 맞혀요. 그건 불가능하죠."

무샤비에르 선생님이 대답했다.

"가능한지 불가능한지 내가 직접 보여주지요."

부이옹 선생님은 조프루아 손에서 공을 낚아챘다.

하지만 부이옹 선생님은 맞히기를 보여줄 수 없었다. 우리가 못 본 사이에 교장 선생님이 와 있었기 때문이다.

"뒤봉 선생님, 쉬는 시간 끝나는 종을 칠 마음이 있었다면 벌써 칠 분 전에 쳤어야 하지 않을까요? 뒤봉 선생님과 무샤비에르 선생님, 두 사람 모두 내가 기다리고 있을 테니까 페탕크 시합은 그다음에 하도록 하시죠."

교장 선생님이 말했다.

그 시합은 교장 선생님이 이긴 게 분명했다. 왜냐하면 다음 쉬는 시간에 부이옹 선생님하고 무샤비에르 선생님 둘 다 완전 죽을상을 하고 있었기 때문이다.

커다란 거울

어제저녁에 상점 트럭이 우리 집 앞에 서더니 아주 크고 납작한 상자를 내려놓았다.

"여보, 이건 거실에 걸어놓을 거울이야!"

아빠가 문을 열고 들어오면서 외쳤다.

그러자 엄마가 나와서 상자를 보고는 맙소사, 상점에서 봤을 때는 거울이 이렇게 커 보이지 않았는데, 라고 했다.

"우리가 주문했던 크기가 맞아. 그래도 소파 뒤에 놓으면 아주 괜찮을걸. 내가 저녁 먹고 나서 걸어줄게."

아빠는 웃으면서 말했다.

"절대 안 돼! 이렇게 비싼 거울을 그렇게 다룰 생각을 하다니! 당신 분명히 거울을 깨뜨리고 말걸!"

엄마가 소리를 질렀다.

"왜, 아예 당신 남편은 손끝이 야무지지 못하다고 떠들고 다니시지. 어쨌거나 이 거울은 그냥 바닥에 두려고 산 물건이 아니잖아. 어디 달든 달아야 하니까 내가 달아주겠다는 거야."

아빠가 말했다.

"하지만 여보, 그래도 이런 일을 많이 해본 사람에게 부탁하는게 신중한 행동이 아닐까…… 나도 당신이 집 안 구석구석을 손보기 좋아하는 건 알아. 하지만 솔직히……."

엄마가 말했다.

"들어봐, 나도 이 거울은 깨지기 쉬운 물건이고 값도 많이 나간다는 거 알거든. 그래서 당신이 그렇게 나를 못 미덥게 여겨도 화를 안 내는 거야. 하지만 그럼 누구한테 이 거울을 설치해달라고 부탁할 건데? 그리고 설령 당신이 마땅한 사람을 찾는다 해도 그래. 내일이 일요일이라는 건 잊지 않았겠지? 그럼 적어도 월요일 아니면 화요일이나 되어야 사람이 와줄 텐데, 그때까지 거울을 안 달고 여기 두면 미끄러져서 깨질 위험이 너무 커…… 뭐가 조금 흔들리기만 해도, 쨍그랑!"

아빠가 말했다.

"여보, 조심해!"

엄마가 소리를 질렀다.

"겁내지 마. 어쨌거나 결정된 거야. 저녁 먹고 내가 거울을 설치할게. 이제 더 이상 토 달기 없기야, 알았지?"

아빠가 말했다.

"그래, 하지만 조심해야 돼."

엄마는 조금은 마음이 놓인다는 듯이 말했다.

"그럼 내가 아빠를 도와줄게요."

나는 엄마를 안심시켜드리려고 이렇게 말했다.

엄마는 입을 떡 벌리고 나를 바라보았다. 그러다가 입을 다시 다물더니 저녁 준비를 하러 부엌으로 들어갔다.

저녁상 앞에서 엄마는 거의 먹는 둥 마는 둥 했다. 하지만 저녁은 참 맛있었다. 오늘은 구이 요리가 나왔다. 아빠는 냅킨을 냅킨 고리에 끼우면서 말했다.

"공구랑 발판부터 챙겨야겠군."

아빠는 나가서 공구들과 발판을 가져왔다. 아빠, 엄마, 나 우리 셋은 거실로 갔다. 엄마는 먼저 아빠가 소파 옮겨놓는 걸 도와줬다. 그러고서 아빠는 거울을 들어올렸다.

"거울은 여기 벽에 세울 거야. 거울이 벽 한가운데 오는지 잘 보고 말 좀 해줘."

아빠가 엄마에게 말했다.

"내가 아빠를 도와줄게요."

내가 나섰다.

"안 돼, 니콜라!"

엄마가 소리쳤다.

"왜 안 돼요? 이건 되게 무겁잖아요, 그러니까 내가……."

"니콜라! 엄마가 무슨 말 하면 말대답 안 하는 게 도와주는 거야. 엄마는 네가 저 거울에 손대는 거 싫어! 알아들었니?"

엄마가 또 소리를 질렀다.

"그런 게 어디 있어요, 너무해요. 나는 도와주고 싶어서 그러는 건데 왜 혼을 내요. 정말 너무해요!"

나는 울음을 터뜨리며 발을 쿵쿵 굴렀다. 엄마는 엄마가 무슨 죄를 지어서 이렇게 고생을 하는지 모르겠다고 했다. 하지만 우리 엄마는 역시 멋지다. 결국에는 나를 달래며 뽀뽀를 해주고, 나에게 말잘 듣고 얌전한 아이가 되라고 했다. 그런데 아빠가 소리를 질렀다.

"이제 적당히 좀 하지 그래? 이게 얼마나 무거운지 알아? 날 좀 도와줬으면 좋겠다고. 거울을 놓치겠어!"

"안 돼!"

엄마가 비명을 질렀다.

"좋아, 그럼 니콜라 너는 연필을 좀 찾아와라. 그리고 당신은 거울이 똑바로 됐는지 보고 이야기 좀 해주고."

아빠가 얼굴이 시뻘게진 채로 말했다.

내가 연필을 가지고 왔더니, 아빠는 아까보다 더 시뻘게진 얼굴로 벽에서 거울 아래쪽이 닿는 자리에 표시를 하라고 했다. 나는 아주 신이 났다. 왜냐하면 평소에는 거실 벽에 아무것도 그려선 안 되기 때문이다.

아빠는 거울을 바닥에 내려놓고 손가락을 비비면서, 이제 곧 설치를 한다고 했다.

"당신 정말로 괜찮은……."

엄마가 입을 열었더니 아빠는 버럭 화를 냈다. 이제 그만하면 됐지 않느냐고, 제발 좀 가만히 내버려두라고, 안 그러면 아빠가 결국 뭔가를 망치고 말 거라고, 정말이지 참는 데도 정도가 있다고 했다.

"좋아, 좋아, 나는 그러면 설거지나 하러 갈게. 나도 안 보는 편이 낫겠어."

엄마는 이렇게 말하고 가버렸다. 아빠는 벽에 드릴로 구멍을 냈다. 그러더니 거울을 물끄러미 보고는 머리를 긁적이면서 말했다.

"저놈을 들어올리려면 아무래도 누가 날 좀 도와줘야 하는데, 그래야 그동안 저놈을……."

"그래요, 내가 아빠를 도와줄게요."

내가 말했다.

"그래, 착하지, 니콜라. 그럼 네가 아빠를 돕는 뜻에서 블레뒤르 아저씨를 좀 불러주렴. 우리 셋이서 힘을 합치면 분명히 잘해낼 수 있을 거다."

아빠가 말했다.

나는 블레뒤르 아저씨네 집으로 뛰어갔다. 아저씨는 우리 이웃이다. 초인종을 누르자 블레뒤르 아저씨가 문을 열어줬다. 나는 아저씨에게 우리 집에 거울 다는 것 좀 도와달라고 했다.

"아! 아까 사람들이 싣고 온 게 거울이었구먼?"

아저씨는 이렇게 말하고 집 안쪽으로 몸을 돌린 채 소리쳤다.

"여보, 아까 그거 거울이었대!"

그러고서 아저씨는 당장 우리를 도와주러 가겠다고, 그리고 가는 김에 아저씨네 회사 사장님과 사모님을 저녁에 초대하느라 우리 집에서 빌려갔던 샴페인 잔도 돌려줘야겠다고 했다.

그래서 나는 블레뒤르 아저씨와 함께 우리 집으로 돌아왔다. 아저씨는 쟁반에 샴페인 잔을 받쳐 들고 왔다. 우리 집 식기장에서 좀체 꺼내지도 않던 잔들이었다.

"아, 블레뒤르 자네 왔군. 이 거울 다는 것 좀 도와주게."

아빠가 말했다.

"알았어. 이 잔들도 돌려줄게. 정말 잘 썼네. 고마우이. 그런데 어디다 놓을까?"

블레뒤르 아저씨가 물었다.

"몰라. 그냥 거기 의자에다가 내려놓으면 되잖아. 정리는 나중에

422

해도 되니까. 지금 자네가 해줘야 할 일은 이 거울을 드는 거야. 여
기 아래를 잡고, 이렇게…… 좋아…… 아주 좋아……."

아빠가 말했다.

"으악! 으악! 이거 놓친다!"

블레뒤르 아저씨가 비명을 질렀다.

하지만 그건 그냥 장난이었다. 아빠랑 아저씨는 함께 일을 했다. 나도 엄청 많이 도왔다. 아빠가 나보고 나사못을 들고 있다가 아빠가 달라고 할 때마다 하나씩 달라고 했다.

잠시 후에 아빠는 거울 설치를 모두 끝냈다. 거울은 거실 벽에 멋지게 붙어 있었다. 거의 수직으로 잘 달렸고 아주 근사했다.

"아이고! 이것도 쉬운 게 아니군! 하여간 끝났다! 니콜라, 우리 아들, 이제 가서 엄마 오시라고 해."

아빠가 말했다.

나는 부엌으로 뛰어가서 문을 한 번에 확 열어젖혔다. 그 순간 비명소리가 들렸다. 엄마가 양손에 접시를 잔뜩 들고서 눈을 부릅뜨고 있었다.

"니콜라! 문 좀 살살 열라고 백 번도 더 말했지! 너 때문에 접시를 몽땅 깨뜨릴 뻔했잖아!"

엄마가 야단을 쳤다.

"엄마, 와보세요! 빨리 와보세요!"

내가 엄마에게 외쳤다.

엄마는 식탁에 접시를 내려놓고 나를 따라 거실로 갔다. 아빠가 엄마를 보고 말했다.

"어때? 당신 거울에 대해서, 그리고 부록으로 당신 남편에 대해서 뭐 할 말 없어? 하고 싶은 말이 있을 텐데?"

"굉장해! 정말 멋있어!"

엄마는 얼굴에 발그레 홍조를 띤 채 외쳤다.

"솔직히 말해서, 뛰어난 솜씨를 지닌 두 사람의 조수가 없었더라면 나는 아무것도 못 했을 거야. 그 두 사람인 블레뒤르 씨와 니콜라 씨를 소개하지!"

아빠가 이렇게 말해서 우리는 모두 신나게 웃었다. 엄마는 아빠에게 뽀뽀하고 나에게도 뽀뽀를 해줬다. 엄마는 블레뒤르 아저씨의 손을 잡으면서 말했다.

"아, 내가 얼마나 안심이 되는지 모르실 거예요!"

엄마는 의자에 털썩 주저앉았다. 샴페인 잔을 내려놓은 의자가 아니라 딴 의자였다.

모두 기분이 아주 좋았다. 하지만 난 사실 굉장히 놀랐다. 솔직히 말해서 나도 분명히 누군가가 뭔가를 깨뜨리고 말 거라고 생각했으니까!

잔디 깎기

엄마는 아빠에게 이제 더 이상 잔디 깎는 걸 미룰 수 없다고 말했다. 우리 집 정원이 빈터 비스름하게 변하고 있다고, 남들 보기 부끄러운 수준이라고, 아빠가 항상 그저 잔디 깎기가 싫다는 이유로 오만 가지 핑계를 대고 빠져나간다고 했다. 거실 소파에 드러누워서 신문을 읽던 아빠는 핑계를 대는 게 아니라 우리 집 잔디 깎는 기계가 망가졌다고, 그런데 오늘은 일요일이기 때문에 어디 가서 새것을 살 수도 없다고 대꾸했다. 엄마는 그러면 블레뒤르 아저씨네 집에서 잔디 깎는 기계를 빌리면 된다고 했다.

"블레뒤르? 절대 싫어. 우리는 절교했고 이제 서로 말도 안 할 거야!"

아빠가 말했다.

426

블레뒤르 아저씨는 우리 이웃이다. 그 아저씨는 굉장히 웃기고 우리 아빠랑 티격태격하기를 좋아한다. 하지만 아빠가 항상 그러길 좋아하는 건 아니어서 어쩌다 가끔 사이가 틀어지기도 한다.

"그런 건 문제가 안 돼. 기계는 니콜라가 가서 빌려올 거니까. 블레뒤르 씨도 니콜라가 가면 거절하지 못할 거야."

엄마가 말했다.

"그래도 잔디 깎는 기계가 필요한 사람이 나라는 걸 알면 그 인간은 니콜라가 가도 안 된다고 할걸! 그럼 나는 속 편하고 좋지, 뭐. 블레뒤르가 얼마나 웃기는 녀석인지는 내가 잘 알지!"

아빠가 킬킬 웃으면서 말했다.

엄마는 블레뒤르 아저씨에게 잔디 깎는 기계가 필요한 사람이 아빠라는 말은 할 필요가 없다고 했다. 나는 블레뒤르 아저씨네 집에 가서 초인종을 눌렀다.

"요것 봐라! 니콜라로구나!"

블레뒤르 아저씨가 외쳤다. 아저씨는 항상 나에게 참 잘해준다. 아빠랑 사이가 틀어졌을 때에도 나한테는 안 그런다.

"아저씨네 잔디 깎는 기계를 빌려주실 수 있는지 여쭤보러 왔어요."

내가 말했다.

"너희 아빠가 쓸 거냐?"

블레뒤르 아저씨가 물었다.

나는 뭐라고 대답해야 할지 몰랐다. 블레뒤르 아저씨는 거짓말하지 말라고, 거짓말해봤자 아저씨는 금방 알 수 있다고 했다. 거짓말을 하면 내 코가 실룩거린다나! 나는 아저씨 말이 웃겨서 킥킥거렸다. 어렸을 때 여름휴가를 떠나기 전에도 그런 말을 들었다. 심지어 거울을 보고 이런저런 거짓말을 잔뜩 하면서 정말로 코가 실룩거리는지 확인해본 적도 있다. 그런 건 다 거짓부렁이다!

"좋아, 가서 아빠에게 전해라. 남자라면 직접 와서 해결하라고 말이야."

블레뒤르 아저씨가 말했다.

나는 집으로 돌아가서, 소파에 누워 신문을 얼굴에 덮은 채 자고 있던 아빠를 깨웠다. 나는 블레뒤르 아저씨가 한 말을 그대로 전해줬다. 아빠는 기분이 확 상한 것 같았다!

"아! 그렇게 나온다? 그럼 어디 내가 남자인지 한번 보자고……."

우리는 함께 블레뒤르 아저씨 집으로 갔다. 아저씨는 창문으로 우리가 오는 걸 보고 있었던 게 틀림없다. 아빠가 초인종을 누르기도 전에 아저씨가 문을 확 열었으니까 말이다.

"얘기 좀 할까, 블레뒤르? 설마 내가 자네를 겁낼 거라고 생각하는 건 아니겠지?"

아빠가 말했다.

"글쎄, 자네가 여기 온 거 보니 배짱 하나는 두둑한 것 같군. 내가 개를 길렀으면 자네를 물어뜯으라고 풀어줬을 텐데!"

블레뒤르 아저씨가 대꾸했다.

"개? 아무것도 모르는 친구 같으니, 세상에 어떤 개가 자네 옆에 붙어 있겠나! 개들도 본능적으로 알 건 다 안다고!"

아빠가 킬킬 웃으면서 말했다.

"아! 참 잘났구먼! 어쨌거나 나는 개를 사서 잘 기를 만한 경제력은 있거든! 이름을 굳이 밝히지는 않겠지만 누구누구 같지는 않지!"

블레뒤르 아저씨가 응수했다.

"바보 같기도 하지! 난 똥개가 아니라 혈통 좋은 명견을 사서 멍청한 놈들을 물어뜯으라고 훈련시킬 여력도 있다네!"

아빠가 소리를 질렀다.

"아빠, 정말이에요? 우리 개 기를 거예요?"

내가 물었다.

"니콜라, 어른들 이야기하는 데 끼어드는 거 아니다! 넌 집에나 가!"

아빠가 말했다.

나는 집으로 뛰어왔다. 기분이 좋아진 나는 부엌에 있는 엄마에게로 가서 아빠가 개를 한 마리 살 거라고, 그리고 우리는 그 개에게 재주를 가르칠 거라고 했다.

"개를 기른다고? 어떻게 될지는 아직 모르는 일이야…… 너희 아빠 어디 있니?"

엄마가 말했다.

나는 엄마에게 아빠가 블레뒤르 아저씨네 집에 있다고 했다. 우리 둘은 함께 아빠를 찾으러 갔다. 아빠랑 블레뒤르 아저씨는 여전히 현관에 서서 입씨름을 하고 있었다.

"개 이야기는 도대체 뭐야?"

엄마가 물었다.

"개? 무슨 개?"

아빠가 되물었다.

"아빠가 개를 살 거라면서요. 그래서 멍청한 놈들을 물어뜯는 재주를 가르칠 거라면서요. 우리 그 개 이름을 랑슬로라고 붙여요."

내가 말했다.

"니콜라, 아빠가 분명히 너한테 집에 가 있으라고 했을 텐데!"

아빠가 고함을 쳤다.

"어쨌든 내가 알아듣게 개 이야기를 해보란 말이야. 당신도 내가 애완동물 기르는 거 질색인 줄 알지?"

엄마가 말했다.

"그런 게 아니야! 니콜라가 잘못 알아들은 거라고! 개를 사기는 뭘 사!"

아빠가 말했다.

"하지만 아까 아빠가 약속했잖아요!"

내가 소리를 질렀다.

"니콜라! 마지막으로 말하는데, 당장 집에 가지 못해?"

아빠가 나에게 고함쳤다.

정말이지 너무했다! 나한테 개를 사준다고 약속해놓고서, 개 이름도 다 지어놓았는데, 개에게 나쁜 놈들을 물어뜯는 것도 가르친다고 해놓고서, 결국은 그게 다 말짱 거짓부렁이었다니 말도 안 된

다. 나는 엉엉 울어버렸다.

"니콜라, 볼기짝을 맞아야겠냐?"

아빠가 물었다.

"아! 그래서야 안 되지! 가엾은 꼬마가 무슨 죄가 있다고 화풀이를 하나! 내가 니콜라 울음소리를 들은 것만도 한두 번이 아닌데……."

블레뒤르 아저씨가 끼어들었다.

"블레뒤르 씨, 그런 말씀을 하시니 저도 놀라지 않을 수 없네요. 이 동네 사람들이 전부 다 블레뒤르 씨 댁 라디오 소리에 선잠을 깨거든요!"

엄마가 쏘아붙였다.

"우리 집에서 라디오 듣는 데도 동네 사람들 허락을 받아야 하는 줄은 몰랐군요!"

마침 그리로 나오던 블레뒤르 아줌마가 말했다. 아줌마는 얼굴이 시뻘게져 있었다.

엄마는 잠깐 입을 떡 벌리고 가만히 있었다. 하지만 금세 웃으면서 이렇게 말했다.

"제 말을 들어보세요. 지금 우리 꼴이 좀 우습다고 생각지 않으세요? 어린애들처럼 옥신각신하고 있잖아요?"

"맞아요. 부인 말이 옳아요. 사실, 우리는 서로를 좋아하잖아요. 이웃끼리 이렇게 싸우는 건 볼썽사납지요……."

블레뒤르 아줌마도 말했다.

"그리고 아이 앞에서 본을 보여야 할 어른들이 이러면 안 되지

432

요. 하여간 이게 다 덩치만 큰 이 어린애 둘 때문이라니까요, 뭐. 자, 이제 화해하고 둘이 악수하세요. 사실 둘 다 그러고 싶어서 안달이 났잖아요!"

엄마가 말했다.

아빠와 블레뒤르 아저씨는 난처해 보였다. 두 사람은 서로 마주 보았고, 아빠는 괜히 자갈을 발로 툭 찼다. 아빠는 블레뒤르 아저

씨에게 손을 내밀었고 아저씨도 마주 손을 내밀었다. 두 사람은 함께 웃었다. 하지만 서로 화낼 때 웃는 웃음과는 달랐다. 그러고는 블레뒤르 아줌마가 우리 엄마에게 뽀뽀를 했고, 엄마는 나에게 뽀뽀를 했다. 블레뒤르 아저씨도 내 머리칼을 쓰다듬어줬다. 그래서 나도 기분이 아주 좋아지고, 랑슬로 일로 속상했던 건 잊어버렸다. 엄마는 아까 라디오 소리가 시끄럽다고 한 건 괜히 해본 말이라고 했고, 블레뒤르 아줌마도 내가 우는 소리는 들은 적이 없다고 했다. 아줌마 말에 내가 더 놀랐다! 그러고 나서 엄마는 이제 집에 가봐야겠다고, 저녁 준비를 해야 한다고 했다. 모두 악수를 나누고 나서 우리 식구는 집으로 돌아왔다.

우리가 집에 와 있는데 누가 초인종을 눌렀다. 아빠는 한숨을 쉬고 소파에서 일어나더니 문을 열어주러 나갔다. 찾아온 사람은 블레뒤르 아저씨였다. 아저씨는 잔디 깎는 기계를 들고 활짝 미소를 지어 보였다.

"자네, 그 난리를 피우느라 정작 중요한 건 잊었지? 여기 잔디 깎는 기계 있네!"

아빠는 굉장히 화를 냈다. 아빠는 블레뒤르 아저씨에게 제발 자기랑 상관없는 일에는 참견하지 말라고, 아저씨를 부른 적도 없다고, 만약 잔디 깎는 기계가 필요하면 아빠가 나가서 살 거라고, 바보 같은 사람들에게 그런 기계를 빌려 쓸까보냐고, 정말이지 웃기지 말라고 했다!

그래서 아빠랑 블레뒤르 아저씨는 지금 서로 말도 안 한다.

부활절 방학

　나는 부활절이 참 좋다. 부활절은 멋진 휴일이다. 학교에도 안 간다. 초콜릿으로 만든 달걀도 많이 먹고 모두들 부활절 종처럼 여행을 떠난다.(프랑스에서 부활절 종은 성 목요일에 울린 뒤 로마로 보내진다. ―옮긴이) 하지만 우리는 부활절 종처럼 로마로 떠나지 않고 메메 집으로 간다. 메메는 우리 집에서 아주 멀리 떨어진 시골에 산다.

　아빠는 메메네 집에 가는 걸 별로 좋아하지 않는 것 같다. 아빠는 엄마에게 자기는 집에서 쉬는 게 더 좋다고, 고작 사흘 있다가 올 텐데 시속 90킬로미터 이상 달릴 수도 없는 길로 그렇게 멀리 가면 돈도 시간도 이만저만 깨지는 게 아니라고 했다. 엄마는 나에게 내 방에 올라가라고 하더니 뭐라고뭐라고 소리를 질러댔다. 하지만 난 엄마가 하는 말을 잘 못 들었다. 내가 다시 거실에 내려오자 아빠가 우리를 메메네 집에 데려다준다고 해서 기분이 아주 좋았다. 나는 메메네 집에 가는 게 정말 좋다. 거기 가면 닭도 있고, 토끼도 있고, 오리도 있고, 나무도 있고, 맛있는 것도 많이 먹는다.

"가는 길에 먹을 것을 좀 싸야겠어."

엄마가 말했다.

하지만 아빠는 됐다고, 이제 삶은 달걀과 샌드위치와 바나나는 신물이 난다고, 그냥 식당에서 밥을 사 먹자고 했다.

그건 정말 신난다! 아빠는 조그만 빨간색 책자를 보고 식당을 고른다. 그 책에서 식당 이름 옆에 붙은 별 표시나 포크 표시를 보면 그 식당들이 어떤지 알 수 있다고 했다. 아빠는 별이 붙은 식당은 절대 안 간다. 아빠는 그런 식당이 너무 비싸다고, 자기는 격식이 필요없는 간단한 식사를 할 거라고 한다. 나는 그 말이 무슨 뜻인지 잘 모르겠지만 아빠는 그런 말을 할 때 꼭 웃는다. 그리고 그런 말을 꽤 자주 하는 편이다. 아마 되게 웃기는 말인가보다. 그래서 나도 괜히 따라서 웃는다. 나는 아빠를 정말 좋아하기 때문에 아빠를 기쁘게 해주고 싶다.

그 빨간 책이 꼭 통하진 않는다는 걸 말해둬야겠다. 왜냐하면 아주 옛날 책이기 때문이다. 아빠가 엄마랑 결혼하고 신혼여행을 갈 때 그 책을 샀다고 한다. 그래서 기껏 찾아갔는데 식당은 이미 없어지고 그 자리에 고무 공장이 들어서 있던 적도 있었다. 그게 바로 지난번에 아빠 차로 여행을 갔을 때의 일이다. 그때 공장 앞에서 아빠 차 타이어가 펑크 나서 일하는 사람들이 퇴근하다가 우리를 보고 웃었다. 하지만 아빠는 그때 웃을 상황이 아니었다. 겨우 갈아

끼운 타이어도 마찬가지로 펑크가 나버렸기 때문이다.

우리는 아침 일찍 출발했다. 출발하기 전에 아빠는 이웃에 사는 블레뒤르 아저씨네 집에 가서 우리가 여행을 간다고, 어쩌면 해안 쪽까지 둘러보고 올지도 모른다고 했다. 블레뒤르 아저씨는 줄무늬 잠옷 바람이었는데, 왜인지는 모르지만 아빠 말에 기분이 별로 안 좋은 것 같았다. 그래도 블레뒤르 아저씨는 참 친절했고 우리에게 "여행 잘 하세요!"라고 인사를 했다.

도로에서는 시속 90킬로미터까지 달릴 수 있다고 했지만, 아무도 그렇게 속력을 내지 못했다. 차가 너무너무 많았기 때문이다. 차를 빨리 몰 수 없으니까, 여행을 떠나는 사람들도 모두 기분이 안 좋아 보였다.

"초장부터 이 모양이야!"

아빠가 투덜거렸다.

"해안 쪽까지 가기는 힘들겠어요."

내가 말했다.

"해안이라니?"

엄마가 물었다.

"니콜라, 입 다물어!"

아빠가 소리를 질렀다.

나는 울음을 터뜨렸고 엄마는 아빠보고 애한테 윽박지르지 좀 말라고, 길이 막히는 게 애 탓이냐고 했다. 그러자 아빠는 메메네 집에 가자고 한 게 나 아니었냐고 했고, 나는 내가 아니라 엄마였다고 했다. 그랬더니 엄마도 나에게 소리를 질렀다.

437

"니콜라, 입 다물지 못해!"

그래서 나는 또 울어버렸다. 하지만 메메네 집에 가는 게 좋아서 아주 큰 소리로 울지는 않았다.

"이거 큰일이네, 사람이 이렇게 많은데 식당에 자리는 있을까 몰라."

엄마가 말했다.

"중요한 건 시간대를 잘 잡아야 한다는 거지. 내 계산으로는 느긋하게 가더라도 점심때면 밀디우라비뉴에 도착할 거 같아. 거기 괜찮은 식당이 있어. 바를리에가 추천한 집이야."

아빠가 말했다.

바를리에 아저씨는 아빠랑 같은 회사 동료인데, 내 친구 알세스트처럼 먹을 것을 참 좋아한다. 하지만 바를리에 아저씨는 알세스트보다 외식을 많이 하기 때문에 맛집 위치를 엄청 많이 알아서 우리 아빠에게 가르쳐주곤 한다.

차는 전혀 달리지 않는 거나 마찬가지였다. 아빠는 이래 가지고서야 점심까지 밀디우라비뉴에 도착하기는 글렀다고 했다. 그때 아빠는 큰길에서 갈라져 나오는 작은 비포장도로를 보고는 운전대를 꺾어서 그쪽으로 빠졌다.

"샛길을 적절히 이용할 줄 알아야 해. 사람이 많은 길을 피하면 몇 킬로미터쯤 이득을 보기도 하지. 좀 더 가서 다시 국도를 타면 되니까."

아빠 생각이 꽤 괜찮았던 모양인지, 차 여러 대가 우리 차 뒤를 쫓아왔다. 우리 차가 앞장을 서고 있었기 때문에 나는 아빠가 아주 자랑스러웠다. 그리고 더욱 좋았던 것은, 길이 워낙 좁아서 아무도 우리 차를 추월할 수 없었다는 거다.

하지만 그 길은 바리케이드로 막혀 있었다. 바리케이드 건너편은 소들이 음메음메 울고 있는 풀밭이었다. 소들은 풀을 뜯어먹으면서 우리를 바라보았다.

우리는 차 방향을 틀 수 없었기 때문에, 뒤따라오던 차들 모두 큰 길까지 후진을 해야 했다. 그러느라 시간이 엄청 많이 걸렸다. 길가에서 커다란 말을 타고 있던 한 아저씨는 우리를 보고 킬킬대면서, 삼 년 전에 트랙터가 '막다른 길'이라는 표지판을 뒤집어엎은 후로 이런 일이 한두 번이 아니라고 했다.

우리는 오후 3시를 15분 남겨두고 밀디우라비뉴에 도착했다. 하지만 아빠는 괜찮다고, 오히려 잘됐다고, 이 시간에는 식당에 손님이 별로 없을 테니까 자리 걱정을 안 해도 된다고 했다. 과연 아빠 말이 옳았다. 식당에 자리는 많았다. 단 하나 문제가 있다면, 식당 주인이 이제 먹을 게 없다고 했다는 것뿐이었다.

"그것 봐요, 내가 먹을 것만 챙겨왔어도……."

엄마가 입을 열었다. 엄마와 아빠는 싸우기 시작했고, 식당 주인은 자기가 어떻게 손을 써서 먹을 것을 마련하겠노라고 했다. 그래서 우리는 삶은 달걀과 샌드위치와 바나나를 먹었다.

점심을 먹고 나서 우리는 다시 떠났다. 하지만 차가 너무 과열됐는지 엔진에서 이상한 소리가 나서 속도를 많이 못 내고 살살 몰아야 했다. 우리는 저녁 6시에 메메네 집에 도착했다. 메메는 뛰어나와서 나를 껴안고 뽀뽀를 했다. 그러고서 엄마에게도 뽀뽀를 하고,

아빠에게는 손을 내밀었다. 메메는 한참 기다렸는데도 우리가 안 와서 걱정을 많이 했다고 했다. 엄마는 길에 차가 너무 많아서 늦었다고 했고, 메메는 아빠에게 왜 지름길로 오지 않았느냐고 물었다. 아빠는 자동차에서 가방을 꺼내러 가야겠다고 했다.

메메네 집은 참 근사하다. 재미있는 구경거리가 얼마나 많은지 모른다. 나는 맨 먼저 닭장으로 뛰어갔다.

"니콜라! 씻기부터 해야지! 내가 정말 쟤 때문에 못 살아!"

엄마가 소리 질렀다.

"내버려두렴. 어차피 여기 놀려고 왔는데, 우리 귀염둥이 손자가 말이야."

메메가 말했다.

메메는 나하고 함께 닭장으로 갔다. 메메는 오늘 밤 닭들은 사방에 초콜릿달걀을 낳을 거라고, 내일 아침에 일어나면 아마 그 달걀들을 볼 수 있을 거라고 했다. 나는 그게 거짓말이라는 걸 안다. 내가 다 큰 다음부터는 그런 데 속지 않는다. 하지만 나는 메메를 기쁘게 해드리기 위해서 알았다고 했다. 우리 메메는 내가 달걀을 금방 찾을 수 있게 해주려고 별로 어렵게 숨겨놓지도 않는다. 나는 그게 참 좋다.

그런 다음 메메는 나에게 우리에 갇혀 있는 하얀 토끼들을 보여줬다. 토끼들은 클로테르가 담임 선생님에게 혼났을 때처럼 눈이 빨갛고 코를 자꾸 실룩거렸다. 참 재미났다. 조프루아도 쉬는 시간에 그렇게 코를 실룩거려서 우리를 웃기곤 한다.

"메메, 나 토끼새끼 한 마리만 주면 안 돼요?"

내가 메메에게 물었다.

"우리 귀염둥이, 토끼새끼는 도시에 가면 행복하게 살지 못해요."

그래서 나는 알았다고, 토끼새끼를 데려가지 않겠다고 했다. 나는 정말로 토끼를 좋아하기 때문에 토끼가 불행해지는 건 싫다.

우리는 저녁을 먹었다. 참 맛있었다. 포타주하고, 토끼고기하고, 크림이 나왔다. 저녁을 먹은 후에도 나는 계속 놀고 싶었지만, 너무 피곤해서 잠을 자러 올라갔다. 아빠는 두꺼비집을 살펴보려고 지하실에 내려갔다. 퓨즈가 이상하다고 메메가 아빠에게 말했기 때문이다.

다음 날 아침, 나는 아주 일찍 일어났다. 메메네 집에서 아침을 맞는 건 정말 근사하다. 수탉 울음소리, 소 울음소리, 개 짖는 소리가 다 들린다. 나는 아빠 엄마를 깨우러 갔다. 하지만 아빠는 눈도 제대로 못 뜬 채 이렇게 말했다.

"니콜라, 제발 부탁이다. 아빠 좀 내버려둬."

아빠 목소리는 굉장히 슬프게 들렸다. 그래서 나는 아빠를 그냥 내버려뒀다.

메메는 벌써 부엌에 있었다. 메메는 나에게 뽀뽀를 해주고, 내가 메메의 귀여운 강아지라고 했다. 메메는 나에게 카페오레를 큰 잔으로 하나 주고, 버터가 엄청 많이 든 빵과 달걀 반숙을 주었다. 그러고는 아침을 다 먹으면 진짜 달걀, 그러니까 초콜릿달걀을 찾으러 가라고 했다.

"서두르렴, 그동안에 나는 너희 아빠와 엄마를 깨우마."

그래서 나는 얼른 먹었다. 메메네 부엌에서 먹는 아침식사는 얼마나 맛있는 냄새가 나는지 모른다!

조금 있으니까 엄마 아빠가 메메와 함께 부엌으로 내려왔다. 아빠는 실내복 차림이었고 머리는 까치집이 되어 있었다.

"얼른 먹게. 자네가 장작을 좀 잘라줘야 하거든. 그리고 집에 손 봐야 할 곳도 몇 군데 있다네."

메메가 아빠에게 말했다.

"그런 일을 다 맡아서 해주는 장정이 한 사람 있는 줄로 알았는데요."

아빠가 대답했다.

　"아드리앵 말인가? 물론 있기야 하지. 하지만 어떻게 부활절에 나와서 일을 하라고 하겠나! 그 사람도 자기 집에 쉬러 갔는데."

　메메가 말했다.

　"남자는 괴로워!"

　아빠는 땅이 꺼져라 한숨을 쉬었다.

　메메가 나에게 말했다.

　"가자, 내 새끼! 초콜릿달걀을 찾으러 가야지."

　우리는 집 뒤뜰로 나갔다. 초콜릿달걀들이 풀밭에 한데 놓여 있었다.

　"잘 찾아보렴. 할미가 간밤에 닭들이 우는 소리를 들은 것 같거든."

　나는 메메를 기쁘게 해드리려고 달걀을 열심히 찾는 척했다. 사
람들을 기쁘게 해주는 건 참 좋다. 그러다가 갑자기 "와! 여기 있
다!"라고 소리를 질렀다. 그러자 메메는 나를 껴안고 뽀뽀를 퍼부었
다. 메메는 내가 너무너무 똑똑하다고, 내가 메메의 어엿한 사나이
이자 다 큰 강아지라고 했다. 메메가 나를 놓아주자 나는 초콜릿달
걀을 주워 모았다. 나는 달걀을 엄마에게 보여주고 나서 맛있게 먹
으려고 메메와 함께 집으로 돌아왔다. 아빠는 닭장 옆에서 톱으로
나무를 자르고 있었다.

실내복에 슬리퍼 차림인 아빠의 모습은 정말 웃겼다. 하지만 아빠가 일에 너무 열중한 것 같아서 나는 방해하고 싶지 않았다.

엄마는 나에게 달걀이 참 예쁘다고, 하지만 지금 먹으면 밥맛이 달아나니까 먹지 말라고 했다.

"애 좀 내버려둬라. 그거 좀 먹는다고 뭐가 어떻게 되는 것도 아닌데."

메메가 말했다.

메메는 정말 좋다.

나는 초콜릿달걀들을 거의 다 먹어치웠다. 전부 다 먹지는 않았
다. 갑자기 피곤해졌기 때문이다. 나는 집 앞에 앉아서 햇볕을 쬐
었다. 그런데 배가 살살 아프기 시작했다. 메메가 나와서 나를 보더
니 이렇게 말했다.

"우리 니콜라, 얌전하기도 하지…… 왜 좀 더 놀지 않고 그러
니……? 그래야 할미가 만든 크림을 곁들인 닭고기 요리를 맛있
게 먹을 텐데."

하지만 나는 너무너무 몸이 안 좋았다. 엄마는 나를 안아서 거

실 소파에 눕혔다.

메메는 아주 걱정스러운 얼굴로 엄마에게 내가 자주 이러느냐고, 의사 선생님을 불러야 하는 거 아니냐고 했다.

"저한테는 요오드팅크 몇 방울하고 반창고가 조금 필요할 것 같네요. 톱질을 하다가 손가락을 세 개나 베었거든요."

아빠가 집 안으로 들어서면서 말했다.

"아이고! 이런, 우리 사위는 어쩌면 이리도 서투른가."

메메는 웃으면서 말했다.

"그래도 장모님 댁에서 몇 달은 쓰실 수 있을 만큼 장작을 잘라두었는데요. 그런데 한 가지 놀라운 게 있습니다. 저는 이 지역이 별로 춥지 않은 것 같은데 장모님은 왜 이렇게 장작이 많이 필요하신 겁니까?"

아빠가 말했다.

"4월에 옷을 가볍게 입으면 안 된다는 속담도 있지. 또 그렇게 해 둬야 아드리앵 일거리가 줄어들 거 아닌가. 아드리앵은 이제 늙었어. 가엾게도!"

메메가 말했다.

아빠는 메메를 빤히 보더니, 옷을 갈아입으러 가야겠다고 했다.

점심을 먹는 자리에서 메메는 아주 슬퍼 보였다. 엄마가 나에게 크림을 곁들인 닭고기 요리를 못 먹게 했기 때문이다.

"그거 먹는다고 애가 어떻게 되진 않을 텐데."

하지만 엄마는 나는 채소만 먹어야 한다고 했다. 나는 언제나 그렇듯이—배가 별로 고프지 않을 때는 더욱더 그렇듯이—엄마 말을 들었다. 내 생각에는 초콜릿달걀 때문에 이렇게 된 것 같았다.

점심을 먹고 나서 엄마는 나에게 우리 모두 낮잠을 자자고, 그러고 나면 나도 몸이 훨씬 좋아질 거라고 했다. 나는 좋다고 말하고 낮잠을 자러 올라갔다. 그동안에 아빠는 잘 열리지 않는 울타리 살문을 수리하러 갔다.

나는 아주 푹 잤다. 잠에서 깨어나니까 기분이 한결 좋아졌다. 나는 정원으로 가면서 남은 초콜릿달걀을 마저 다 먹었다. 아빠는 잔디를 깎는 중이었다. 뭐라고 조그맣게 투덜대는 것 같았는데, 무슨 말인지는 못 들었다.

메메는 나를 보고는 또 뽀뽀를 해주었다. 그러고 나서 내 손을 잡고 말하기를, 간식으로 깜짝 놀랄 만한 것을 준비해두었다고 했다. 메메는 나를 부엌에 데려가서 부엌문을 꼭 닫고 점심때 먹고 남은

크림 닭고기를 주었다. 그건 정말 맛있었다.

　그런 다음 우리는 정원으로 나와서 아빠를 봤다. 아빠가 말했다.

　"자, 장모님 댁 잔디는 다 깎았습니다. 제가 해드릴 일은 이제 더 없나요?"

　"자네도 좀 쉬지 그러나. 정말이지, 자네는 가만히 있는 법이 없어. 휴가를 만끽할 줄도 알아야지. 자네는 여기 도착했을 때보다 더 피곤해 보인다네. 나머지 일들은 내일 해도 괜찮아……."

　메메가 말했다.

　"내일이면 저희가 여기 없을 것 같아서 드리는 말씀입니다……. 저는 오늘 저녁에 출발하기로 마음먹었거든요. 내일모레 아침부터 출근을 해야 하는데 휴가 마지막 날의 교통정체는 피하고 싶습니다."

아빠가 말했다.

메메는 기분이 상했다. 메메는 그렇게 먼 길을 와서 하루만 지내고 가다니 바보 같은 짓이라고, 나를 제대로 볼 시간도 없었다고, 오늘 저녁에 출발하겠다는 결심에 대해서는 듣고 싶지도 않다고 했다.

"장모님, 죄송합니다. 하지만 저희는 가야 해요!"

아빠는 농담하는 게 아니었다.

그런데 엄마도 와서는, 아무래도 오늘 저녁에 출발하는 게 현명한 처사인 것 같다고 메메에게 말했다. 그러자 메메는 아! 물론 그럴 거라고, 아무도 늙어빠진 할망구하고는 오래 있고 싶지 않을 거라고, 얼마나 고역스러운지 자기도 안다고, 메메를 좋아해주는 사람은 아무도 없다고, 하지만 설령 그렇더라도 이제 살 날이 몇 년 남지도 않은 사람에게 좀 더 다정하게 굴 수도 있지 않느냐고 했다.

"왜 그러세요, 장모님은 우리가 다 죽은 후에도 살아 계실 겁니다."

아빠가 말했다.

그 말을 듣고 나는 더럭 겁이 나서 울어버렸다. 그래서 모두들 나를 달래느라 진땀을 뺐다. 엄마는 어쨌거나 메메가 조만간 우리 집으로 오면 된다고 했다. 메메는 알았다고, 빨리 저녁을 준비해야겠다고, 아빠는 떠나기 전에 침실 덧창을 수리해야 한다고 했다.

우리는 아주 일찍 저녁을 먹었다. 그러고서 아빠는 자동차에 가방을 실었고, 메메는 우리에게 삶은 달걀과 크림을 곁들인 닭고기 샌드위치와 바나나를 담은 간식 바구니를 꾸려줬다. 아빠가 우리를 부르자 메메는 눈물이 그렁그렁해서는 나에게 뽀뽀를 퍼부었다.

가엾은 메메는 엄마에게도 뽀뽀를 하고 아빠에게는 손을 내밀었다. 그런데 우리 자동차가 도무지 출발할 기미가 안 보였다.

아빠는 주먹으로 운전대를 쾅쾅 내리쳤다. 하지만 아무 소용 없었다. 아빠는 메메에게 이 근처에 정비소가 있는지 물었다. 메메는 마을 반대쪽에 정비소가 있다고 했고, 아빠는 거기 가봐야겠다고 했다.

"나도 같이 가도 돼요?"

내가 아빠에게 물었다.

아빠는 나에게 대꾸조차 하지 않았고 엄마는 지금 아빠를 귀찮게 하지 말라고, 아빠가 골칫거리가 생겼다고 했다.

우리는 한참 동안 기다렸다. 마침내 아빠가 어떤 아저씨를 데리고 왔다. 그 아저씨는 나막신에 더러운 바지를 입었고 지푸라기를 질겅질겅 씹고 있었다.

"이분이 정비소가 문을 닫았는데도 봐주러 오셨어요."

아빠가 설명을 했다.

"암요."

아저씨는 이렇게 말하고 아빠 자동차의 엔진을 들여다보았다.

아저씨는 머리를 긁적거리더니 주머니에 손을 찔러 넣고 말했다.

"암, 내가 생각했던 그대로군요."

"그럼 바로 수리해주실 수 있습니까?"

아빠가 물었다.

"아뇨, 지금은 부품이 없어요. 나도 부품 판매상에게 요청을 해야 합니다. 하지만 거기도 있을 것 같지는 않아요. 사실 이런 부품은 절대 망가지는 법이 없거든요. 이렇게 망가진 차는 나도 생전 처음 봅니다."

아저씨가 대답했다.

"그럼 내일 아침은……?"

아빠가 다시 물었다.

"부활절 월요일인데요? ……농담하십니까, 화요일 전에는 어림 없어요. 부품이 내 손에 들어오는 건 수요일이나 목요일일 겁니다. 어쨌거나 이번주 안에는 수리해드리지요, 암요."

아저씨는 이렇게 말하고 가버렸다.

아빠는 기분이 좋지 않았다. 그러자 메메는 내일 오후 3시에 떠나는 기차가 있다고, 메메의 이웃에 사는 부그뤼 씨가 기꺼이 우리 식구를 트럭으로 역까지 데려다줄 거라고 했다. 나는 아주 신이 났다. 그러면 메메네 집에서 더 오랫동안 있어도 되니까 말이다. 엄마는 나를 따로 불러서 아빠에게 아주 잘해야 한다고, 아빠가 지금 신경이 좀 날카로워져 있다고 말했다.

다음 날 아침에 아빠는 닭장 청소를 하고 공구함을 다시 칠했다. 우리는 점심을 일찍 먹었다. 그러고 나니까 부그뤼 아저씨가 우리를 데리러 왔다. 트럭을 타고 가는 건 아주 재미있었다. 하지만 트럭에서 나는 냄새는 그다지 좋지 않았다. 부그뤼 아저씨가 말하길 원래 평소에는 사람이 아니라 가축을 역까지 데려다주기 때문에 그렇다고 했다.

기차에는 사람이 엄청 많았다. 용케도 엄마는 어떤 칸에서 좌석을 하나 찾아 앉고는 나를 무릎에 앉혔다. 아빠는 복도에 서서 가야 했다. 하지만 복도에서는 담배를 피울 수 있기 때문에 아빠는 그렇게 가는 걸 좋아한다.

우리는 집에 아주 밤늦게야 도착했지만, 기분은 참 좋았다. 아빠는 참 운이 좋다. 다음주 토요일에 자동차를 가지러 메메네 집에 또 갈 수 있으니까 말이다. 그러면 아빠도 좀 더 쉴 수 있게 될 거다. 엄마랑 내가 보기에, 아빠는 꽤나 지쳐 있는 것 같았으니까 말이다. 어쨌거나 부활절 방학은 정말 근사했다. 여러분도 모두 멋진 휴가를 보내기 바란다.

즐거운 부활절이 되기를!

르네 고시니 Renè Goscinny

"나는 학교 다닐 때 정말 말썽꾸러기였지만 다행히 학교에서 쫓겨나지는 않았다."

1926년 8월 14일 파리에서 태어나 아르헨티나 부에노스아이레스에서 학창 시절을 보낸 르네 고시니는 자신의 학창 시절을 이렇게 회상한다. 뉴욕에서 작가로서의 활동을 시작한 고시니는 50년대 초 프랑스로 돌아와, 최고의 삽화가 장 자크 상페와 함께 전설적인 꼬마들이 나오는 시리즈를 탄생시킨다. 바로 '꼬마 니콜라'다. 그 둘이 창조해낸 새로운 우주는 아이들의 언어로 아이들의 일상을 이야기하며 프랑스 전역에서 커다란 성공을 거둔다. 이후 고시니는 알베르 우데르조와 '아스테릭스' 시리즈를 만들어냈다. '아스테릭스'는 107개의 언어로 번역되었으며 지구상에서 가장 많이 읽힌 작품 중 하나로 손꼽힌다. 이후에도 '럭키 뤼크', '딩고도시' 시리즈 등 수많은 작품을 쓰며 왕성한 창작력을 보여주었다. 고시니는 자신이 창간한 만화 잡지 『필로트』를 통해 만화라는 장르를 '제9의 예술'로 재탄생시켰다는 평을 받았다.

고시니는 1977년 11월 5일 51세의 나이로 사망했다. 수많은 작가들이 고시니의 작품 앞에 경의를 표했다. 그가 창조해낸 인물들은 아직도 사람들에게 널리 사랑받으며, 그가 쓴 대사들은 여전히 프랑스어에서 관용어구처럼 쓰이고 있다.

니콜라를 탄생시킨 두 사람의 못 말리는 장난기

장 자크 상페 Jean-Jacques Sempè

"말썽 부리기는 내 어릴 적 유일한 소일거리였다."

1932년 8월 17일 보르도에서 태어난 장 자크 상페는 자신의 학창 시절을 이렇게 회상한다. 공부에 흥미가 없었던 그는 교칙위반으로 학교에서 쫓겨난 후 포도주 판매상 밑에서 허드렛일을 하기도 하고, 사환으로 일하기도 했다. 상페는 어린 시절, 악단 연주자가 되고 싶었다. 좋아하는 연주자들을 종이 위에 그리면서, 그의 꿈은 그림에 대한 열정으로 모습을 바꾼다. 열여덟 살에 무작정 파리로 온 상페는 여러 출판사를 전전하다 『쉬드 우에스트』지에 처음으로 돈을 받고 그림을 싣게 된다. 르네 고시니와의 만남은 그가 삽화가로서 막 첫걸음을 내딛기 시작한 시기와 맞물려 있다.

"우리가 만난 날 고시니가 나더러 저녁 식사를 함께 하자더군요. 그는 성게를 좋아하냐고 물었고 나는 그게 뭔지 잘 모르겠다고 대답했지요. 그러자 그는 그게 뭔지 알게 해주겠다며 아주 즐거워했어요. 나는 그에게 음악을 좋아하는지 묻고 음반을 함께 듣자며 그를 우리 집으로 초대했지요. 그는 농담일 거라고 생각했겠지만 나는 계단을 6층 반이나 올라가야 하는 파리의 우리 집으로 그를 진짜 초대했습니다. 우리는 곧 친구가 되었어요. 그는 막 뉴욕에서 돌아온 참이었습니다. 당시 나는 너무나 원기왕성했고, 고시니는 예의 바르고 신중했습니다. 우리는 말을 조금 더듬는다는 공통점이 있었지요. 나는 그에게 내 학창 시절 이야기를 자주 했습니다. 나는 좀 시끄러운 편이었고, 고시니는 나 때문에 많이 웃었어요. 나도 즐거웠고요."

뛰어난 관찰력과 유머로 한 장의 그림에 무한한 감동을 압축해내는 상페는 수십 년간 프랑스 최고의 일러스트레이터로 자리매김해오고 있다. 상페는 꼬마 니콜라를 통해 우리의 기억 속에 영원히 남을 사랑스런 악동의 모습을 창조해냈다. 『얼굴 빨개지는 아이』『속 깊은 이성 친구』『뉴욕 스케치』 등 그의 작품집은 전 세계 수많은 독자들에게 널리 사랑받고 있다.

옮긴이 **이세진**

서울에서 태어나 서강대학교 철학과를 졸업하고 동대학원에서 불문학 석사 학위를
받았다. 프랑스 랭스 대학교에서 공부했으며, 현재 전문 번역가로 일하고 있다. 『슈테
판 츠바이크의 마지막 나날』『작가의 집』『앙드레 씨의 마음 미술관』『유혹의 심리학』
『욕망의 심리학』『나라서 참 다행이다』『안고 갈 사람 버리고 갈 사람』 등을 우리말로
옮겼다.

앙코르 꼬마 니콜라

1판 1쇄 2014년 7월 10일 1판 4쇄 2021년 10월 19일
글 르네 고시니 그림 장 자크 상페 옮긴이 이세진
책임편집 남지은 편집 엄희정 이복희 디자인 이지선
마케팅 정민호 박보람 김수현 홍보 김희숙 함유지 김현지 이소정 이미희 박지원
제작 강신은 김동욱 임현식 제작처 한영문화사(인쇄) 경일제책사(제본)
펴낸곳 (주)문학동네 펴낸이 염현숙 출판등록 1993년 10월 22일 제406-2003-000045호
주소 10881 경기도 파주시 회동길 210
전자우편 kids@munhak.com 홈페이지 www.munhak.com 북클럽 bookclubmunhak.com
카페 cafe.naver.com/mhdn 트위터 @kidsmunhak 인스타그램 @kidsmunhak
대표전화 (031)955-8888 팩스 (031)955-8855
문의전화 (031)955-8895(마케팅) (02)3144-3242(편집)
ISBN 978-89-546-2510-4 03860

잘못된 책은 구입하신 서점에서 교환해 드립니다. 기타 교환 문의: 031) 955-2661, 3580